Uma luz no outono

# Carrie Elks

Uma luz no outono

As Irmãs Shakespeare
LIVRO 4

Tradução
Andréia Barboza

1ª edição
Rio de Janeiro-RJ / Campinas-SP, 2020

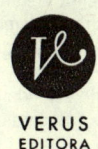

VERUS
EDITORA

Editora
Raïssa Castro

Coordenadora editorial
Ana Paula Gomes

Copidesque
Lígia Alves

Revisão
Maria Lúcia A. Maier

Diagramação
Juliana Brandt

Título original
By Virtue Fail
The Shakespeare Sisters, book 4

ISBN: 978-85-7686-808-8

Copyright © Carrie Elks, 2018
Publicado originalmente na Grã-Bretanha, em 2018, pela Piatkus.
Edição publicada mediante acordo com Bookcase Literary Agency.

Tradução © Verus Editora, 2020
Direitos reservados em língua portuguesa, no Brasil, por Verus Editora. Nenhuma parte desta obra pode ser reproduzida ou transmitida por qualquer forma e/ou quaisquer meios (eletrônico ou mecânico, incluindo fotocópia e gravação) ou arquivada em qualquer sistema ou banco de dados sem permissão escrita da editora.

Verus Editora Ltda.
Rua Benedicto Aristides Ribeiro, 41, Jd. Santa Genebra II, Campinas/SP, 13084-753
Fone/Fax: (19) 3249-0001 | www.veruseditora.com.br

CIP-BRASIL. CATALOGAÇÃO NA PUBLICAÇÃO
SINDICATO NACIONAL DOS EDITORES DE LIVROS, RJ

E42L

Elks, Carrie
  Uma luz no outono / Carrie Elks ; tradução Andréia Barboza. – 1. ed. – Campinas [SP] : Verus, 2020.
  ; 23 cm.   (As Irmãs Shakespeare ; 4)

Tradução de: By Virtue Fall
Sequência de: Uma surpresa na primavera

ISBN 978-85-7686-808-8

  1. Romance inglês. I. Barboza, Andréia.
II. Título. III. Série.

19-62074   CDD: 823
                           CDU: 82-31(410.1)

Meri Gleice Rodrigues de Souza – Bibliotecária – CRB-7/6439

Revisado conforme o novo acordo ortográfico.

Seja um leitor preferencial Record.
Cadastre-se no site www.record.com.br e receba informações sobre nossos lançamentos e nossas promoções.

Atendimento e venda direta ao leitor:
sac@record.com.br

Para Diane. Porque você é forte.

1

> O que há num nome? Aquela que chamamos rosa
> com qualquer outro nome teria o mesmo perfume.
> — *Romeu e Julieta*

— **M**as eu sempre sonhei com rosas amarelas — a noiva disse, se inclinando para a frente. — Rosas amarelas misturadas com lírios brancos amarrados com sisal.

— Amarelo é muito vulgar, Melanie — a mulher mais velha, sra. Carlton, respondeu, gesticulando como se para dispensar a ideia da futura nora. — No casamento dos Smithson as flores eram cor de pêssego. Muito elegantes e de bom gosto. — A mulher balançou a cabeça ao final, como se essa fosse sua última palavra.

Juliet mastigou a ponta da tampa da caneta, observando as duas discutirem suas preferências para as flores do casamento. Desde que começara a trabalhar como florista, um ano antes, essa tinha se tornado uma cena familiar. Às vezes ela se sentia mais uma terapeuta que qualquer outra coisa.

Tirando da boca a tampa da caneta azul, Juliet rabiscou no bloco a sua frente.

— Sabem, rosas amarelas e cor de pêssego podem ficar incríveis juntas — sugeriu, esboçando rapidamente a imagem de um buquê. — Fizemos algo parecido no casamento dos Hatherly, no verão, e ficou divino. — Ela se inclinou para a sra. Carlton como se fossem amigas íntimas. — E você sabe como Eleanor Hatherly é exigente.

Ela estava expondo o nome de alguém relevante, mas não se importava. Embora fosse estrangeira, morava em Maryland há tempo suficiente para saber que nesses círculos ainda havia esnobismo. Caramba, ela tinha sido casada com um dos caras mais esnobes de Shaw Haven.

Ainda estava casada, se corrigiu. Até aquele momento, pelo menos. Graças às leis do divórcio de Maryland, ela e Thomas tinham que viver separados por um ano até que o processo pudesse ser finalizado. Já fazia seis meses, e ela contava os dias.

Melanie olhou para Juliet com um lampejo de esperança nos olhos.

— Eu adoraria um buquê pêssego e amarelo.

Dando tapinhas na mão da moça, a sra. Carlton sorriu.

— Eu sabia que poderíamos chegar a um acordo. Os pequenos detalhes é que importam. Você também vai aprender isso quando for uma Carlton.

Segurando o tablet, Juliet lhes mostrou os diferentes arranjos que tinha em seu catálogo e as ajudou a escolher o mais adequado.

Bem-vinda à vida de casada. Um mundo em que você vai se acabar tentando agradar marido, sogros e até amigos enquanto coloca todas as suas esperanças e sonhos em segundo plano.

Os pensamentos de Juliet retornaram ao próprio casamento. Ela conhecera Thomas quando estudava belas-artes na Universidade Oxford Brookes e ele cursava o programa de pós-graduação Rhodes, um americano na prestigiosa Universidade de Oxford. Foi um encontro puramente casual: ela era a responsável pelas entregas de uma floricultura da região nos fins de semana, trabalho que exercia para tentar pagar o financiamento estudantil. Enquanto caminhava até a Faculdade Christ Church, se esquivando dos estudantes e turistas que admiravam a fonte no meio do gramado, foi praticamente atropelada pelo polido pós-graduando americano, atrasado para o jantar.

Ele a balançou de modo literal e figurado naquele dia. Juliet ficou tão intrigada com sua inteligência e sofisticação quanto ele com a beleza e o talento artístico dela. O relacionamento dos dois parecia saído de um romance de férias: desde o momento em que se conheceram, passaram todos os dias juntos — fazendo piqueniques no parque ou passeando pelos viveiros de plantas. Ele queria saber tudo sobre ela, começando pelos sonhos de infância até os planos para o futuro.

E então ela engravidou.

Mas não foi aí que as rachaduras começaram a aparecer. Eles ainda estavam desesperadamente apaixonados, e as diferenças em suas origens e experiências não significavam nada comparadas à paixão envolvente que sentiam um pelo outro. Então, quando — sendo o perfeito cavalheiro que era — Thomas a pediu em casamento, ela aceitou sem hesitar. Afinal haviam sido feitos um para o outro, ou não?

Eles se casaram em Londres. A família de Thomas não compareceu — ela nem tinha certeza se ele os havia convidado. Por outro lado, a jovem recebeu o apoio de suas três irmãs. Lucy — a mais velha — sempre foi a organizadora. Alguns dias depois do pedido de Thomas, ela agendou um horário na prefeitura para o casamento civil e reservou um local para a festa. Até mesmo Kitty e Cesca — ainda jovens, com dezessete e dezoito anos — haviam ajudado, decorando as mesas e fazendo os convites. Caramba, elas até concordaram em usar os vestidos de madrinha que Juliet tinha feito.

Foi um casamento de conto de fadas, apesar da pressa. Juliet, com vinte anos, nunca havia se sentido mais bonita enquanto caminhava até o altar, de braço dado com o pai, a barriga quase invisível sob as camadas de renda branca. E, quando Thomas se virou para olhá-la e seus olhos se aqueceram com o que parecia amor, ela sentiu que seria o começo de uma vida maravilhosa juntos.

Era melhor não pensar nisso. Não agora.

— Onde vocês se conheceram? — Juliet perguntou à noiva.

— Em Harvard — Melanie respondeu.

A moça estava prestes a falar mais quando a mulher mais velha a interrompeu.

— David estava cursando a faculdade de direito. Imagine a nossa surpresa quando ele voltou com mais que uma qualificação.

Melanie ficou vermelha, mas não disse nada.

Juliet engoliu em seco, tentando não se lembrar da reação da sogra quando Thomas lhe apresentou a esposa. Estavam casados havia duas semanas e foram para a cidade natal dele, em Maryland, onde Thomas planejava trabalhar nos negócios da família. Ele assegurou que seus pais se sentiriam da mesma maneira que ele a respeito dela.

Mas desde o começo ela se sentiu uma decepção. As diferenças que ele amava nela em Oxford de alguma forma se transformaram em constrangimento. Ela não se vestia do jeito certo, era artística demais, não havia sequer terminado a graduação, pelo amor de Deus.

Mas essas coisas eram águas passadas, não eram? Ou seriam, assim que o divórcio saísse. Pelo menos ela poderia seguir em frente com sua vida, mesmo que sempre estivesse ligada a Thomas por causa de Poppy, sua filha de seis anos.

— Definitivamente, será esse — a sra. Carlton disse, apontando para a foto no iPad de Juliet. — Agora vamos escolher a decoração da mesa.

Juliet olhou para Melanie, que assentiu novamente.

— Você vai ficar linda — disse, e o sorriso da jovem se alargou.

Parte dela queria avisar a Melanie que aquilo não ia melhorar. Quando a festa de casamento acabasse, o verdadeiro jogo de poder começaria.

Pare com isso.

Talvez o noivo não fosse tão idiota como Thomas. Ou talvez Juliet estivesse cansada demais. Ela ficara com ele por sete anos, afinal de contas; não tinha sido tudo ruim, tinha? De qualquer forma, precisava ser positiva. Casamentos eram a forma mais confiável de renda para a Floricultura Shakespeare. Ainda estava tentando estabelecer sua loja e sua reputação. As projeções mostravam que deveria começar a lucrar em algum momento no ano seguinte, mas até aquele momento o fluxo de caixa era o mais importante.

Seu celular tocou no bolso, vibrando em seu quadril. Ela o puxou, tomando cuidado para não ser pega, sabendo quanto o gesto pareceria errado para essa mulher, que colocava as aparências acima de tudo. Seu coração apertou quando checou a tela.

Colégio Surrey.

O estabelecimento educacional de maior prestígio de Shaw Haven, a escola de cinco mil dólares que oferecia turmas desde o maternal até o ensino médio. Poppy estava matriculada ali havia um ano e parecia feliz, apesar da confusão em casa.

— Desculpem, é da escola da minha filha. Preciso atender. — Ela deu um sorriso de justificativa para as mulheres à sua frente. — Volto já.

Engolindo em seco, saiu para o corredor da casa colonial. Deslizando a tela para aceitar o telefonema, se preparou para dizer algo. Não tinha sido culpa dela o atraso de Poppy para a aula naquela manhã. A culpa era dos vizinhos — os que haviam se mudado recentemente para a casa ao lado da sua. O caminhão de mudança havia bloqueado a entrada da garagem, e, quando o motorista tirou o veículo, Poppy estava vinte minutos atrasada.

— Sra. Marshall? É Marion Davies. — O tom rígido da diretora a fez se lembrar da sogra. — Estou tentando falar com a senhora há meia hora. Precisamos que os pais dos nossos alunos atendam quando tentamos contatá-los.

— Desculpe, eu estava em uma reunião. Não ouvi o telefone. — Ela se sentiu como uma criança malcriada. — Está tudo bem? Aconteceu algo com a Poppy?

— Não exatamente. Ela se envolveu em um... incidente. Preciso que a senhora venha à escola agora para que possamos discutir isso pessoalmente.

A boca de Juliet ficou seca.

— Agora? Sério? Tem certeza que ela não está ferida?

— Não, não está ferida. Mas está com sérios problemas. Não é algo que eu queira discutir pelo telefone. Se a senhora vier ao meu escritório, vou lhe contar tudo.

Juliet olhou para o relógio e fez uma careta.

— Posso ir no fim da aula? — Ainda tinha dez entregas para fazer. Encaixá-las antes que a aula terminasse, às três, já seria bem difícil.

Baixando a voz, a diretora Davies jogou seu trunfo.

— Claro. Eu ficaria feliz em ligar para o sr. Marshall, se a senhora preferir.

— Ah, não, isso não será necessário. Vou chegar em breve. — Não queria que Thomas se envolvesse nisso. Quanto mais distância ela pudesse manter entre ele e a diretora, melhor.

— Muito bem. Até lá. — Com isso, a diretora Davies desligou, e Juliet continuou segurando o telefone no ouvido. *Argh*, teria que ligar para Lily, pedir que ela ficasse até mais tarde na loja e implorar para ela fazer as entregas. Odiava quando isso acontecia, apesar de Lily nunca ter reclamado. Como Juliet, ela apenas tensionava o maxilar e seguia em frente.

E agora parecia que o dia das duas estava prestes a ficar muito pior.

— Sra. Marshall? Por favor, entre. — A administradora da escola apontou para a sala da diretora. Juliet ficou de pé, as pernas trêmulas de repente. Alisou o jeans, ajeitando a camisa para tentar recuperar uma aparência elegante. Ser chamada de "sra. Marshall" soava estranho para ela agora. Foi esquisito perceber com que rapidez passara a ignorar esse nome, em sua cabeça pelo menos. Atualmente, se considerava Juliet Shakespeare de novo, a garota que crescera em Londres. De alguma forma, durante os anos que passara casada, tinha perdido a alegria de viver pela qual Thomas se apaixonara. Sentia como se estivesse tentando encaixar uma forma quadrada em um buraco redondo.

Assim que entrou na sala da diretora, todas as cabeças se viraram para olhar para ela. Juliet procurou Poppy primeiro, vendo sua menina de seis anos sentada no canto, com os olhos arregalados e suplicantes enquanto olhava para a mãe.

Ela deu um sorriso reconfortante para a filha. Poppy era agitada e teimosa, mas era uma criança boa que tinha passado por muita coisa.

— Por favor, sente-se — a diretora Davies falou, apontando para a única cadeira vazia.

Juliet se sentou ao lado de Poppy. Foi quando notou a outra criança — um garotinho loiro sentado em uma cadeira de adulto, as mãos agarradas a um trenzinho azul.

Havia uma marca recente em sua bochecha. Como se ele tivesse sido esbofeteado.

Ah, não.

— Sra. Marshall, este é o sr. Sutherland. O filho dele, Charlie, começou aqui no Colégio Surrey hoje.

— Sra. Marshall? — uma voz rouca e profunda perguntou. — Dos Marshall de Shaw Haven?

O coração de Juliet acelerou no mesmo instante. Ela virou a cabeça lentamente para olhar para o homem. Tudo nele era de tirar o fôlego. Desde a altura — visível apesar de estar sentado — aos ombros e peito largos. Mas foi seu rosto que fez as palavras grudarem em sua língua: os ossos esculpidos da face e o maxilar quadrado faziam dele um dos caras mais bonitos que Juliet já tinha visto.

— Hum... sim. Meu marido é Thomas Marshall.

O homem ergueu as sobrancelhas, mas não disse nada.

— Sra. Marshall, me deixe explicar o que aconteceu entre Poppy e Charlie — a diretora interveio. — Eles estavam brincando com o conjunto de trens durante o intervalo. — O tom baixo de sua voz fez Juliet se inclinar para a frente. — Eles discutiram por causa do trem azul, e Poppy deu um tapa em Charlie. Receio que a força o tenha feito cair contra a parede, o que causou um sangramento nasal.

Juliet abriu a boca para dizer alguma coisa, depois fechou novamente, sem conseguir encontrar as palavras certas. Seus batimentos cardíacos ecoaram em seus ouvidos, abafando todos os outros sons. A diretora Davies e o sr. Sutherland a encaravam como se ela fosse a pior mãe do mundo.

Talvez estivessem certos.

— Poppy — ela finalmente disse, a ansiedade fazendo suas palavras tremerem. — Você não deve bater em ninguém. Sabe que é errado.

— Você bateu na amiga do papai quando encontrou os dois juntos em casa — Poppy respondeu. — Disse que não podemos pegar as coisas que pertencem a outras pessoas.

Juliet cobriu a boca com a mão. Como é que Poppy sabia disso? Por um momento, voltou ao passado, encontrando Thomas e sua assistente nas posições mais comprometedoras. A imagem a fez querer vomitar. Seu rosto corou quando olhou para a diretora Davies a fim de ver sua reação. O rosto da mulher estava impassível como sempre.

O sr. Sutherland, por outro lado, estava tentando disfarçar um sorriso. Olhava para ela com novo interesse.

— Ainda assim, é errado bater nas pessoas, querida — Juliet repetiu. Sua boca parecia mais seca que o deserto. Como poderia explicar a uma criança de seis anos a raiva que sentiu quando percebeu que estava sendo traída? Tinha sido a primeira vez que dava um soco em alguém. — Eu não devia ter feito isso, nem você.

— O trem era *meu*. — A voz de Poppy transmitia aquela teimosia familiar. — Eu disse pra ele que era meu, e mesmo assim ele tentou pegar. Sempre foi meu. Ele não pode vir aqui e roubar de mim.

Juliet olhou novamente para o homem pelo canto do olho. Por alguma razão, achou difícil não continuar olhando para ele. Suas bochechas eram altas, o maxilar firme, mas foi a sombra escura da barba por fazer que a surpreendeu. Ele tinha um jeito rude que raramente se via por ali.

Ops. Ele estava olhando diretamente para ela.

— O trem não é seu — Juliet falou. — Pertence à escola, e todos podem brincar com ele. Você precisa se desculpar com o Charlie.

— De jeito nenhum.

O garotinho olhou para ela com os olhos mais arregalados do que nunca. Juliet percebeu que ele não havia falado nada. Seu cabelo loiro estava caído sobre a testa, e as roupas eram um pouco apertadas demais para seu corpo.

— É o primeiro dia do Charlie. Você devia ter sido acolhedora, mostrado a escola para ele. Não pode tratar as pessoas assim. Peça desculpas. — Desta vez ela foi mais dura. Até mesmo Poppy parecia surpresa com seu tom.

— Desculpa.

— Diga de coração.

Poppy prendeu o lábio inferior com os dentes e o mordiscou. Por um momento, olhou para Charlie, semicerrando os olhos como se estivesse avaliando suas opções.

— Tá bom, desculpa mesmo. É um trem idiota de qualquer jeito. Está faltando metade das rodas. Da próxima vez você devia brincar com o verde, que é mais rápido.

Charlie assentiu em silêncio, como se ela fosse a fonte de todo o conhecimento escolar.

— Bem, acho que é um começo — a diretora Davies falou. — Mas tenho certeza de que a senhora vai concordar que não podemos deixar isso passar. Poppy bateu em um coleguinha, e precisamos puni-la por isso. Temos padrões que esperamos que todos os nossos alunos cumpram.

— Ei, não há necessidade de punir a menina — o sr. Sutherland interveio. Ele realmente tinha uma voz doce como açúcar. — Ela se desculpou, não é? Não podemos simplesmente deixar pra lá? — E deu um sorriso com covinhas para a diretora.

— Não, temo que não possamos deixar pra lá. — A diretora balançou a cabeça, se virando para Juliet. — Temos uma política de tolerância zero em relação à violência aqui no Colégio Surrey. Vou ter que pedir que a senhora leve Poppy para casa e a mantenha fora da escola pelo resto da semana.

— Você está suspendendo a Poppy? — Juliet perguntou, alarmada. Como ia explicar isso para Thomas?

— Ei, para que isso? — o sr. Sutherland insistiu. — O Charlie está bem, a Poppy está arrependida. Não há necessidade de fazer tempestade em copo d'água. Todo mundo comete erros, certo?

— Não sei... — A diretora olhou primeiro para ele e depois para Juliet. — Poppy sempre foi muito enérgica. Não quero que ela pense que toleramos esse tipo de violência.

Juliet umedeceu os lábios secos.

— Ela não vai fazer de novo, garanto.

A mulher juntou as mãos e apoiou o queixo na ponta dos dedos. Virou os olhos para Poppy, que ainda estava sentada em silêncio.

— Poppy, você entende o que fez de errado?

A menina assentiu fervorosamente.

— E sente muito pelo que fez?

Assentiu com veemência de novo.

— Humm — a diretora Davies murmurou. — Tudo bem, então. Não vou suspender você desta vez. Mas, se machucar outra criança, vou ficar muito brava. Entendeu?

Agora a voz de Poppy soou tão pequena quanto ela.

— Sim, diretora Davies.

— Muito bem, então. Pode voltar para a aula.

Se Poppy estivesse assustada como Juliet estava, teria entendido bem. Mas a ansiedade de Juliet foi temperada pelo alívio de não ter que contar a Thomas o que havia acontecido.

Era um pequeno consolo, mas ela o aceitou.

— Podemos parar na sorveteria no caminho de casa? — Poppy perguntou, balançando as pernas para que seus pezinhos batessem no assento do carro.

Juliet olhou no espelho retrovisor, notando o carro atrás dela — uma enorme caminhonete.

— Não depois que você bateu naquele pobre menino. Você vai direto para o seu quarto quando chegarmos em casa.

— Não é justo. — Poppy fez uma careta. — Sempre vamos tomar sorvete depois do primeiro dia. É uma trad... trad... aquela coisinha. Você prometeu.

— Não é uma tradição, porque só fizemos isso uma vez. — Juliet estava tentando manter a paciência.

— Mas você prometeu — a voz de Poppy começou a falhar. Seu lábio inferior estava tremendo.

— Prometi antes de você bater no Charlie — Juliet apontou. E mordeu o próprio lábio para tentar conter as emoções. Se havia uma coisa que odiava, era ver Poppy chorar, e a pobre garota já havia chorado o suficiente pelas duas nos últimos seis meses.

— Eu pedi desculpa. Brinquei com ele no intervalo depois do meio-dia. Até dei o trem verde e o azul pra ele. O Charlie disse que nós somos amigos.

— Estou feliz que você tenha feito isso. Foi uma boa atitude.

— Então podemos tomar sorvete? — Poppy se inclinou para a frente até que o cinto de segurança a deteve. — Por favor, mamãe?

Havia uma fila de carros à frente, todos esperando o trânsito ser liberado. Juliet colocou o pé no freio, diminuindo a velocidade lentamente até parar. Olhando para os carros na rua, se perguntou como as coisas tinham ficado tão difíceis. Cuidar de filhos já era complicado o suficiente quando havia dois pais, mas pelo menos havia alguém com quem dividir as coisas e se lamentar.

Sozinha, parecia quase impossível. Era uma das poucas vezes em que sentia falta de Thomas.

— Por favor, mamãe? — Poppy disse novamente. Os carros da frente começaram a se mover devagar, e Juliet olhou no espelho. A caminhonete preta estava logo atrás dela agora, e, quando levantou os olhos, pôde identificar o motorista sentado ao lado do filho com uma franja loira.

Um olhar foi o suficiente para acelerar sua pulsação. Por que aquele homem tinha tal efeito nela?

Só podia ser outro estágio da separação. Talvez até mesmo um sinal de que estava superando Thomas. Poderia ser qualquer pessoa. O sr. Sutherland simplesmente estava lá na hora certa — ou errada. A culpa era dos hormônios. Ela mal tinha olhado para outro homem desde que se separara de Thomas, seis meses atrás, e antes da separação já havia alguns meses que não ficavam juntos intimamente. Era uma reação do seu corpo ao celibato forçado, nada mais, nada menos.

Caramba, talvez algo gelado fosse bom para as duas.

— Tudo bem, vamos tomar sorvete — Juliet concordou. — Mas, se você bater em alguém de novo, nada de sorveteria por um ano.

Poppy assentiu, uma expressão séria no rosto.

— E você também, mamãe, se bater em alguém de novo.

Touché. Juliet tentou disfarçar o sorriso — e falhou.

2

Duas famílias, ambas com iguais dignidades.
—*Romeu e Julieta*

— Ei, amigão, quer tomar sorvete? — Ryan acelerou a caminhonete, ultrapassando o cruzamento de quatro vias. — Tem um lugar muito legal aqui perto aonde costumávamos ir quando eu era criança.

De repente Charlie pareceu interessado, como sempre fazia quando Ryan mencionava sua infância.

— Qual era o seu sorvete favorito? — ele perguntou.

— Noz-pecã e xarope de bordo — Ryan disse, sorrindo. — Era doce pra caramba, mas tinha um gosto muito bom. Me pergunto se ainda existe.

— É esse que eu quero pedir. — Charlie pareceu decidido. — Adoro nozes.

O fato era que Charlie amava quase tudo que experimentava. Ele crescera aprendendo sobre gostos e culinárias diferentes, juntando-se a Ryan regularmente em suas viagens desde que era bebê.

— Noz-pecã e bordo, então.

Ryan ainda não conseguia entender quão estranho era estar de volta a Shaw Haven depois de tanto tempo. Algumas mudanças aconteceram — uma microcervejaria na rua principal, uma nova galeria de arte na orla —, mas, no fundo, continuava uma pacata cidade portuária. Cheia de casas coloridas e com o cheiro da brisa do mar, Shaw Haven estava ali havia séculos, desde que o primeiro Shaw descera de seu barco e reivindicara essa terra à beira da baía de Chesapeake.

Estar ali parecia voltar no tempo.

Ryan estacionou em uma vaga próxima à sorveteria. Havia apenas alguns espaços vazios. Todo mundo devia ter tido a mesma ideia.

Quando entraram, Ryan olhou para as toalhas de mesa quadriculadas e as cadeiras que não combinavam. Pareciam antigas, familiares. Ficou chocado por se sentir como uma criança novamente. Já fazia quase catorze anos desde a última vez que pisara em Shaw Haven — e achava que tinha deixado para trás a cidade e seus sentimentos por ela.

E havia deixado. Pelo menos até agora.

— Posso ajudar?

Ryan piscou, se concentrando na mulher à sua frente. Ela estava sorrindo para ele e segurando uma colher de sorvete.

— Tem de nozes e xarope de bordo? — perguntou.

— Claro. Você quer casquinha ou copinho?

Ele se virou para Charlie, que olhava para o enorme freezer de vidro cheio de potes de plástico, os sabores coloridos parecendo atraentes.

— O que você prefere, amigão?

— Posso tomar no copinho? — Charlie perguntou em voz baixa. Ele nunca fora um garoto ousado, apesar da natureza extrovertida do pai. Seu rosto geralmente tinha uma expressão séria, como se seu cérebro estivesse cheio de pensamentos que ele não sabia como expressar. Antes de começar no Colégio Surrey, tinham insistido em fazer um teste com ele — e não foi uma grande surpresa ele conseguir bons níveis na escola, mesmo nunca tendo estudado em uma.

— Um copinho com três bolas — Ryan disse, dando à mulher um sorriso fácil. — E duas colheres. O garoto pode precisar de ajuda.

A mulher riu como se Ryan tivesse contado a piada mais engraçada de todos os tempos, piscando os cílios rapidamente para ele. As bochechas dele coraram.

A agitação pós-aula significava que os únicos lugares livres ficavam no canto mais distante, e eles foram para lá. Charlie segurava o copo colorido de sorvete com firmeza enquanto Ryan carregava as colheres. Estavam quase chegando à mesa vazia quando uma mulher e a filha a alcançaram primeiro, puxando duas das quatro cadeiras.

Ele a reconheceu imediatamente. Só precisou olhar para a nuvem de cabelo ruivo para saber que era a mãe de Poppy Marshall.

Ryan olhou ao redor, esperando encontrar alguém que estivesse terminando, planejando ficar por perto até a mesa ser desocupada. Mas todos pareciam ter chegado ao mesmo tempo — o que era natural, já que todos vinham da escola. E, a menos que se sentassem logo, o sorvete de Charlie ia derreter.

Ah, que se dane.

— Podemos nos sentar com vocês? — ele perguntou, olhando para as duas cadeiras vazias ao lado de Poppy e sua mãe.

Ela se virou para olhar para ele. Meu Deus, ela era bonita. Não que ele estivesse surpreso; Thomas Marshall sempre gostara do melhor da vida. Por que sua esposa seria diferente?

— Hum, sim, claro. Por favor, sentem-se. — Ela apontou para os dois lugares. Charlie imediatamente escolheu a cadeira ao lado de Poppy, deixando que Ryan se sentasse ao lado da mãe da menina.

— Obrigado. Sou Ryan, a propósito. Ryan Sutherland. Acho que não fomos apresentados corretamente.

Como os Marshall, os Sutherland eram bem conhecidos em Shaw Haven. Uma família possuía metade das terras, e a outra possuía o resto. Quando criança, ele passara muito tempo com os Marshall e seus amigos em comum. No momento em que ele e Thomas entraram no ensino médio, não havia mais amizade entre eles. Mesmo na adolescência, Thomas fazia Ryan se lembrar do próprio pai. Ele tinha aquele tipo de confiança negligente que deixa as pessoas para trás.

Ele afastou esse pensamento. Não queria pensar em Marshall — ou no pai — agora.

— Sou Juliet. — Ela ofereceu a mão, lhe dando um aperto surpreendentemente forte. Seus dedos eram longos e elegantes, mas nenhum sinal de manicure. Na verdade, suas unhas eram curtas. Pareciam mãos de alguém que trabalha, não do tipo que se vê em uma esposa troféu.

— É um prazer conhecê-la, Juliet. — Ele olhou para Poppy e Charlie, que tomavam seus sorvetes. — Esses dois parecem já ter superado tudo.

— Sim, as crianças têm memória curta — ela concordou, parecendo mais à vontade. — Mas sinto muito por ela ter machucado o Charles, e logo no primeiro dia na escola. Espero que ele não esteja muito chateado.

O constrangimento dela lhe deu vontade de sorrir.

— Ele está bem. Aparentemente, os dois são quase melhores amigos agora. E ele está acostumado a conhecer pessoas. Sou fotógrafo. Nós viajamos muito.

— Por favor, transmita as minhas desculpas à sua esposa também.

Ele franziu a testa.

— Não sou casado.

— Ah, desculpe. Sua namorada, então? — Juliet olhou para a mão esquerda dele. Claro que isso o fez olhar imediatamente para a dela. Nenhuma aliança de casamento, apenas uma marca, quase imperceptível, onde deveria estar. Com seu olhar de fotógrafo, Ryan sempre notava detalhes que outras pessoas não percebiam.

Ele balançou a cabeça.

— A Sheridan, mãe do Charlie, e eu somos apenas amigos. O Charlie foi uma surpresa feliz para nós dois. — Ele tomou uma colherada do sorvete de Charlie, sem desviar os olhos dos dela. — Ela nos encontra quando pode, mas eu tenho a guarda dele.

— É mesmo? — Ela o olhou com interesse. — Ela está bem com isso?

Ele deu de ombros. Não se sentia constrangido por explicar a situação; já estava acostumado.

— Era o que nós dois queríamos. Ela o ama, mas seu trabalho não é exatamente compatível com a criação de um filho. Quando ela não está em turnê, passa o máximo de tempo possível com o Charlie. Ela quer o melhor para ele. Nós dois queremos.

— Desculpe, estou sendo rude. Não devia ter feito todas essas perguntas.

Ele não pôde deixar de sorrir para Juliet.

— Você é britânica, não é? Está fazendo aquela coisa típica dos britânicos.

— Que coisa típica?

— Vocês jogam conversa fora e, em seguida, ficam preocupados em ter ofendido alguém.

— Nós fazemos isso?

Ele riu da expressão perplexa dela.

— Acho que conheci muitos britânicos nas minhas viagens, e, sim, muitos fazem isso. Como se vocês realmente quisessem saber alguma coisa, mas não tivessem coragem de perguntar. — Ele inclinou a cabeça para o lado, apreciando o jeito como ela estava franzindo a testa para ele. — De que lugar da Inglaterra você é?

— Eu cresci em Londres — ela respondeu. — Mas moro aqui há quase sete anos.

— Com os Marshall? — Ele olhou para o dedo anelar vazio novamente.

— Sim. — Ela desviou o olhar para a mesa. — Bem, não, não agora. É complicado, se é que você me entende.

Ele entendia.

— Quer mudar de assunto?

Pela primeira vez, ela sorriu. Foi uma tentativa, mas iluminou todo o seu rosto.

— Seria ótimo — ela concordou, inclinando a cabeça para o lado. — Talvez você possa me contar sobre vocês. Quando chegaram na cidade?

Ao contrário de Juliet, Ryan não se importava de falar sobre si. Não de um jeito convencido, para chamar atenção, mas se sentia confortável o suficiente para ser aberto e honesto.

— Nos mudamos no fim de semana. Devíamos ter chegado na semana passada, mas eu me atrasei em um trabalho, por isso foi tudo meio corrido. O caminhão de mudança chegou aqui de manhã, e as coisas devem estar uma bagunça. Mais um bom motivo para virmos aqui tomar um sorvete.

— Caminhão de mudança? — ela perguntou.

— Sim, nós não temos muita coisa, mas eu tive que comprar alguns móveis. É a nossa primeira casa permanente. — Ele deu de ombros. — Semipermanente, na verdade.

— Semipermanente — ela repetiu.

— Vamos ficar aqui até junho. Depois vamos nos mudar para Nova York. Vamos ficar durante o ano do jardim de infância, enquanto Charlie se acostuma a ir à escola.

— Ele não fez o maternal? — Juliet perguntou. Seu cenho estava franzido, como se estivesse tentando entender.

— Não. Nós viajávamos muito por causa do meu trabalho. Agora que ele está ficando mais velho, vamos fincar raízes. Recebi uma oferta de emprego em Nova York a partir de junho. Então nós vamos para lá depois do fim do ano letivo.

— Por que você escolheu o Colégio Surrey?

Era uma boa pergunta.

— Eu fui aluno de lá quando era criança, então já havia uma conexão. É tudo novo para mim, essas questões escolares. Pensei em começar devagar, seguindo um caminho que já conheço. Vou me preocupar com o sistema educacional de Nova York assim que ele se acostumar.

— Papai, a Poppy pode ir brincar na nossa casa hoje? — Charlie interrompeu a conversa.

— Não sei... — Ryan olhou para Juliet. Seu rosto estava impassível. Queria que Charlie fizesse amigos, mas a filha dela havia acabado de bater nele. Além disso, a casa estava cheia de caixas esperando para serem desembaladas.

— Receio que hoje não — Juliet respondeu. — Tenho que voltar para a loja por algumas horas, e a Poppy vem comigo.

— Prefiro ir brincar com o Charlie. Por favor, mamãe?

— Hoje não. — Juliet balançou a cabeça.

— Que tal à noite? Podemos brincar à noite?

Ela deu uma meia risada.

— À noite você vai dormir.

— Depois do chá?

— Não, querida, você pode brincar no jardim depois do chá, mas depois vai tomar banho e ir para a cama. Foi um longo dia. — Ela encontrou os olhos de Ryan, dando de ombros.

— Vamos nos encontrar no jardim — Poppy disse, se virando para Charlie. — Tenho um balanço de corda legal.

— Poppy, o Charlie não pode simplesmente aparecer depois do chá. — Ela olhou para Ryan. — Desculpe. Em um minuto ela bate nele, em seguida está praticamente convidando o seu filho para morar conosco.

— Bom, ele quase mora — Poppy protestou. — Na verdade, ele mora na casa ao lado.

— O quê? — Juliet olhou para Poppy e Charlie antes de se virar para Ryan. Ele não se incomodou em esconder o próprio sorriso. — Não me diga que você acabou de se mudar para a casa de Langdon. Em Letterman Circle? — Ela deu um meio sorriso. — Eu devia ter imaginado quando você falou do caminhão de mudança.

Agora ele estava sorrindo.

— Sim, essa mesmo.

— Não sabia que era você. Estava planejando aparecer esta noite com uma planta ou algo para dar as boas-vindas. Desculpe.

Ryan não fazia ideia do motivo de Juliet estar se desculpando, embora tivesse notado antes que os ingleses tinham o hábito de fazer isso. Ela ainda estava vermelha.

— Você mora no número 48? — ele perguntou.

Ela balançou a cabeça.

— Não, no 44.

— O bangalô?

— Sim, esse mesmo. Nos mudamos há poucos meses.

— Nesse caso, é um prazer conhecê-la, vizinha. — Ele ofereceu a mão novamente. Quando ela pegou, ele envolveu seus dedos nos dela, sentindo a pele suave e macia.

Havia algo em Juliet Marshall que o intrigava. Algo que o fazia querer saber mais. Ela era suave e frágil, uma combinação surpreendente.

Mas também perigosa, lembrou a si mesmo. E ele estava ali apenas por um tempo. A última coisa de que precisava eram complicações como Juliet Marshall.

Eles eram vizinhos. Isso era tudo, e, no que dizia respeito a Ryan, ele devia estar perfeitamente feliz por manter as coisas assim. De forma amigável, fazendo a política da boa vizinhança, mas definitivamente cuidando da própria vida.

Mesmo que parte dele quisesse saber tudo a respeito dela.

Já passava das oito da noite quando Ryan ouviu uma batida na porta da frente. Charlie estava sentado no chão brincando com o Lego enquanto ele bebia sua garrafa de cerveja, sentindo-se mais americano do que nunca, com o estômago cheio da comida que havia feito na grelha. Filés de atum em vez de carne, e uma bebida local na mão. Era estranho como estava se acostumando àquilo novamente tão rápido.

Charlie ergueu os olhos do seu forte meio construído.

— Quem será?

— Não sei, garoto. Esqueci de colocar meus óculos de raio X hoje de manhã. — Ele lhe deu um sorriso. — Acho que vou ter que fazer do jeito antigo e atender a porta.

— Talvez seja a Poppy — Charlie disse, esperançoso. — Posso sair para brincar?

— Tenho certeza que a Poppy está se preparando para ir para a cama agora. — Ele tinha ouvido Juliet chamando-a do outro lado do jardim mais cedo. Ryan era mais relaxado quanto à hora de dormir. Contanto que Charlie dormisse o suficiente, tudo estava bem.

— Droga. — Charlie franziu os lábios. — Isso não é divertido.

Ryan ainda estava rindo da resposta do menino quando abriu a porta. O sorriso sumiu de seus lábios assim que viu quem estava ali.

— O que você quer? — perguntou. Olhou para trás para verificar se Charlie não estava ao alcance da voz.

O homem à sua frente parecia menor do que ele se lembrava. Mais fraco também. E, ainda assim, olhar para ele fez Ryan se sentir como se tivesse dez anos de novo, observando o rosto do pai se contorcer e ficar vermelho enquanto gritava com sua mãe.

— Alguém me disse que havia visto você na cidade. Eu quis verificar pessoalmente — disse seu pai.

— Cheguei ontem. — Ryan manteve o rosto impassível.

— Mas por quê? — o homem mais velho perguntou. — Por que está aqui depois de todos esses anos? — Seus olhos se semicerraram. — Sua mãe chorou o dia todo.

— Sinto muito por ouvir isso. — Se fosse mais jovem, mais impulsivo, Ryan poderia ter apontado que era o pai que geralmente a fazia chorar. Mas ele não era mais aquele garoto. Era um homem. E tinha seu próprio filho para proteger. — Não é da sua conta o motivo de eu estar aqui — Ryan respondeu.

Charlie apareceu perto de Ryan, a mão cheia de peças coloridas.

— Papai, pode me ajudar com isso?

Por um momento, o pai não disse nada. Apenas olhou para Charlie. Ele olhou na direção do carro, mas o pai de Ryan não se mexeu.

— É seu filho?

Ele parecia surpreso. Ryan gostou do fato de ele não saber tudo. Supôs que tivessem descoberto a existência de Charlie — era como o pai tentava manter o controle sobre ele, onde quer que estivesse no mundo. Mas pelo menos ele tinha conseguido manter esse elemento surpresa.

— É, sim. — Ryan passou o braço ao redor de Charlie, puxando-o para perto. Era impossível ignorar a necessidade de protegê-lo.

Charlie piscou ao ouvir o tom de Ryan, olhando para ele com interesse cauteloso. Mas não disse nada, apenas observou e esperou.

— Por quanto tempo você vai ficar na cidade? — o pai perguntou.

— Acho que isso também não é da sua conta.

Pela primeira vez seu pai reagiu. Ele semicerrou os olhos e os lábios finos desapareceram.

— É da minha conta. É da conta da minha família. Quero saber se você está planejando interferir na empresa.

Ryan reprimiu o desejo de rir. Não era humor o que o fez querer deixar o riso transparecer, mas a percepção de que algumas coisas não mudaram em todos os anos desde que havia ido embora. A empresa vinha em primeiro lugar, como sempre.

Ele podia deter um terço das ações da empresa — graças à herança que recebera do avô —, mas Ryan nunca quisera se envolver no negócio. Distribuía todos os dividendos que ganhava para a caridade — ajudando a pequena cidade na Namíbia onde Charlie havia nascido. Mas ele sabia que o fato de ter algum controle sobre a companhia irritava seu pai.

Charlie se mexeu a seu lado, absorvendo cada palavra. A necessidade de tirar aquele homem da sua porta superou o desejo de provocá-lo.

— Não estava planejando isso. A menos que você precise da minha ajuda.

— Não preciso de nada de você. Só gostaria de ter certeza de que você não vai interferir onde não é bem-vindo.

— É só isso? — Ryan perguntou, empurrando Charlie gentilmente para trás enquanto voltava para o corredor. — Porque eu tenho coisas para fazer. Talvez, da próxima vez que quiser falar comigo, você possa marcar um horário.

— Você não devia ter voltado. Sabe disso. — O pai deu uma última olhada nele, depois deu as costas para Ryan e Charlie, voltando para o sedã preto estacionado ao lado do meio-fio. Ryan fechou a porta, se recostando por um momento e tentando recuperar o fôlego.

O dia havia sido infernal. Desde o momento em que acordara, não tivera chance de respirar. O caminhão de mudança, Charlie apanhar na escola, encontrar a mulher bonita com olheiras. Ver seu pai pela primeira vez em anos fora a cereja no topo do bolo.

Voltar a Shaw Haven parecera uma boa ideia algumas semanas antes. O que é que ele estava pensando?

— Mamãe, você acha que o papai está se sentindo sozinho? — Poppy estava deitada em sua cama, olhando para o teto, e Juliet permanecia acomodada a seu lado com o exemplar de *O gato de chapéu* que estavam lendo juntas, Poppy soletrando as palavras enquanto Juliet as apontava.

Esse era o momento da noite favorito de Juliet — deitar-se ao lado de uma Poppy sonolenta, as duas contando como o dia havia sido.

— Não sei, querida — Juliet falou. — Mas acho que ele está bem. Está ocupado no trabalho, e, quando chega em casa, tem a vovó e o vovô para conversar. — Afinal moravam no mesmo terreno. Duas propriedades construídas uma ao lado da outra, com vista para a baía de Chesapeake.

— E a Nicole. Ela também cuida dele.

— Sim, cuida. — Juliet umedeceu os lábios, tão secos apesar da umidade do início de outono. — Então acho que o seu pai está bem.

— Ele estava bravo no fim de semana passado, quando eu fiquei com eles. Eu ouvi ele discutindo com a Nicole. Alguma coisa sobre uma festa que ela queria ir.

Juliet se manteve imóvel, sem querer demonstrar nenhuma reação. Mas, se fosse honesta, não poderia deixar de sentir um pouco de satisfação com o pensamento de Thomas e Nicole terem uma briga. Só queria que não fizessem isso na frente de Poppy.

Às vezes ela desejava muitas coisas. Isso não significava que se tornariam realidade.

— Bem, muitas pessoas discutem — respondeu, tentando não se lembrar de todas as vezes que discutira com Thomas. — Mas depois ficam bem de novo. Olhe para você e o novo garoto da escola. Parece que vocês são amigos agora.

— Eu gosto do Charlie. Ele é legal. Ele já esteve em mil e cem países diferentes e sabe dizer "não" em dez idiomas.

Juliet sorriu.

— Ele parece um garoto inteligente.

— Mas não tão inteligente quanto eu. Sou a mais inteligente da turma. — Poppy sorriu. — Soletrei todas as palavras hoje. A professora me deu uma estrela.

— É mesmo? — Juliet virou a cabeça para sorrir para a filha. — Você é uma menina inteligente.

— Vou contar para o papai este fim de semana, quando a gente se encontrar.

Juliet manteve o sorriso firme no rosto.

— Ele vai ficar muito orgulhoso. Mas você sabe que poderia ter ligado para contar a ele. Ele sempre gosta de falar com você.

— Também gosto de falar com ele — Poppy olhou para o teto, onde Juliet havia colado estrelas fluorescentes. Quando se mudaram para a casa, as duas decoraram todos os quartos do bangalô. Parecia catártico marcá-lo como delas. Libertador. Sentiu isso até mesmo enquanto estava na frente das amostras de tinta na Home Depot e percebeu que ninguém iria criticar sua escolha ou dizer a ela que não combinava com o restante da casa. Poderia ter pintado todo o lugar de vermelho e ninguém teria piscado um olho.

— Podemos adotar um gato? — Poppy perguntou.

Juliet riu da completa mudança de assunto.

— Por que está perguntando isso?

— Eu gosto de gatos. O Noah tem um gato e um cachorro. Mas cachorros são grandes e latem demais. Os gatos são muito melhores.

— Acho que não podemos ter um animal de estimação agora, querida. Eu fico no trabalho o dia todo e você, na escola. Não seria justo deixá-lo sozinho por tanto tempo.

— Você não pode ficar em casa como antes? Eu gostava.

O coração de Juliet se apertou. Isso parecia ter acontecido há uma vida inteira — era uma pessoa diferente na época. Tinha tempo suficiente, não apenas para cuidar da filha, mas também de si mesma. Era o que se esperava dela. Idas regulares à esteticista, seu próprio personal shopper, jantar fora pelo menos quatro vezes por semana, apoiar Thomas nos jantares de negócios com clientes.

Ainda que amasse ter seu próprio comércio — e ser a própria chefe —, estaria mentindo se dissesse que não sentia falta de ter mais tempo, especialmente para a filha. Era como se o único momento que tivesse para se sentar fosse quando estava lendo uma história para Poppy. Talvez fosse por isso que as duas curtiam tanto.

— Não posso ficar em casa — ela disse, sua voz cheia de emoção. — Preciso estar na loja. Tenho muitos clientes para cuidar, e eles vão sentir minha falta se eu não estiver lá.

— Eu amo flores — Poppy falou, o gato já esquecido. — Gosto quando você traz para casa.

Ela estava sonolenta, a voz baixa e arrastada, como um disco sendo tocado na velocidade errada. Virando-se para o lado, a menina se aninhou em Juliet, enrolando as pernas por baixo dela. Juliet acariciou o cabelo de Poppy, o coração cheio de amor pela filha. Esse era o lado bom da separação. Não deixava mais de participar da hora de dormir por precisar acompanhar o marido em um jantar. Em vez disso, lia para a menina todas as noites.

Inclinando-se, pressionou os lábios na bochecha de Poppy, sentindo o calor de sua pele.

— Boa noite, querida — sussurrou, embora a respiração constante de Poppy lhe dissesse que ela já estava dormindo. — Tenha bons sonhos. Te amo muito.

Às vezes, essa era a única coisa de que Juliet tinha certeza.

3

As mulheres podem cair quando não há força nos homens.
— *Romeu e Julieta*

— Marcamos a data — Cesca, a irmã mais nova de Juliet, falou. Seu sorriso radiante iluminou o laptop de Juliet. Ela conversava com as irmãs por Skype: Cesca, é claro, além de Kitty e Lucy. As quatro tentavam se falar uma vez por semana, não importava em que lugar do mundo estivessem. Agora, Kitty estava em Los Angeles, Lucy em Edimburgo e, pelo jeito, Cesca estava em Paris.

Talvez um dia todas estivessem pelo menos no mesmo continente.

— É mesmo? — Juliet perguntou, sorrindo. — Quando vai ser o grande dia? — O noivado de Cesca com o namorado astro de cinema, Sam, tinha sido um dos poucos momentos de luz na escuridão de Juliet aquele ano. — E onde vai ser?

Não havia como duvidar do brilho no rosto de Cesca.

— Em julho, nas Terras Altas escocesas. Nós queremos nos casar no castelo da Lucy.

Lucy, a mais velha das quatro, revirou os olhos.

— Não é um castelo e não é meu — apontou, mas não conseguia esconder o sorriso. Nenhuma delas poderia. Eram ótimas notícias.

— Tudo bem, na hospedaria do Lachlan, então — Cesca corrigiu. Lachlan era o namorado de Lucy e, no ano anterior, havia herdado uma propriedade nas Terras Altas da Escócia. De acordo com Lucy, Cesca e Kitty, era uma das paisagens mais bonitas que já tinham visto. Não era de admirar que Cesca quisesse se casar lá. Também tinha a vantagem adicional da privacidade, algo de que ela e Sam quase não desfrutavam na vida cotidiana. Os paparazzi os amavam.

Juliet era a única das irmãs que não conhecia o castelo.

— E é claro que eu quero que vocês todas sejam minhas madrinhas — Cesca disse. — E a Poppy, a dama de honra.

Juliet viu Lucy e Kitty concordarem ruidosamente, já perguntando sobre cores e estilos de vestidos. Tentou sorrir e ignorar aquela sensação de mal-estar no estômago que a atingia. Mas seus esforços eram em vão.

— E você, Jules, que cor acha que ela deve usar? — Lucy perguntou, finalmente notando o silêncio de Juliet. — Você tem o melhor olho de todas nós.

Juliet olhou para as três irmãs, absorvendo a felicidade, a expectativa. Seu peito se apertou como se uma cobra a estivesse esmagando.

— Não sei se vou poder ir.

— Como assim? — Lucy perguntou, franzindo a testa.

— O Thomas não vai me deixar levar a Poppy para fora do país até termos o acordo de divórcio. E nós ainda não temos. — Juliet umedeceu os lábios secos. Odiava desanimar as irmãs, especialmente quando Cesca tinha boas notícias.

— O quê? — Cesca perguntou, parecendo horrorizada. — Ele pode fazer isso?

Ela assentiu.

— Lucy, nós podemos fazer alguma coisa, não é?

— Não até eles chegarem a um acordo judicial — Lucy respondeu. Das quatro, ela era a única que sabia exatamente como as coisas estavam ruins para Juliet. Sendo as duas mais velhas, elas mantiveram tudo em ordem após a morte da mãe, quando ainda eram adolescentes. Sempre foram confidentes uma da outra, e Lucy provou ser a rocha de Juliet nos últimos meses.

— Quando vai ser isso? — Cesca perguntou. — Deve ser em breve, certo? Vocês dois estão separados há meses. Ele não pode fazer você esperar muito mais tempo.

Juliet deu de ombros, mas sentia tudo, menos indiferença.

— Não sei. Há muita coisa para resolver. Não só a guarda, mas os nossos bens, a pensão alimentícia e o acordo sobre as despesas da Poppy. — E Thomas estava jogando duro. Era como se ele estivesse deliberadamente enrolando.

— Não quero me casar se você não estiver lá — Cesca falou, com o rosto franzido. Juliet mordeu o lábio para sufocar as lágrimas que ameaçavam subir à superfície. O pensamento de a irmã se casar e ela não assistir era horrível. Ela se sentia exilada, separada daqueles a quem amava. Não tinha certeza de quanto tempo mais poderia aguentar.

Respirou fundo, então se forçou a sorrir de novo.

— Vou pedir ao Thomas — ela disse, mais para acalmar Cesca do que qualquer outra coisa. — Talvez ele seja flexível se eu explicar o motivo.

— É uma boa ideia. — Lucy sorriu de forma calorosa para ela. — Talvez ele seja razoável pela primeira vez.

— Talvez — Juliet concordou, suas bochechas começando a doer. Mas ela não apostaria nisso. Às vezes se perguntava o que havia acontecido com o homem charmoso e bonito que conhecera em um parque em Oxford alguns anos antes.

A vida. Foi o que aconteceu. As mesmas coisas que ele amava a respeito dela se tornaram aborrecimentos. No último ano do casamento, ela o ouvira suspirar mais do que o vira sorrir. E, se fosse honesta, ela estivera igualzinha.

Hoje em dia, a única coisa que eles tinham em comum era Poppy — e, felizmente, os dois a amavam muito. Tudo o mais parecia uma luta impossível de vencer. Mas isso não significava que ela não iria tentar.

— Está pronta, querida? — Juliet perguntou. Poppy entrou correndo no quarto, ainda de pijama, segurando um desenho que havia feito na escola na sexta-feira. Era dos três, Juliet, Thomas e Poppy, embora Juliet e Thomas estivessem em lados opostos da imagem e Poppy mantivesse os braços estranhamente esticados enquanto segurava a mão de cada um. Juliet viu a filha colocar o papel em cima das roupas dobradas e a ajudou a fechar a mala.

Ela ficou aliviada ao se ver livre do desenho. Era uma cena que acontecia no mundo todo — duas pessoas divididas, o filho puxado entre elas como o homem elástico. Mas doía muito ver aquilo.

— Você precisa se vestir — Juliet a lembrou. — O papai vai estar aqui em um minuto.

Eram apenas nove da manhã — alguns minutos antes de Thomas chegar. O fim de semana se estendia diante de Juliet como um visitante indesejado.

O carro de Thomas parou em frente à casa cinco minutos depois. Ele saiu do sedã preto e franziu o rosto quando olhou para o lugar. Vê-lo foi o suficiente para fazer seu peito se contrair. Ele se parecia com o homem que ela conhecia, ainda soava como o homem que ela conhecia, mas todo o resto parecia muito estranho.

— O papai chegou — Poppy gritou.

Ela veio correndo pelo corredor, derrapando ao lado da mãe. Com os olhos arregalados, Juliet deu uma olhada nas roupas da filha. Ela estava usando um top listrado azul e branco, legging vermelha e um tutu rosa fofo. Nos pés estavam suas sandálias prateadas favoritas, brilhando à luz do sol.

— Essa roupa é muito bonita — Juliet elogiou.

Poppy sorriu.

— Escolhi tudo sozinha.

— Eu sei. — Juliet tentou sorrir. — Todas as coisas favoritas de uma só vez. Tem certeza que vai ficar bem com essas sandálias? Está ficando frio lá fora.

Poppy acenou com a cabeça de forma vigorosa.

— Estou de meia, viu? — Balançou os dedos dos pés. — Vou ficar bonita e quentinha.

A batida de Thomas na porta da frente frustrou qualquer esperança de persuadi-la a vestir algo mais adequado. Pegando a mala de Poppy, Juliet saiu para a varanda.

— Olá, querida. — Thomas se inclinou para beijar a cabeça da filha. Então a olhou de cima a baixo e a carranca familiar retornou. — Não vai se arrumar antes de irmos?

Uma risada quase histérica borbulhou na garganta de Juliet. Ela fez um grande esforço para engoli-la.

— Ela já está arrumada.

— Gostou? — Poppy sorriu para o pai. — Não estou bonita? — Ela segurou as pontas do tutu, curvando as pernas para fazer uma reverência.

— Está linda. — Ele piscou como se houvesse algo em seus olhos. — Mas talvez você pudesse colocar uma roupa um pouco mais arrumada. Vamos tomar café da manhã com alguns dos meus colegas de trabalho. Um vestido seria perfeito.

O lábio de Poppy tremeu.

— Você não gostou da minha roupa?

— Claro que gostei. — Ele olhou para Juliet, como se esperasse que ela dissesse alguma coisa. Não estava acostumado a falar com Poppy sobre roupas, isso sempre fora território de Juliet. Ele estava como um peixe, de olhos arregalados, fora d'água.

— A mamãe gostou. — Poppy olhou para Juliet, os olhos brilhando com lágrimas. — Gostou, não é, mamãe?

Juliet respirou fundo, tentando encontrar as palavras certas. Não queria derrubar a confiança da filha. Ela sabia muito bem como isso era fácil de acontecer.

— Gostei, querida. Você está linda — Juliet falou, acariciando o cabelo escuro e lustroso da menina. — Mas não sabíamos que o papai tinha planejado sair com você, não é? Talvez você possa colocar um vestido bonito e usar essa roupa amanhã?

Poppy abriu a boca para protestar, mas, vendo o olhar no rosto do pai, fechou de novo.

— Tudo bem. Mas vou usar minhas sandálias. — Ela correu de volta para o quarto, deixando Juliet e Thomas sozinhos na porta da frente.

— Está fazendo isso de propósito? — Thomas perguntou. — Você sabia a hora que eu viria buscá-la, e o mínimo que poderia fazer é estar com ela pronta. — Ele balançou a cabeça. — Você está tornando tudo o mais difícil possível.

— Eu não sabia que vocês iam tomar café da manhã fora — Juliet respondeu, tentando manter a voz firme. Todas as conversas com Thomas eram como andar numa corda bamba. Um tropeço e eles poderiam saltar na garganta um do outro.

Poppy apareceu ao lado de Juliet usando um vestido vermelho e um cardigã branco.

— Estou pronta. — Ela abriu um enorme sorriso para os pais, sem saber que a atmosfera estava borbulhando entre eles.

— Você está linda — Juliet elogiou, dando um grande abraço na filha. Odiava a despedida por dois dias. Odiava saber que não colocaria a filha na cama naquela noite.

— Está, sim. Esse vestido é perfeito. Agora entre no carro, querida — Thomas pediu, abrindo a porta de trás. Juliet ficou olhando a filha saltar pelo caminho e depois entregou a Thomas a pequena mala.

— Aproveitando que você está aqui, eu gostaria de perguntar uma coisa — ela falou quando Thomas se virou para sair. — A Cesca vai se casar no ano que vem e quer que a Poppy seja a dama de honra. Tudo bem para você?

— Onde ela vai se casar?

— Na Escócia.

Thomas inclinou a cabeça para o lado, examinando-a rudemente.

— Não podemos levá-la para fora do país até chegarmos a um acordo sobre os termos do divórcio, lembra? E, mesmo depois disso, nós dois temos que concordar com a viagem.

— Mas é o casamento da minha irmã — Juliet protestou, tentando não parecer em pânico. — Vão ser só alguns dias. Prometo que vou trazê-la de volta.

— Foi um acordo nosso — Thomas falou novamente, seu tom calculado. — A menos que você queira começar a quebrar suas promessas. — Ele ergueu as sobrancelhas, como se tivesse uma ótima ideia. — Se está tão desesperada para ir, vá sozinha. A Poppy pode ficar conosco.

O pensamento de deixar sua filha ali enquanto viajava por milhares de quilômetros parecia uma lança gelada cutucando sua coluna.

— Não posso fazer isso.

Thomas deu de ombros, do jeito que sempre fazia quando não era problema dele.

— Tenho que ir agora. Nos vemos no domingo. Tente estar pronta para nos receber. — Com isso, ele seguiu pelo caminho em direção ao carro, abriu a porta do motorista e entrou. Juliet os observou se afastarem com o corpo todo tenso.

Ela não tinha certeza do que a fez olhar para a esquerda, mas, quando o fez, seus olhos se encontraram com os dele. Azuis brilhantes, penetrantes, semiobscurecidos pelo cabelo loiro-escuro. Ryan Sutherland estava olhando para ela com uma expressão muito estranha no rosto.

Há quanto tempo ele estava lá? Provavelmente o suficiente para ver sua conversa com Thomas. O pensamento fez sua pele se arrepiar.

Ryan sorriu para ela, seus olhos franziram e as bochechas dela ficaram ainda mais quentes. Havia algo nele que a fazia se sentir nervosa de um jeito que nunca havia se sentido.

Mais viva também.

Era desconfortável, revigorante, mas, acima de tudo, perigoso. Ela havia seguido esse sentimento antes e veja só onde havia parado.

Em uma teia emaranhada, sem possibilidade de fuga.

Não havia muitas coisas na vida que perturbassem o exterior calmo de Ryan, mas ver um homem tratando mal uma mulher era uma delas. Ao crescer, foi seu avô materno quem lhe ensinou como um homem deveria ser: fiel, protetor e sempre um cavalheiro. Uma diferença tão grande do pai de Ryan, que criticava regularmente sua mãe quando ele era criança. Ver Thomas Marshall despertou todas essas lembranças.

Ryan estava na varanda, substituindo uma tábua que tinha se partido por causa do sol, quando Thomas chegou. Ao erguer a cabeça, viu aquela postura arrogante familiar, a que ele via quando os dois estavam no ensino médio. Isso o fez se lembrar de um animal em perseguição, que afastava tudo o que estivesse em seu caminho para agarrar sua presa. Ryan parou, equilibrando o martelo na mão enquanto se esforçava para ouvir a conversa entre Thomas e sua futura ex-mulher.

Não foram as palavras de Thomas que fizeram Ryan se lembrar do pai, mas a maneira como ele parou na frente dela, com os ombros para trás e o peito estufado. Como se estivesse tentando mostrar seu domínio apenas pela linguagem corporal.

Juliet tinha se virado de onde estava conversando com o marido, chamando a atenção de Ryan. Ele sorriu para ela, tentando lhe mostrar pelo menos algum apoio. Seus olhos se arregalaram, mas no momento seguinte ela desviou o olhar.

Ele olhou para baixo e viu as juntas embranquecidas, onde ainda segurava o martelo com firmeza. Realmente não queria mais vê-los ali na varanda.

— Charlie — gritou.

Seu filho olhou para cima da cadeira de balanço onde estava sentado observando o pai.

— Sim?

— Calce os sapatos. Vamos para o cais. — A necessidade de fugir daquele lugar o incomodava.

— Para onde? — Charlie pulou do banco, deixando-o balançar atrás de si. — O que é um cais?

— É como um estaleiro. Na beira do rio. — Ryan bagunçou o cabelo do filho enquanto passava por ele e entrava na casa, indo para o armário pegar seus tênis.

Quinze minutos depois, Ryan estacionou a caminhonete preta no terreno de cascalho ao lado do cais. Quando pisou no calçadão de madeira desgastado, sentiu que finalmente estava em casa. O sol do outono brilhava firme, seus raios refletidos na água que batia contra os postes de madeira. O aroma familiar de linguados e caranguejos recém-pescados flutuava dos barcos ancorados na borda. No meio do calçadão — tão desgastado quanto o deque que o cercava — havia uma velha cabana. O Galpão de Stan havia sido pintado com grossas pinceladas na frente, as letras brancas descascando.

— O que você acha deste lugar? — Ryan perguntou a Charlie. Seu filho estava olhando em volta, as sobrancelhas franzidas enquanto observava tudo. Ele visitara aldeias de pescadores em todo o mundo, mas esta era a primeira visão de Charlie de onde Ryan tinha crescido. Por algum motivo, se viu esperando que o filho adorasse tanto quanto ele.

— Podemos sair de barco? — Charlie perguntou, o rosto brilhando de esperança.

Ryan estava prestes a responder quando uma figura familiar saiu do galpão.

— Quem está aí? — perguntou Stan, franzindo a testa. — Sabe que isso é propriedade privada?

Ryan sentiu o canto da boca se contorcer. Stan continuava insolente como sempre e, por alguma razão, ele achou isso reconfortante.

— Ouvi dizer que havia uma boa pescaria por estas bandas — ele respondeu, sorrindo.

— Sim, pode ser verdade, mas são barcos particulares. Não alugamos nenhum deles. — Stan se aproximou um pouco mais. — Vai precisar dirigir até Hyattsville se quiser dar um passeio turístico.

— E aquele barco? — Ryan perguntou, inclinando a cabeça em direção a uma embarcação de quarenta pés no canto. Era antiga, mas muito bem conservada. O exterior estava pintado de branco, com *Miss Maisie* impresso em letras azuis. Na frente do barco havia uma pequena cabine coberta, com janelas de três lados.

— Não, senhor, definitivamente não é para alugar. O proprietário não gostaria nem um pouco disso.

Ao seu lado, Charlie começou a se remexer, como se estivesse ficando nervoso. Ryan estendeu a mão e a colocou no seu ombro. O menino relaxou imediatamente.

— Quem é o dono? Talvez eu conheça.

— Ele não mora por aqui.

— Que tipo de cara é tem um barco assim e não mora perto dele? — Ryan perguntou. — Na minha opinião, parece um idiota.

Stan começou a franzir a testa.

— Não gosto do jeito como você... — Ele parou de repente, finalmente olhando nos olhos de Ryan. — Ryan Sutherland? É você, garoto?

— Era, na última vez que olhei.

— Jesus, que milagre. Eu devia saber que era você. Assim que saí da cabana, te achei parecido com seu avô.

Uma onda de calor aqueceu a pele de Ryan. Ser comparado a Cutler Shaw era o maior elogio em que conseguia pensar.

— Você não mudou nada.

— Ah, nem vem. Mal posso andar sem a bengala. Além disso, não consigo ver muito sem os óculos. Foi por isso que não acreditei nos meus olhos.

— Você nunca viu muito — Ryan brincou. — Costumávamos ir longe pra caramba sempre que você se esquecia de usá-los.

— Ah, eu sabia o que vocês estavam fazendo, simplesmente escolhia ignorar. Agora venha aqui e me apresente a esse rapazinho. — Stan apontou para Charlie.

Ryan se aproximou, apertando a mão de Stan. Charlie seguiu ao lado dele, tímido.

— Este é o meu filho, Charlie.

— Bem, é muito bom te conhecer, Charlie. Posso dizer, só de te olhar, que você é um bom garoto. Não é como o seu pai desobediente aqui. — A voz de Stan era provocadora o suficiente para que até Charlie entendesse a piada. O sorrisinho que se formou no canto dos seus lábios fez Ryan querer sorrir.

— Ei, o menos desobediente. E é bom te ver também.

— Quanto tempo vai ficar?

Um raio de sol bateu nas janelas de um dos iates, fazendo Ryan piscar.

— Estamos aqui para o jardim de infância, não é, Charlie? — ele falou. — Pensei em nos acomodarmos por tempo suficiente para o menino ver se gosta da escola.

— Não vai gostar muito se for parecido com o pai.

Ryan deu de ombros.

— Por sorte, ele puxou a mãe.

— Ela é cantora — Charlie acrescentou, ainda tão perto de Ryan que ele podia sentir seu calor. — Está em turnê.

— É mesmo? — Stan perguntou, lançando um olhar interrogativo para Ryan. — Então são só você e o seu pai?

Charlie assentiu, ficando mais corajoso a cada minuto.

— Quero navegar em um barco como ele navegava.

— Você sabe que aquela belezinha é dele, não é? — Stan perguntou, inclinando a cabeça para *Miss Maisie*. — Era do avô dele, o seu bisavô, e ele a deixou para o seu pai depois que morreu. Fiquei cuidando dela enquanto ele esteve fora. — Stan olhou para Ryan. — Se quiser levá-la para um passeio, só preciso de alguns dias para prepará-la.

— Sim, eu gostaria muito — Ryan concordou. — Acha que ela fica pronta para o próximo fim de semana? — Ele podia sentir o corpo de Charlie enrijecer de animação ao seu lado.

— Claro, sem problemas. Só preciso dar uma encerada e consertar as velas. As coisas estão quietas por aqui, agora que o verão acabou. Não estou com muito trabalho.

Embora o cais ainda estivesse funcionando — os barcos de pesca partindo logo de manhã e voltando no fim do dia com os deques repletos de peixes —, eram os ricos proprietários de iates que o mantinham financeiramente. Estando a uma curta distância tanto de Nova York quanto de Washington, Shaw Haven tinha seu quinhão de casas de temporada, que aumentavam a riqueza da já próspera cidade.

— Nesse caso, vamos voltar no próximo sábado — Ryan disse, apertando novamente a mão do homem. — É bom te ver, Stan.

— Sim, garoto, é sim.

4

> É o Oriente, e Julieta é o sol.
> — *Romeu e Julieta*

Uma das razões pelas quais Ryan escolhera essa casa foi o fato de já ter uma câmara escura no porão. Um legado do inquilino anterior, que se interessara por fotografia durante um tempo.

Não que Ryan *se interessasse*. Para ele, era mais uma compulsão. Tinha crescido vendo a vida através de uma lente de vinte e quatro milímetros. Agora que ganhava para fazer isso — e muito bem —, sua animação toda vez que capturava a cena perfeita não diminuía.

Atualmente, a maioria das suas fotos era digital, reveladas na tela brilhante do seu laptop em vez de em um porão escuro e úmido. Mas, como um homem que preferia cortar a própria madeira só para sentir o peso do machado nas mãos, havia algo reconfortante em poder revelar as fotos que tirava com a Kodak dos anos 50 do avô. Trabalhava sob o brilho vermelho da luz de segurança enquanto movia a impressão do banho de revelador para o de interrupção e depois para o fixador, até pendurá-la para secar. Era bom fazer as coisas dessa maneira — usar os mesmos processos que costumava usar quando jovem, a mesma câmera que o avô lhe dera em seu aniversário de catorze anos.

Naquela época, ele perdeu mais do que algumas fotos impressas devido à superexposição ou por não ter colocado o papel no banho rápido o suficiente. Foram necessários anos de prática para desenvolver a revelação perfeita, e, ainda assim, sempre havia a possibilidade de algo dar errado. Por alguma razão, ele gostava muito mais disso do que de mexer em seu MacBook.

Ryan terminou a última foto — de Charlie escalando *Miss Maisie* — e saiu da sala, tomando cuidado para não expor as imagens à luz. Depois de subir as escadas para o térreo, foi checar se o filho estava bem, sorrindo ao vê-lo dormir enrolado em cima das cobertas, a mão na boca enquanto chupava o polegar. Charlie estava acostumado a dormir em qualquer lugar — resultado de sua criação —, mas ainda achava difícil se acalmar durante sua primeira semana em Shaw Haven.

Após pegar uma cerveja na geladeira, Ryan ignorou a atração do laptop e, em vez disso, se dirigiu para a varanda. Pegou a câmera com a intenção de desmontá-la e limpar a lente enquanto observava o sol se pôr. Mas, quando saiu, percebeu que não era o único que planejava passar algum tempo sob o sol da tarde.

Juliet estava ajoelhada na grama em frente ao seu bangalô com uma pequena pá em uma das mãos cavando a terra dos canteiros que cercavam a casa. Ele observou enquanto ela plantava flores vermelhas e cor-de-rosa cuidadosamente, enchendo o solo antes de borrifá-las com água da sua lata de metal pintada de azul.

O cabelo estava preso em uma trança francesa que pendia em suas costas, a cor ainda mais marcante que de costume. Ele sentou ali, com a câmera no colo, os dedos tocando suavemente a lente preta, e observou enquanto ela cuidava do pequeno jardim. Estava alheia ao mundo, deixando à mostra o pescoço longo e esguio à medida que se inclinava sobre o solo, balançando os quadris enquanto se movia de um lado para outro pegando plantas e as colocando no lugar certo. Era um retrato à espera de ser tirado, uma observação da perfeita beleza.

Afastando o olhar, Ryan pegou o pano macio que usava para a câmera e limpou a lente com suavidade. Quando ergueu a cabeça, alguns minutos depois, Juliet havia terminado seu plantio. Ela estava de pé, os braços cruzados enquanto examinava sua obra. Afastou uma mecha de cabelo ruivo do rosto — os fios balançando na brisa suave da noite.

Ela estava completamente alheia à sua presença, tão envolvida na colocação exata das plantas que nada mais existia a seu redor. Era linda de um jeito clássico — como aquelas mulheres do século XVII que se viam nas paredes de galerias de arte.

Seus pensamentos se voltaram para Sheridan, a mãe de Charlie. Eles nunca foram um casal de verdade. Mais amigos que qualquer coisa, que às vezes iam para a cama. Quando ela descobriu que estava grávida, os dois assumiram a responsabilidade, e, quando Charlie nasceu, na Namíbia, Ryan se apaixonou pelo garotinho imediatamente. Fazia sentido que ele fosse o principal responsável — levar um bebê a uma sessão fotográfica era muito mais fácil que levá-lo em turnê com uma banda. Eles se encontravam com Sheridan com a maior frequência possível — em lugares tão exóticos quanto Tijuana e Pequim —, mas na maior parte do tempo eram apenas os dois, e eram tão próximos quanto um pai e um filho poderiam ser.

Testemunhar a entrega de Poppy ao pai naquela manhã o fez se sentir agradecido por tudo o que possuía. O desprezo do ex-marido de Juliet, que parecia exalar de cada centímetro do corpo de Thomas Marshall, era estranho para ele. Thomas Marshall havia sido um valentão na escola. Parecia que ainda era.

Do outro lado do jardim, Juliet olhou por cima do ombro, a testa franzindo ao perceber que não estava sozinha. Ryan levantou a mão para acenar para ela.

— Ei, Londres, como está? — ele gritou.

Ela arqueou as sobrancelhas quando gritou de volta.

— Meu nome é Juliet. — Um sorriso mínimo apareceu em seu rosto antes de ela acrescentar: — *Sr. Sutherland*.

Ele não sabia dizer se ela estava brincando ou não. O não saber o fez querer olhar de perto para ela, tentar descobrir o que estava se passando em sua cabeça.

— Se me chamar de Sutherland, vou achar que está falando com meu pai.

— Acho que conheci o seu pai — ela disse.

Isso estava cada vez mais intrigante.

— É mesmo? Quando?

Ela se aproximou um pouco mais. Ainda no seu lado do quintal, mas perto o suficiente para que ele pudesse ver a cor de avelã de seus olhos sem ter que olhar através das lentes.

— Em um jantar com os pais do Thomas. Um daqueles jantares intermináveis em que as mulheres são expulsas depois da sobremesa para que os homens possam conversar sobre negócios. — Ela suspirou. — Não sinto falta disso.

Interessante.

— Não? — ele perguntou, se levantando e colocando a câmera sobre a cadeira. — Por que não?

Ele atravessou o jardim e se apoiou no corrimão, sorrindo para ela. Ela olhou para ele, passando a ponta da língua nos lábios.

— Me entediavam até a morte. Só porque sou mulher não significa que não quero falar de negócios. — Ela lhe deu um sorriso. — E eu definitivamente não gostava de conversar sobre o último neto de Mary Stanford.

Seu estômago se contraiu. Ele também se lembrava daquele tipo de jantar. E também não sentia falta deles. Então se ajeitou e desceu os degraus em direção a ela.

Ela o encarou, e ele pôde ver uma mancha de terra na ponta do seu nariz. Queria estender a mão para limpá-la.

— Quer uma cerveja? — perguntou, inclinando a cabeça para a varanda. — Venha ver o sol se pôr comigo.

Ela balançou a cabeça.

— Não posso, tenho algumas... algumas coisas para fazer lá dentro. A Poppy volta amanhã, e eu quero terminar todo o meu trabalho antes disso.

Ele ignorou a onda de desapontamento que o atravessou.

— Talvez outra hora, então?

Seu aceno foi leve. Ele tomou isso como um bom sinal.

— Não bebo cerveja. Mas talvez uma limonada... ou alguma outra coisa.

Por enquanto ele aceitaria isso.

— Ou talvez um *shandy*, aquela bebida que mistura cerveja com limonada — ele falou, sorrindo. — Vou levar você para o lado negro, não importa o que seja preciso.

Pelo jeito como sua boca se abriu, ele suspeitou que demoraria bastante.

As mãos de Juliet tremiam quando puxou as luvas de jardinagem, colocando-as no balcão antes de se lavar na torneira. Suas bochechas arderam ao se lembrar de ser pega olhando para ele. Não era a primeira vez que ela olhava para Ryan. Quando estava ajoelhada no canteiro de flores, havia esgueirado mais do que alguns olhares por cima do ombro, intrigada ao vê-lo limpar a câmera com tanto cuidado. A concentração em seu rosto chamou a atenção dela como uma sirene. Ela sabia como era fácil se perder em algo que se amava fazer. Acontecia com ela todos os dias na loja. E é claro que ela não tinha notado quanto ele ficava bonito sob a luz laranja do sol poente. Estava muito ocupada para isso.

Ao erguer a cabeça da pia, se viu na janela, o céu escuro do lado de fora transformando o vidro em espelho. Era impossível não estremecer com o jeito como ela estava. Seu cabelo era uma bagunça, o rosto — sem maquiagem — manchado de terra e as olheiras sempre presentes.

O que Thomas pensaria se a visse assim? Durante o casamento, sempre cuidara muito bem de sua aparência. Idas mensais ao cabeleireiro e semanais à esteticista. Sem mencionar o personal shopper da Garvey's, a loja de departamentos local, que sempre ligava para ela quando recebia novidades em sua linha de grifes.

Para as pessoas de fora, soava como um conto de fadas, e talvez fosse, a princípio. Mas os últimos anos, os vestidos feitos sob medida se pareciam mais com uniformes de prisão. Não, talvez eles fossem mais como fantasias — roupas que ela vestia para fingir ser alguém que não era. Tentou tanto ser perfeita e ainda assim não foi suficiente. Não para Thomas ou para ela.

Suspirando, enfiou o cabelo que havia caído da trança atrás da orelha. Uma coisa era se arrumar, e outra bem diferente era ficar assim enquanto seu vizinho gostoso a observava da varanda. Seu rosto ficou vermelho de vergonha ao pensar nele a fitando daquele jeito.

Na juventude, sempre fora tida como a mais bonita das irmãs. Mas agora não se sentia nada bonita e muito menos confiante. Ver o marido na cama com outra pessoa faz isso com uma mulher.

Ela secou as mãos na toalha velha que pegou na cômoda. Seu esmalte estava lascado de novo. Um risco ocupacional para alguém que passava a maior parte do tempo trabalhando com as mãos, mas também outro lembrete de quanto as coisas haviam mudado. Graças a Deus nenhum dos Marshall podia vê-la agora. Isso só confirmaria a opinião deles de que Juliet nunca poderia ser o tipo de esposa que imaginavam para Thomas.

Balançou a cabeça, ligando a chaleira para ferver um pouco de água. Esse era o problema com os fins de semana de folga — os que Poppy passava com o pai. Muito tempo para introspecção. Juliet ficava a maior parte do dia na loja, fazendo contas e enviando cotações, qualquer coisa para afastar seus pensamentos da casa vazia. Então, neste fim de tarde, trabalhou no quintal, determinada a fazer a casa parecer um pouco menos desorganizada e um pouco mais habitada. Mas agora, com o sol mergulhando sob a linha das árvores atrás da casa, estava sem distrações.

Essa devia ser a razão pela qual sua cabeça continuava vagando em direção à imponente casa vizinha e seu intrigante dono. Porque, por mais que tentasse, não conseguia parar de pensar no modo como Ryan lhe oferecera uma cerveja, sugerindo que vissem o sol se pôr juntos. Ele dissera isso de forma tão tranquila, tão natural, e ela estava desesperada para tomar uma bebida gelada em sua varanda. Desesperada e com medo em doses iguais.

Desligou a chaleira antes mesmo de ferver e enfiou a mão na geladeira, pegando uma garrafa de vinho branco gelado.

Podia até não beber cerveja, mas, no momento, a ideia de tomar uma ou duas taças de vinho era mais intensa que a força de vontade para resistir.

E talvez, apenas talvez, fosse o suficiente para tirar Ryan Sutherland de seus pensamentos.

5

Não te metas entre o dragão e sua grande cólera.
— *Rei Lear*

— Certo, esse é o último. Agora só precisamos colocá-los na van e levá-los para o hotel. — Juliet enfiou o cabelo atrás da orelha. Devia ter caído da faixa quando estavam amarrando as flores. — Obrigada por toda a sua ajuda.

Lily sorriu.

— É um prazer. E eu posso entregá-los se você quiser. Economize o seu tempo.

— Não, já passou meia hora do seu horário de saída. Já me sinto culpada o suficiente. E, de qualquer forma, eu não te sujeitaria à ira do gerente. Juro que ele sempre encontra falhas nos arranjos, não importa quanto os façamos com cuidado.

— Ele não deve encontrar tantas falhas. No fim das contas, te ofereceu o contrato.

— Isso é verdade. E graças a Deus ele ofereceu. — Graças ao contrato do Shaw Haven Hotel para o fornecimento de arranjos semanais, Juliet tinha renda regular suficiente para contratar uma assistente para a loja. Lily era estudante de botânica na faculdade comunitária local e amou a oferta de emprego.

Foi uma combinação perfeita. O amor de ambas por flores poderia tê-las unido, mas, nas últimas semanas em que Lily trabalhara ali, tinha nascido uma amizade entre elas também. Conversavam sem parar enquanto trabalhavam lado a lado, criando arranjos de flores e atendendo clientes.

Lily havia preenchido um vazio na vida de Juliet que ela nem sabia que sentia. Um espaço deixado vago pelo fato de suas irmãs estarem muito distantes e os amigos que ela achava que tinha terem tomado o partido de Thomas.

Às vezes era bom ter um adulto para conversar.

Há sempre o homem da casa ao lado, uma vozinha dentro da sua cabeça sussurrou. Juliet a afastou e pegou o primeiro arranjo floral, indo em direção à porta dos fundos. Não precisava pensar em Ryan Sutherland agora. Havia pensado nele o suficiente no sábado à noite, depois de terem conversado no quintal.

Lily empurrou a porta dos fundos e encaixou o calço debaixo dela para mantê-la aberta. A van estava estacionada do lado de fora. Ela abriu e destrancou a porta dos fundos, pegando o primeiro arranjo de Juliet e colocando-o no porta-malas.

— Amei o que você fez com as vinhas — Lily falou, se afastando para admirar os arranjos que ela e Juliet haviam criado. — Está muito bonito.

Trabalhavam de forma metódica. Juliet colocando os arranjos na caixa e Lily os organizando com cuidado na van. Quando terminaram, eram cinco e meia da tarde, meia hora depois do horário de encerramento e mais de uma hora depois que Lily deveria estar em casa.

— Vou te pagar pelas horas extras — Juliet tranquilizou-a, incentivando-a a voltar para dentro da loja e pegar seu casaco e bolsa. — Agora vá. A sua mãe deve estar se perguntando onde você está.

— Não precisa me pagar. Estou aprendendo muito. Acho que eu é que devia te pagar.

— Sim, bem, esse é o caminho para ir à falência. — Juliet sorriu. — Não vou aceitar essa oferta.

— Você devia ir embora também. — Lily atirou as chaves da van na direção de Juliet e vestiu o casaco. — Sei que gosta de ver a Poppy antes de ela dormir. Se você se apressar, vai conseguir fazer isso.

— Graças a Deus existem boas babás. — Juliet sorriu. — Pelo menos eu sei que ela está bem cuidada. — Ela se inclinou para dar um rápido abraço em Lily. — Agora vá. Te vejo amanhã.

— Boa sorte com a entrega. — Lily foi até o carro.

— Obrigada, acho que vou precisar.

Uma hora depois, Juliet estava manobrando o carro para dentro da garagem, os pneus esmagando o cascalho enquanto pisava no freio.

— Mamãe! — a voz de Poppy soou pelo quintal. Juliet estava saindo do carro, com um pé no cascalho e o outro ainda nos pedais. Pegou a bolsa e o balde de flores que havia resgatado da loja, velhas demais para usar no trabalho, mas bonitas demais para jogar fora. Um sorriso cruzou seus lábios assim que pôs os olhos na garotinha.

— Oi, querida. Como foi a escola? — Ela largou as coisas na varanda, estendendo a mão bem a tempo de Poppy se jogar em seus braços. — Onde está a Melanie?

Ela procurou por Melanie Drewer — a babá que buscava Poppy e ficava com ela toda quinta-feira. Era estranho que ela não estivesse em lugar nenhum.

— Ela começou a passar mal depois da hora do chá. Foi nojento. O cheiro me fez querer vomitar também.

— Ela está doente? — Juliet olhou em volta. — Onde ela está? Lá dentro?

— Não, não. Ela foi para casa.

— E te deixou sozinha? — Ela sentiu a voz subir um tom, como uma espécie de soprano em pânico. — Ela não pode fazer isso.

— Está tudo bem. O Ryan disse para ela ir. Ele falou que eu podia brincar com o Charlie até você chegar. — Poppy deu de ombros, como se fosse a coisa mais natural do mundo brincar com alguém praticamente estranho e seu filho.

Sua boca ficou seca ao pensar no que Thomas diria se descobrisse.

— Poppy, venha ver isso — Charlie gritou. A menina se virou, correu pela varanda e voltou para a casa ao lado, o cabelo voando atrás dela. Parou ao lado de Charlie, os dois ajoelhados no canto da casa, olhando para alguma coisa.

Seu olhar subiu das crianças para a varanda. Foi quando ela viu Ryan sentado no confortável sofá de dois lugares, com um laptop apoiado nas pernas cobertas pelo jeans. Ele estava franzindo a testa para alguma coisa, usando o mouse para clicar na tela.

Nem estava de olho nas crianças. Qualquer coisa poderia ter acontecido com elas.

Ela se virou e voltou pelo caminho até a casa dos Sutherland. Ele ergueu os olhos quando ouviu seus passos, os olhos azuis encontrando os dela.

— Oi. Como foi o seu dia?

A pergunta roubou o ar de seus pulmões, da mesma forma que o sorriso roubou seu bom senso. Quanto tempo tinha se passado desde que alguém lhe perguntara isso pela última vez? Nem mesmo Melanie, que geralmente estava ocupada demais tentando colocar o jantar na mesa nas noites em que trabalhava, tinha tempo para reconhecer algo além da chegada de Juliet. Quanto a Thomas, bem, ele nunca estivera realmente interessado em como as coisas iam.

— Hum, tudo bem. — Ela piscou algumas vezes. — Fiquei um pouco surpresa ao saber que a Melanie passou mal. Ela devia ter me ligado. Eu teria voltado para casa imediatamente. — Sentiu todos os tipos de coisas estranhas pairando sobre si enquanto ele a olhava. Por que estava ficando tão nervosa com a maneira como os olhos dele franziam quando sorria?

— Ela ia ligar, mas eu falei que cuidaria das coisas. Ela estava verde como um dragão. Achei que a melhor coisa a fazer era mandá-la para casa antes que espalhasse o vírus por todo o bairro.

— Você devia ter me ligado — Juliet protestou. — Não posso deixar a Poppy ser cuidada por estranhos. Não está certo.

— Não tenho o seu número.

— Bem, a Melanie devia ter dado a você. E se algo tivesse acontecido? E se a Poppy se machucasse enquanto você cuidava dela e precisasse de mim? Você não pode simplesmente... não sei... tomar decisões sobre os filhos dos outros assim. — Até mesmo a maneira como ele preenchia o jeans tornava difícil para ela encontrar as palavras certas.

Ryan a encarava como se não conseguisse entender uma palavra que ela estava dizendo. Três sulcos se alinhavam em seu rosto suave, meio obscurecido pelo cabelo loiro-escuro.

— Se algo tivesse acontecido, teríamos procurado você. Mas nada aconteceu e também não era provável que acontecesse. A menos que você conte o fato de esses dois estarem cobertos de lama. — Ele gesticulou para Poppy e Charlie, que estavam de joelhos, cavando na terra. Charlie tirou uma minhoca do solo, segurando-a no ar, e a balançou na direção de Poppy. — Somos vizinhos, não somos estranhos. E eu sei que você faria o mesmo por mim se eu precisasse de ajuda.

A simplicidade de sua resposta a fez cair em si.

— Desculpe — ela finalmente disse, com a voz baixa. — Não estou acostumada a receber ajuda.

Ryan ficou em silêncio enquanto olhava para Juliet. Ela se sentiu observada de forma minuciosa, mas não de um jeito ruim. Ainda assim, percebeu que ruborizava sob a inspeção dele, seu peito e bochechas rosados conforme o sangue corria por sua pele.

— Sabe, essa é uma das razões pelas quais levei tanto tempo para voltar para cá — ele falou, fechando o laptop e colocando-o na mesa ao seu lado. — Todo esse conceito de que ninguém é responsável pelos seus filhos além de você. Isso só acontece em lugares como os Estados Unidos. No resto do mundo, nos lugares menos *civilizados*, criar uma criança é visto como um projeto da aldeia. Se um dos pais não estiver por perto para cuidar dos filhos, os outros assumem o controle. Se uma criança se comporta mal, é repreendida, não importa por quem. Se chora, é confortada. É visto como responsabilidade de todos garantir que a aldeia crie crianças fortes e equilibradas. Porque todos nos beneficiamos no final.

O timbre da sua voz — baixo e suave — era hipnotizante, mas foram suas palavras que lhe roubaram o fôlego. Ela estendeu a mão, se firmando na balaustrada que rodeava a varanda dele.

— Isso soa quase bonito — falou —, mas nada parecido com o que acontece aqui.

Ryan franziu a testa.

— Mas você tinha o seu marido, não é?

— O Thomas não foi muito bom quando a Poppy era bebê. — Esse era o eufemismo do ano. Ela não precisava nem de uma mão inteira para contar o número de vezes que ele trocou uma fralda. Quando Poppy era pequena, ele se mudou para um quarto na outra ala para conseguir dormir. — Ele estava com um grande contrato no trabalho e ficava lá o máximo de horas possível. Acho que a mãe dele ajudou da melhor forma que pôde. — E a verdade é que todos adoravam Poppy. Eles simplesmente não estavam acostumados com bebês. Quantas vezes pediram a Juliet para contratar uma babá, para tornar a vida de todo mundo mais fácil? — As coisas estão melhores agora.

— Fico feliz em ouvir isso.

Ela tentou ignorar o modo como sua respiração acelerou quando ele sorriu para ela. Ele percebia como era atraente? Sempre que o olhava, era como olhar para o sol — havia um brilho quase ofuscante.

E, como o sol, ela precisava se impedir de chegar perto demais. Era casada, mãe e, acima de tudo, precisava aprender com seus erros e parar de tomar decisões precipitadas das quais só se arrependeria mais tarde.

Caso contrário, ela tinha certeza de que iria se queimar.

6

> Essas violentas alegrias têm fim também violento.
> — *Romeu e Julieta*

Como seu filho, Ryan Sutherland aprendeu a dormir em qualquer lugar. Do chão de terra das barracas nômades do Paquistão ao compartimento de bagagem de um velho ônibus no Camboja, se houvesse espaço suficiente para ele se enroscar ali, o sono era quase certo. Era estranho que nessa luxuosa cama king-size, na atmosfera climatizada de sua casa em Shaw Haven, ele estivesse acordado há horas olhando para o teto, de olhos arregalados.

Naquela noite, ele se viu abandonando por completo seu objetivo, e não desceu a escada polida e pegou o MacBook para organizar as fotos do seu último trabalho. Não assumiu nenhum compromisso neste outono propositalmente. Entre ambientar Charlie no jardim de infância e pensar sobre a mudança para Nova York, ele decidiu fazer uma pausa. Mas sentia falta do trabalho. A fotografia era sua paixão, e escolher cada foto, vendo as diferenças mínimas entre elas, tinha um efeito calmante como nenhum outro.

Ainda assim, estava se sentindo mal-humorado quando a manhã chegou, pois tinha adormecido pouco antes do amanhecer. Charlie, por outro lado, estava mais animado do que o habitual, falando com a boca cheia enquanto comia seu cereal matinal.

— A Poppy pode vir brincar de novo depois da aula? — o menino perguntou. — Vamos procurar mais minhocas e criar uma fazenda para elas. Ela disse que podemos treiná-las para elas fazerem truques.

Os pensamentos de Ryan se voltaram imediatamente para Juliet. O jeito como ela parecia brava quando pisou no seu quintal. Mas quando sua fúria se dissipou, substituída por uma vulnerabilidade que o tocou profundamente, ele viu sua raiva pelo que realmente era.

Medo.

Mas medo do quê? Era isso o que não conseguia entender. Balançou a cabeça de novo para si mesmo — lá estava ele mais uma vez, pensando em coisas que não eram da sua conta. Não tinha nada melhor para fazer? Preparar seu filho para a escola seria um começo.

— Não sei. Teríamos que perguntar para a mãe dela. — Ryan pegou a tigela vazia de Charlie e a colocou na lava-louça. — Se ela não puder, podemos convidar outra pessoa. Você não tem mais amigos na escola?

Charlie balançou a cabeça.

— Quero brincar com a Poppy. As outras crianças são um saco.

Ryan empurrou a porta da máquina e se virou para olhar para o filho.

— É mesmo? Por quê?

Seu filho piscou duas vezes, depois baixou os olhos para os pés, franzindo a testa.

— Eles são malvados. Disseram que ela não podia brincar com eles porque não tinha mais pai. — Ao olhar para Ryan, ele ainda estava franzindo a testa. — Mas ela tem pai, não tem?

— Sim, ela tem. — Ryan umedeceu os lábios. — Só porque você não mora com alguém, não significa que a pessoa não te ame. Veja a sua mãe. Ela é louca por você.

— Foi o que eu disse. Mas ninguém acreditou em mim quando falei que a minha mãe não morava com a gente. Disseram que as mães têm que morar com os filhos.

Uma olhada no relógio disse a Ryan que eles iam se atrasar se não saíssem em breve. No entanto, isso parecia importante demais para deixar de lado.

— E o que você acha?

Charlie franziu os lábios, imerso em pensamentos.

— Acho que não importa se você mora com sua mãe ou seu pai. Desde que eles te amem, está tudo bem.

Ryan se agachou na frente do filho, colocando as mãos nos ombros de Charlie. Seu peito doía de amor pelo menino.

— Ninguém poderia ser mais amado que você — falou com a voz cheia de emoção. — E você sempre vai ficar bem. Vou me certificar disso.

Charlie assentiu, a expressão séria ainda em seu rosto.

— A Poppy também vai ficar bem, não vai?

Ryan imaginou a menininha do jeito que ela estava no primeiro dia em que a viu. O maxilar endurecido e os olhos brilhando.

— A Poppy vai ficar ótima. Ela tem coragem, assim como você. — Puxando Charlie em sua direção, ele o abraçou. — Vamos lá, vamos entrar no carro. Você vai se atrasar para a escola.

Charlie colocou os sapatos, fechando as tiras de velcro com cuidado. Pegou a mochila, deslizando-a sobre os braços até que estivesse apoiada confortavelmente em suas costas. Era grande demais para ele. Parecia uma tartaruga que não tinha crescido em sua casca.

Quando abriu a porta da frente, Ryan se deparou com um enorme arranjo de flores coloridas. Dispostas em um vaso simples de vidro, as tulipas brancas e os jacintos roxos estavam amarrados com sisal e folhagem verde, adicionando um toque luxuoso. No meio do buquê, havia um envelope branco. Ele pegou e deslizou o dedo para abri-lo, retirando um cartãozinho manuscrito.

> *Tulipas brancas e jacintos roxos significam um pedido de desculpas.*
>
> *Obrigada por me ajudar com a Poppy ontem. Eu agradeço.*
>
> *Juliet*

Ele olhou para o vaso por um momento, tentando lembrar se alguém já tinha lhe dado flores. Parecia pessoal, quase pessoal demais, e ainda assim havia um calor dentro dele que não existia antes.

A mulher da casa ao lado era quase impossível de decifrar.

Talvez fosse por isso que ele a achava tão intrigante.

🍁

Depois de deixar Charlie na escola, Ryan virou a caminhonete na direção do bairro comercial, no coração de Shaw Haven. Embora a reunião de que deveria participar fosse oficial, não se incomodou em se vestir de forma apropriada para a ocasião. Ele não tinha terno, nem precisava de um em suas viagens.

E agora? Era mais uma questão de orgulho vestir as mesmas roupas que usava todos os dias. Ao entrar no brilhante edifício comercial que abrigava a Shaw & Sutherland, seu jeans e camiseta escura o faziam parecer mais deslocado do que nunca. Quando era garoto, teria se sentido desconfortável por estar diferente, mas agora gostava desse sentimento.

— Posso ajudá-lo? — Uma das funcionárias bem arrumadas da recepção olhou para ele. Seus olhos não mostravam reconhecimento algum. Por que mostrariam? A última vez que ele entrara nesse prédio, era pouco mais que uma criança.

— Estou aqui para falar com Matthew Sutherland. — Ou melhor, havia sido convocado. E, por mais que não gostasse do pai, sua curiosidade superava a antipatia. Além disso, não queria que ele aparecesse em sua casa novamente.

A menção ao nome do pai foi o bastante para fazer a recepcionista se endireitar. Qualquer um que tivesse um compromisso com seu pai obviamente era *alguém*.

— Qual é o seu nome, por favor?

— Sou Ryan.

Ela esperou por um momento, como se aguardasse que ele desse um sobrenome, mas Ryan ficou quieto. Ainda não gostava da maneira como uma simples palavra mudava a forma como as pessoas o tratavam nessa cidade. Para o bem ou para o mal.

— Por favor, sente-se. — Ela apontou para as cadeiras de couro no canto da entrada de mármore. — Vou avisar à secretária dele que você está aqui.

— Não há necessidade, vou até lá sozinho. — Ryan não ia ficar esperando seu pai chamar.

— Vocês têm uma reunião? — a recepcionista perguntou em voz alta ao vê-lo se afastar. — Sr. hum... Ryan, você não pode simplesmente ir até lá. Ninguém tem permissão para andar pelo prédio sem acompanhante.

Ele ignorou seus chamados cada vez mais frenéticos, entrando no primeiro elevador que chegou. O interior parecia familiar, e, ao pressionar o botão para o décimo primeiro andar, parecia que estava voltando no tempo, voltando a ser aquele garoto que vinha visitar o pai em ocasiões muito especiais, a mão suada agarrando o nó apertado da gravata, se sentindo deslocado como sempre.

O ar no elevador parecia viciado, como se tivesse ficado fechado por muito tempo. De qualquer forma, Ryan deu um grande suspiro, observando a tela exibir cada andar até finalmente parar no décimo primeiro. Ele saiu, ignorando a secretária cuja mesa estava posicionada para receber quem quer que saísse do elevador. Em vez disso, virou à esquerda, seus sapatos marrons mal fazendo barulho no chão acarpetado.

Estranho como as lembranças o atingiram com tanta facilidade. A sala de reuniões ficava atrás da porta no final do corredor, na época do avô. E ainda estava lá, embora o nome tivesse mudado para "sala da diretoria", de acordo com as letras douradas afixadas na grossa porta de carvalho. A atmosfera também parecia a mesma, o ar o pressionando de forma opressiva, fazendo-o lembrar exatamente o motivo de nunca poder trabalhar em um prédio de escritórios como aquele. Não se incomodou em bater, apenas abriu a porta, e as dobradiças rangeram quando a luz da sala de reuniões inundou o corredor. Seis rostos ergueram os olhos das pilhas de papel na mesa.

Seu pai foi o primeiro a falar.

— Ryan. — Não havia sinal de reconciliação em seu rosto. Não que Ryan fosse gostar disso depois de todos esses anos. Mas ele era pai agora, não podia se imaginar sem ver Charlie durante tanto tempo, depois mal o reconhecendo. Era algo inconcebível para ele. — Vamos esperar que seu advogado se junte a nós? — o pai perguntou.

— Ele não vem. — Ryan cruzou os braços.

Seu pai o analisava, os olhos azul-claros não deixando transparecer nada. Exigiu um grande esforço da sua parte não se contorcer, como quando era criança e era observado e julgado.

Por que tinha ido até lá? Para mostrar que não estava com medo? Ou talvez para mostrar que eles é que deveriam se sentir assim?

— Que pena. Eu esperava que você recebesse sábios conselhos. — Como sempre, a voz do homem mais velho era suave. Ele ergueu o copo de água até os lábios finos, tomando um gole.

O advogado sentado à esquerda de seu pai se remexeu na cadeira, franzindo a testa, mas não disse nada.

— Por que você voltou, Ryan?

Ryan tentou ignorar a maneira como a pergunta o fazia se sentir. Ele já se perguntara a mesma coisa uma dúzia de vezes. Ainda assim, algo na maneira como o pai o olhava obrigou Ryan a responder. Ele não seria o garoto que fugia de novo.

— Porque eu queria mostrar ao meu filho de onde ele veio. Queria mostrar a ele a cidade que seu bisavô ajudou a construir. Porque você pode achar que é dono deste lugar, mas da última vez que verifiquei este era um país livre. Posso morar em qualquer lugar que eu gostar.

— Ainda assim, escolheu morar aqui. Em mais de sete milhões de quilômetros quadrados neste país, você escolheu a pequena Shaw Haven para mandar seu filho para o jardim da infância. É nisso que você espera que acreditemos? — O pai balançou a cabeça lentamente, ainda mantendo contato visual. Houve silêncio por um momento. O olhar dele não vacilou, mesmo assim Ryan podia ver uma vulnerabilidade que não havia notado antes. Não era medo, mas definitivamente não era um homem no controle total da situação. Pela primeira vez, ficou claro para ele que seu pai temia suas razões para voltar. Receoso do que ele poderia fazer com os negócios. E com a sua vida.

— Por que você acha que eu voltei?

Seu pai tomou outro gole de água.

— Acho que você tem negócios inacabados. Ou, pelo menos, é nisso que você acredita. Mas estou aqui para pedir que você pare antes de começar. Posso ser mais velho, mas não tenho medo de defender o que é meu. — Ele deu um meio sorriso.

— Você não precisa defender nada. Nem tudo tem a ver com você. Eu te disse por que estou de volta, e é isso.

— Então você não está aqui pela empresa? — Ainda havia descrença na voz do pai.

Por um momento, Ryan considerou jogar com ele da mesma forma que o pai havia jogado com a mãe durante anos. Mas o que ganharia com isso? No que dizia respeito a ele, era só mais um acionista. Nada mais que isso.

— Não estou interessado na empresa.

— Nesse caso, tenho uma oferta para você. Muito generosa. Enviaremos os detalhes ao seu advogado após o nosso encontro, mas tenho certeza de que ele vai orientar você a aceitar.

— Que oferta? — Pela primeira vez, Ryan quis suspirar. Engolindo o impulso, remexeu os ombros, tentando aliviar a tensão ali. Seu pai gesticulou para um dos advogados.

O homem empurrou os óculos no nariz, depois levantou uma pilha de papel branco.

— Ry... Sr. Sutherland, preparamos uma oferta muito generosa por suas ações. Gostaríamos que você as vendesse para a empresa.

— Você quer comprar a minha parte? — Sua voz era baixa. Segura. Mas nenhum deles percebeu o aviso em seu tom.

— Queremos nos livrar dos nossos passivos — o pai respondeu. — E você é o maior deles.

— Meu avô me deixou as ações por um motivo — Ryan falou. — Ele não queria que a empresa estivesse nas suas mãos, caso contrário teria deixado tudo para você.

— Acho que nós dois sabemos que o velho já estava caduco no final — o pai retrucou. — Ele não sabia o que estava fazendo. Se você não fosse da família, eu teria contestado o testamento, mas você já havia aborrecido demais a sua mãe. Você deveria avaliar a oferta; é boa. Vamos mantê-la em aberto por uma semana. Converse com seu advogado, e, se tiver perguntas, é só nos procurar.

O advogado guardou os documentos em um grande envelope amarelo, depois o empurrou para Ryan. Ele ignorou, se recusando a pegá-lo.

— Não preciso ler. A resposta é *não*. — Sem olhar para o envelope, ele usou a ponta dos dedos para empurrá-lo de volta pela superfície de madeira polida. Embora seu estômago estivesse revirado, manteve a expressão implacável. Sabia, por experiências passadas, que mostrar fraqueza a seu pai era o mesmo que se render. — Prometi ao meu avô que nunca venderia as ações — Ryan falou. — Nem para um comprador externo, nem para você. — Seu olhar encontrou o do pai.

— Vamos mandar a oferta para o seu advogado — o pai retrucou. — Ele vai te dizer que é boa. Você tem cinco dias para aceitar.

— Envie para onde quiser. — Ryan deu de ombros. — Não vou aceitar de jeito nenhum. Está desperdiçando o seu tempo e o meu.

— Então eu diria que esta reunião está encerrada.

— Essa é a primeira coisa sensata que ouvi a manhã toda. — Deixando o envelope sobre a mesa, Ryan saiu da sala sem se incomodar em se despedir, não querendo olhar para o pai. Estava se esforçando ao máximo para não explodir. Estava com raiva, mas também muito magoado. Deveria estar acostumado com aquilo, realmente deveria, mas isso não o impedia de querer quebrar alguma coisa no caminho.

Havia quase quinze anos, ele se afastara dos pais e jurara para si mesmo que nunca deixaria que o magoassem novamente.

Então por que se sentia como se tivesse levado uma facada nas costas?

7

Prudência! Quem mais corre mais tropeça.
— *Romeu e Julieta*

— Tem certeza de que está tudo bem aí? — Juliet perguntou ao telefone. — Está, sim. Abri a loja e vendi alguns buquês. E o motorista ligou para confirmar as entregas para mais tarde. Agora pare de falar comigo e aproveite o seu dia, tá? — Lily a tranquilizou. — Juro que tenho tudo sob controle.

— Agradeço muito a sua ajuda. Obrigada. — Juliet ainda não podia deixar de se preocupar. — Te ligo à noite para saber se correu tudo bem.

— Faça isso. — Lily parecia se divertir. — Mas por ora, você é mãe, não empresária. Então desligue e siga em frente.

Planejar um dia de folga do seu próprio negócio tinha sido bem difícil. Ela passara o fim de semana inteiro tentando deixar tudo pronto para que Lily pudesse cuidar da loja sozinha. Significava pagar um serviço de courier para entregar as flores, praticamente aniquilando qualquer lucro que esperava ter, mas que escolha tinha? Poppy estava desesperada para que Juliet fosse uma das mães que ajudariam na viagem da escola, e o pensamento de desapontá-la era demais.

Mais uma alegria de ser mãe solteira e trabalhar fora: cada escolha deixava uma vítima em algum lugar. Com muita frequência, a principal vítima era a sanidade de Juliet.

Ela olhou para o telefone enquanto caminhava com Poppy para a sala de aula. Nenhuma mensagem ainda. Esperava que fosse um bom sinal.

A sala de aula estava agitada com a animação das crianças. Embora fosse início de outubro, todos estavam usando roupas de Halloween, tinha princesas, bruxas, fantasmas e jogadores de futebol.

Poppy estava vestida de Merida — sua princesa favorita da Disney —, com a fantasia completa e uma peruca cheia de cachos ruivos. A cor não estava muito longe da de Juliet, e ela achou divertido, porque as duas pareciam estar combinando.

— Sra. Marshall? Obrigada por vir ajudar hoje. — Brenda Mason, a professora de Poppy do jardim de infância, falou, dando um sorriso constrangido para Juliet. — Só estamos aguardando mais dois pais, então vamos entrar no ônibus. Mas antes, banheiro!

Juliet disfarçou um sorriso. A srta. Mason era professora de jardim de infância havia mais de vinte anos. Tudo em sua sala de aula era administrado por intervalos de ida ao banheiro.

Ela foi até onde os outros pais que seriam ajudantes estavam esperando. Como Poppy, seus filhos estudavam na escola particular cara desde o maternal, passando pelo jardim de infância e depois pela pré-escola. Eles a conheceram quando ela era a sra. Marshall, esposa troféu e mãe, antes que seu mundo desmoronasse. Desde que se separara de Thomas, os convites para cafés ou encontros de brincadeiras supervisionadas haviam acabado. Se não estivesse tão ocupada tentando montar o próprio negócio, isso provavelmente a incomodaria mais.

— Olá, Susan. Oi, Emily. — Ela sorriu e as mulheres acenaram para ela. — Quem mais estamos esperando?

— A Marsha, claro — Susan falou, revirando os olhos. — Ah, e o pai do Charlie Sutherland. Você sabe, o bonitão.

— Ele é um gato — Emily concordou. — Aquele cabelo loiro lembra o Robert Redford mais jovem, bem, antes de ficar todo enrugado. E é um bom pai também. O pobre homem faz tudo por conta própria, não sei como consegue.

— Ah, ele é incrível. Viu como é bom com o Charlie? Convidamos o menino para um encontro de brincadeiras neste fim de semana para tentar dar um tempo ao pai dele. Deus sabe, é impossível ser pai e mãe vinte e quatro horas por dia. Estava dizendo ao Rich, não tenho ideia do que eu faria se não o tivesse em casa todas as noites. Tenho muita sorte de não ser mãe solteira.

Juliet sentiu todos os músculos ao redor do peito se apertarem. Ela deveria estar acostumada a conversas assim. Não fazia muito tempo era uma *delas*, casada, com dinheiro, empregados e tudo o mais que pudesse pedir. Não que fosse tão presunçosa quanto Susan.

Mas, ainda assim, havia dado seu relacionamento como certo. Até tudo mudar.

— Desculpe, Juliet, como vão as coisas? — Susan finalmente perguntou. — Não deve ser fácil viver sozinha. Mas pelo menos você tem o dinheiro do Thomas. Isso já é alguma coisa, não é? — Sua risada estava tilintando. — Além disso, todo fim de semana você fica livre da menina. Eu sonho com isso às vezes. Não há nada pior do que ser acordada em uma manhã de sábado. Você deve amar poder dormir até tarde.

— Não durmo. Tenho que trabalhar nos fins de semana — Juliet apontou. — Não lembro da última vez que fiquei na cama até depois das seis.

— E como vai a lojinha? — Susan perguntou. — Continuo querendo aparecer. Acho maravilhoso que você tenha um lugar assim para se manter ocupada, agora que não é uma esposa de carreira.

Juliet estava tentando — e falhando — não manter o cenho franzido. Uma esposa de carreira — era isso que ela tinha sido? Achou que era só esposa, pura e simplesmente. Nem sempre uma esposa perfeita, não importava quanto tivesse tentado. E tinha tentado muito. *Esposa de carreira* soava como se não tivesse atingido os padrões que ela nem sabia que existiam.

— Apareça quando quiser — falou. Sua garganta estava dolorida. — Vou mostrar tudo a você.

— Certo. Tenho certeza que não vai demorar muito, não é? É só uma lojinha... — Susan parou, olhando por cima do ombro de Juliet, uma expressão sonhadora suavizando seu rosto. — Ah, meu Deus, ele realmente é um gato.

Juliet não precisava se virar para saber exatamente de quem Susan estava falando, pois o arrepio em sua coluna fez o trabalho por ela. O sangue, acelerado pelas batidas rápidas de seu coração, correu para o rosto, aquecendo suas bochechas.

Ela quase não queria olhar para ele. Não queria que ele visse como ela ficava nervosa quando estava por perto. Desde que deixara as flores na sua porta, algumas semanas antes, só tivera vislumbres dele quando estava saindo para o trabalho.

Talvez fosse melhor assim.

— Sr. Sutherland, muito obrigada por ter vindo. E olhe para você, Charlie, do que está vestido? É uma fantasia mexicana? — a srta. Mason perguntou.

— Sou peruano — Charlie respondeu. — É de Cusco.

— Claro que sim, querido. Que cores lindas. — A srta. Mason respirou fundo antes de pedir a atenção de todos. — Certo, crianças, por favor entrem na fila. Vamos levar vocês ao banheiro de cinco em cinco, e em seguida vocês vão entrar no ônibus. Não se esqueçam de pegar o almoço e a capa de chuva, por favor.

Todas as crianças correram para a frente, gritando, rindo e se empurrando. Juliet observou enquanto a srta. Mason e a auxiliar tentavam fazê-las formar uma fila, ouvindo pacientemente os alunos reclamarem que não era "justo" que não estivessem na frente.

— Oi. — A voz de Ryan estava tão perto do seu ouvido que ela podia sentir o calor da respiração dele. Isso provocou outro arrepio em sua coluna.

Ignorando as próprias reações idiotas, ela forçou um sorriso.

— Olá, sr. Sutherland.

— Prefiro um simples *Ryan*, se der na mesma para você, Londres. Ou, se realmente quiser me irritar, pode me chamar de "Ry".

— Isso te irrita? Por quê?

Ele não teve chance de responder antes de Susan se enfiar entre os dois.

— Ah, olá, Ryan, é bom te ver de novo. O Franklin não vê a hora de o Charlie ficar conosco no fim de semana. Ele é um garoto adorável. Crédito todo seu. — Susan virou as costas para Juliet, sem dar a Ryan outra escolha a não ser olhar para ela. — Talvez você possa almoçar conosco no domingo. Se o tempo continuar assim, provavelmente vamos fazer um churrasco. Minha irmã vem nos visitar e eu sei que ela adoraria te conhecer.

— Hum, sim, claro. Está bem.

— O que acha de uma hora?

Juliet tentou abafar o ruído quando Susan começou a perguntar a ele sobre o tipo de comida de que Charlie gostava. Ryan estava mantendo a voz educada e inexpressiva, diferente da maneira como falava com ela. Ela virou para as crianças, agora em uma fila perfeita, todas olhando com interesse para a srta. Mason enquanto ela descrevia os planos para o dia. Então cada grupo de crianças foi designado para um pai ou ajudante, enviado ao banheiro e depois para o ônibus escolar. Em segundos, Juliet foi cercada por Poppy e quatro das suas colegas de escola.

Eram apenas nove e meia, mas já parecia que tinha sido uma longa manhã. Só Deus sabia como ela iria sobreviver ao resto do dia.

— Subam, crianças. Cuidado com o degrau. Vocês não querem cair. Temos um passeio de carroça para aproveitar. — O motorista do trator ajudou o grupo de crianças a subir, observando enquanto elas se acomodavam sobre os fardos de feno dispostos como assentos na caçamba. Em silêncio, Juliet contou as cabeças, algo que fizera o dia todo. Embora estivesse no comando de apenas cinco crianças, não podia perder nenhuma delas. Depois de seu último encontro com a diretora Davies, não estava muito animada para ser levada até ela novamente.

— Se importa se formos junto?

Ela se virou para ver Ryan parado ali, seu próprio grupo de crianças agarrando seus braços. Ela o tinha visto mais cedo nas abóboras — assistiu com diversão quando ele conseguiu esmagar doze delas enquanto as crianças o aplaudiam. A fazenda era grande o suficiente para que ela só tivesse esbarrado nele uma vez. Ele era o único ajudante — além da própria Juliet — que se juntara à diversão no castelo de escalada, subindo em fardos e buracos na parede, rindo com as crianças enquanto se balançava na corda.

— Acho que temos espaço. — Juliet olhou para o motorista.

— Sim, com certeza. Bem-vindos a bordo, crianças. — Quando todos estavam acomodados, Juliet se virou para segurar a escada. Ryan estendeu a mão, fechando-a em torno da dela para ajudá-la a subir no veículo.

Havia um pequeno espaço nos fundos, à esquerda, e Juliet se arrastou até lá, grata por estar usando jeans. Passou a maior parte do horário de almoço tirando feno do cabelo e tinha certeza de que, quando tirasse a roupa naquela noite, encontraria mais dentro da camisa. Ryan se sentou a seu lado, o corpo quente pressionado à lateral do corpo de Juliet. Mesmo se quisesse, ela não ia conseguir se mexer — o veículo era pequeno e as crianças ocupavam o restante do espaço. Estava encurralada.

— Daqui a dez minutos eles vão estar dormindo — Ryan falou, acenando com a cabeça para as crianças na frente deles. — É impressionante o que uma atividade ao ar livre pode fazer.

Juliet sorriu. Ela estava sonolenta. Quando o trator começou a se afastar e as rodas giraram de forma ritmada na grama, pôde ver exatamente o que Ryan queria dizer.

— Eu tinha me esquecido de lugares como este — Ryan disse a ela. — Não ia a uma plantação de abóboras há anos. É engraçado que, quanto mais estou longe dos Estados Unidos, menos me lembro da cultura.

— Nunca tinha ouvido falar disso antes de me mudar para cá — Juliet admitiu. — Não temos coisas assim na Inglaterra.

— Vocês não celebram o Halloween?

— Sim, mas nem de longe como fazem aqui. Algumas crianças saem em busca de doces ou travessuras, mas só isso. Não há toda uma indústria construída em torno da data. E, se você vestir uma fantasia por lá, tem que ser algo assustador. Não há princesas da Disney ou Nemos.

— Que chato.

Ela riu.

— Temos outras maneiras de comemorar. Como a Noite de Guy Fawkes.

— É aquela em que queimam bonecos de tamanho real em fogueiras enormes?

Ela o encarou com a sobrancelha arqueada.

— Talvez. Você tem algum problema com isso? — Ela o estava provocando. E gostou do jeito que ele sorriu quando percebeu.

— Só estou comentando. Vocês têm umas tradições esquisitas por lá, Londres.

Por que, toda vez que ele usava esse apelido, ela sentia todo o seu corpo se iluminar?

— Pelo menos temos história. Não precisamos inventar coisas só para nos divertir. — Quase mostrou a língua para ele. Era loucura a facilidade que tinha para provocá-lo. Ainda mais loucura como isso acelerava seu pulso.

— Você sente falta?

Ela franziu a testa.

— De quê?

— De viver na Inglaterra?

O trator passou por um buraco, empurrando-os. As crianças riram quando ela quase foi jogada nos braços de Ryan. Ele a amparou, firmando-a com as mãos fortes. A respiração de Juliet ficou presa na garganta.

Quando ele sorriu, o canto de seus olhos se enrugou. Pela primeira vez ela notou a cicatriz que cruzava uma de suas sobrancelhas. Queria estender a mão, traçar a linha branca. Queria perguntar como ele conseguira aquilo.

Droga, não, não queria. Eram só os hormônios aparecendo de novo.

— Você está bem? — ele perguntou baixinho.

Ela tentou se afastar, mas as mãos dele permaneceram firmes em seus braços. Ela podia sentir arrepios por toda parte, seu corpo tremendo apesar do calor que emanava dele. Fazia muito tempo que não ficava tão perto de um homem. Mas não foi isso que fez seu coração bater de forma descontrolada. Foi aquele homem. O Romeu loiro e descontraído da casa ao lado.

Pare com isso, Juliet. *Pare com isso.*

— Estou bem.

Ele passou os polegares pelos seus braços, a sensação fazendo-a estremecer ainda mais. Ele realmente precisava soltá-la agora, antes que ela fizesse papel de boba. Era uma mulher adulta, mãe, e estavam cercados de crianças. Não tinha cabimento ela estar se sentindo assim.

— Estou bem — disse de novo, dessa vez conseguindo se livrar de suas garras. Então olhou para as crianças. Estavam todas sentadas em segurança. Como ele previra, mais de uma havia adormecido. — Obrigada.

— Disponha.

Ela puxou os joelhos até o peito e os abraçou. O chão à sua frente parecia mais irregular do que nunca. Não havia como cair em cima dele de novo.

Mesmo que isso fosse bom demais. Ou, especialmente, porque era.

— Sinto falta de Londres, sim — respondeu, tentando voltar aos trilhos. — Sinto saudade da minha família, claro, e dos meus amigos. Mas, mais que tudo, sinto falta do sentimento de pertencer, de ter crescido em algum lugar e de conhecê-lo de dentro para fora. Posso morar aqui há mais de seis anos, mas ainda me sinto como uma visitante.

Ele franziu o nariz.

— Não posso imaginar viver em um só lugar durante toda a minha vida. Há um mundo enorme lá fora.

— Eu ficaria com muito medo de viajar como você — disse a ele. — Preciso saber para onde estou indo. Não posso imaginar ir a um novo país e não ter ideia de onde vou dormir naquela noite.

— Essa é a parte divertida. É assustador só na primeira vez. Depois disso, você sabe que, não importa o que aconteça, ficará bem. Então, pode ter que dormir em algumas rodoviárias ou em uma estrada empoeirada, mas ainda vai acordar de manhã e ficar bem. O sol vai nascer, o mundo vai continuar girando.

— Mas você decidiu se aquietar — ela disse, tentando ignorar a batida em seu ouvido. — Afinal de contas está aqui.

— Até junho. Aí nos mudamos para Nova York.

— Ah. Esqueci... — Ela parou. Pegou um pedaço de palha e girou entre os dedos. Era da cor do sol, dourado e claro. — Agora me lembro de você ter dito isso na sorveteria. — Ela umedeceu os lábios. — O que há em Nova York?

— Recebi a proposta para um contrato de longo prazo como fotógrafo principal de uma revista. Além disso, vou fazer alguns trabalhos como freelancer também. Tem muita oportunidade por lá. — Ele ergueu as sobrancelhas. — Fixar residência em um lugar é uma mudança para nós dois, mas o Charlie precisa de estabilidade agora que está estudando em tempo integral.

— Você não fica preocupado por ele ter que começar tudo de novo em uma nova escola? — ela perguntou.

— Eu deveria ficar? — Ryan franziu a testa.

Ela se arrependeu imediatamente de suas palavras. Vinham das próprias ansiedades, não das dele.

— Não, não deveria. As crianças são adaptáveis. — Afinal olhe a rapidez com que Poppy se adaptou à nova casa. — Sou superprotetora às vezes.

Sempre me preocupo com alguma coisa. — Ela estremeceu. — E agora estou me preocupando com a preocupação, o que é tão louco que eu devia calar a boca.

— Talvez eu devesse me preocupar um pouco mais — Ryan disse, sorrindo para ela. — Sei que posso parecer desligado às vezes.

O passeio estava terminando. O trator seguiu até as escadas, se movendo ligeiramente para a frente até se alinhar com o trailer. Quase todas as crianças tinham adormecido no feno.

— Vamos fazer assim — Ryan continuou —, talvez você possa me ensinar a me preocupar um pouco mais, e eu te ensino a ser mais descontraída. Entre nós, podemos fazer isso funcionar.

Entre nós.

— Parece uma boa ideia. — E, se ela pudesse impedir seu corpo de reagir a ele e colocá-lo firmemente na zona de amizade, poderia até dar certo.

Ele segurou sua mão, apertando-a com firmeza, os lábios ainda curvados naquele sorriso sexy.

— Nesse caso, Londres, temos um acordo.

8

Os negócios humanos apresentam altas como as do mar: aproveitadas, levam-nos as correntes à fortuna.
—*Júlio César*

— A primeira lição é como levar sua filha para passear de barco sem entrar em pânico.

Juliet piscou, tentando se concentrar em Ryan na porta da sua casa. Ele usava bermuda azul-marinho e camisa branca com as mangas dobradas até os cotovelos. Óculos escuros cobriam os olhos, protegendo-os do sol de outubro. Embora as folhas estivessem mudando de cor, a temperatura permanecia quente. O dia anterior havia passado dos vinte e cinco graus.

— O quê?

— Vou te ensinar a ser descontraída, certo? O que é mais descontraído do que levar sua filha para a água? Você precisa estar relaxada para fazer isso.

— Ou ter o melhor colete salva-vidas de todos os tempos.

Ele riu.

— Eu tenho coletes. Está pronta para o desafio?

Ela olhou para o relógio. Eram sete e meia da manhã de um sábado.

— Você quer dizer agora? — ela perguntou. — Preciso estar no trabalho no fim da tarde.

— Vou trazer vocês de volta para terra firme até lá — ele disse, deslizando os óculos sobre a cabeça. — Possivelmente. — A última palavra foi acompanhada por uma piscadela.

— É melhor mesmo — ela disse. — Ou vou ter que te ensinar minha primeira lição. Que é: se você tem compromissos, deve cumpri-los. Caso contrário, pode perder sua única fonte de renda.

Seu rosto assumiu uma expressão séria.

— Entendi e prometo que você vai voltar a tempo para o trabalho. Eu nunca ficaria no caminho entre uma dama e sua fonte de renda.

Meia hora depois, todos estavam prontos e entrando no carro de Ryan. Juliet prendeu Poppy na cadeirinha, testando as alças para se certificar de que estavam seguras.

— Qual é o tamanho do seu barco, Ryan? — Poppy perguntou, se inclinando para a frente, até onde a cadeira permitia. Ela franziu a testa quando as alças a detiveram.

— Ela tem quarenta pés. Maior que um barco a remo, menor que um navio.

— Como sabe que é ela? — Poppy perguntou. Juliet não pôde deixar de sorrir. Sua filha sempre tinha muitas perguntas, mas pelo menos outra pessoa estava sofrendo o impacto hoje. Ela olhou para Ryan pelo canto do olho. Suas mãos seguravam o volante com firmeza, seus olhos treinados estavam focados na estrada à frente, mas era impossível ignorar o sorriso em seu rosto.

— Porque ela é linda — ele disse.

— Garotos também podem ser lindos — Poppy protestou. — Então não pode ser isso.

— Ela se chama *Miss Maisie* — Charlie interveio. — Então não pode ser um menino. Eu queria que fosse, garotos são legais.

— As garotas são mais.

Juliet desviou a atenção da conversa dos dois, desta vez se virando para olhar para Ryan. Embora estivesse concentrado, ele ainda estava relaxado, a expressão leve e tranquila. Ela aproveitou o fato de ele olhar para longe para observá-lo. Maxilar quadrado, nariz reto, olhos que combinavam com o oceano.

Ele era atraente até demais. Ou demais para ela. Eles eram apenas amigos, ela lembrou a si mesma, só isso.

— Tem certeza que está tudo bem? — ela perguntou, olhando para Charlie e Poppy. — Espero que eles não discutam o dia todo. Ela pode ser um pouco difícil.

Ryan saiu para a estrada do ancoradouro.

— Ela não se parece com você, não é?
— Ela é destemida. Então, sim, não se parece comigo.
— Você não se acha destemida?
Ela balançou a cabeça.
— Sou o completo oposto. Quase tudo me assusta.
— Você se mudou para um país estranho quando tinha vinte anos. Isso parece muito destemido.
— Eu estava cega pelo amor — ela disse com firmeza, fazendo-o rir.
— E quanto a ser mãe solteira? Precisa de coragem.
— É preciso quando não se tem outra escolha.

Eles estavam em um semáforo. Ele a encarou, e ela se viu refletida nos óculos escuros.

— Sempre há uma escolha. Você poderia ter ficado com ele. Poderia ter ido embora para Londres e deixado a Poppy para trás. Poderia ter feito muitas coisas, mas escolheu ficar e lutar pela sua filha. É preciso coragem para isso.

O sentimento mais estranho a atingiu, um frio na barriga tão forte como jamais sentira. Atrás dela, Poppy e Charlie ainda estavam conversando, desta vez sobre a fazenda de minhocas.

— Continue me dizendo isso e posso começar a acreditar em você.
— Você *devia* acreditar em mim. Fui criado por pais que não faziam nada além de pensar neles mesmos. Essa é a saída covarde. — Era como se ele estivesse revelando pequenas partes de si, pedaço por pedaço, e ela também. Toda vez que estavam juntos, a armadura se dissolvia, expondo a pele vulnerável. Ela nunca tinha se sentido tão confortável e tão exposta ao mesmo tempo.

Ele conduziu o carro pelos portões até o estacionamento, entrando em uma vaga de frente para o cais. A água atingia a lateral do calçadão, os barcos atracados subindo e descendo suavemente com seu movimento. Assim que saíram do carro, Juliet sentiu uma tranquilidade no ar que a surpreendeu. As únicas vezes que estivera ali tinha sido para jantares nos barcos — quando todo o calçadão se enchia de conversas e pessoas ricas.

Mas agora estava tudo calmo. Era como se alguém tivesse jogado um pequeno feitiço no rio, retendo o fluxo dos anos e o progresso. Era atemporal em sua beleza.

— Aquele é o seu barco? — Poppy perguntou, apontando para um pequeno pesqueiro. — Nós vamos conseguir entrar lá?

— Não é aquele — Charlie parecia quase ofendido. Então seu rosto se suavizou quando ele apontou para um grande veleiro ancorado no cais. — Aquela é a *Miss Maisie*. O nosso barco.

Por um momento, ele se pareceu tanto com o pai que tirou o fôlego de Juliet. Os mesmos olhos penetrantes, a mesma expressão de admiração. Não era difícil imaginar Ryan quando criança, brincando naquelas tábuas, subindo nos barcos e fazendo todo tipo de travessuras.

O próprio homem havia descido do carro e estava descarregando o porta-malas, pegando duas sacolas de viagem e as atirando por cima do ombro. Ele liderou o caminho até o píer, estendendo a mão para conter Poppy enquanto ela corria.

Um senhor os esperava ao lado da *Miss Maisie*, com um boné azul enterrado na cabeça, de onde alguns cachos cinza-escuros escapavam. Ele olhou para Juliet com interesse, como se estivesse tentando encaixá-la ali.

— Oi, Stan — Ryan falou, apertando a mão do homem. — Ela parece perfeita. Obrigado por tê-la preparado em tão pouco tempo.

— Você sempre foi impulsivo — Stan disse a ele. — E vejo que cada um trouxe uma dama. Lembre-se de manter a linguagem educada lá, jovem Charlie.

Charlie riu, fazendo Poppy rir também. Os dois ficaram imóveis enquanto Ryan colocava os coletes salva-vidas neles, prendendo-os com firmeza e dando instruções sobre como deveriam se comportar a bordo. Em seguida, passou um colete maior para Juliet e sorriu ao vê-la lutar para apertar as tiras em volta do corpo. Ele estendeu as mãos, colocando-as sobre as dela e guiando-as gentilmente enquanto o colete se firmava.

— Está pronta? — perguntou baixinho, vestindo o próprio colete.

— Estou — ela respondeu. E estava. Pronta para subir no convés e sentir o vento bagunçar seu cabelo. Para colocar uma distância necessária entre eles, porque, bem ali, ela estava a um passo de querer passar a palma das mãos por aqueles braços fortes.

— O que estamos esperando? — Poppy perguntou, impaciente. — O Natal?

Poucos minutos depois, Stan jogava a corda para Juliet enquanto Ryan guiava o barco para fora do píer. Ela a enrolou em volta da mão e do braço como ele havia ensinado antes de enganchá-la em um grande laço. Ryan gritou instruções para ela ao alcançarem o mar aberto, sorrindo enquanto ela tentava segui-las da melhor forma que podia. Mesmo quando ela tropeçou no convés, tudo o que ele fez foi lhe dar uma olhada, satisfeito ao perceber que ela estava bem.

Não demorou muito para o barco começar a operar sua magia nela. Sentir o vento sobre o convés e a sensação de flutuar na água foi o suficiente para fazer seu coração disparar do melhor jeito possível. Podia ver a mesma reação em Poppy e Charlie quando se sentaram no convés como Ryan havia mostrado, os olhos bem fechados enquanto o vento soprava no rosto deles.

— Você está bem? — Ryan murmurou para ela, que assentiu com um sorriso nos lábios. Era impossível sentir qualquer outra coisa naquele momento. Estava exposta da melhor maneira. Livre de tudo o que deixara no cais. Eram apenas os quatro e a água, e nada mais importava.

Não era de admirar que ele amasse a sensação de liberdade que tinha na baía aberta. Era como se tudo fosse possível. Ela sentiu o súbito desejo de continuar navegando até chegar à linha do horizonte e desaparecer de vista. Alcançar o oceano e continuar, até alcançarem alguma terra estrangeira.

— Quantos anos você tinha quando aprendeu a navegar? — ela gritou, suas palavras meio engolidas pelo barulho do vento.

— Não lembro. Meu avô me levou para navegar assim que comecei a andar. Eu meio que cresci sabendo velejar só de observá-lo, da mesma forma que as outras crianças cresciam sabendo cantar ou dançar. De todas as coisas que deixei para trás quando me mudei, acho que essa velha garota foi a que me fez mais falta. — Ele bateu com a mão no timão.

— Você parece um homem apaixonado — ela brincou.

— Não tem como não se apaixonar pela *Maisie* — ele falou. — Ela provoca uma atração irresistível. Preste atenção. Você também vai se apaixonar em pouco tempo.

Ele puxou os óculos de sol sobre a cabeça, tentando evitar que o cabelo caísse no rosto. Mesmo com a distância entre eles, ela podia ver o brilho do sol refletindo em seus olhos.

— Ela é muito sedutora — Juliet concordou. — É como se fizesse todas as promessas. Sussurrando que pode nos levar a aventuras e jornadas em que você nunca acreditaria. É hipnótico.

Ryan riu.

— Ela é uma ninfa. Enfeitiçou meu avô e depois voltou sua magia para mim. — Ele inclinou a cabeça para Charlie e Poppy, que conversavam com animação, as mãos segurando o corrimão do jeito que Ryan havia ensinado. — Acho que ele pode estar se apaixonando por ela também.

— Seria difícil isso não acontecer — Juliet falou. — Difícil não se apaixonar pela beleza desta baía também. Sabe que eu moro aqui há seis anos e as únicas vezes que saí de barco foram à noite?

— Que tipo de barco?

— O tipo que você precisa se arrumar para ir. Cheio de pessoas de smoking e vestido brilhante. Onde acordos são feitos abaixo do convés e a paisagem é secundária.

— Isso não é jeito de experimentar essa baía.

Ela percebeu o olhar de Ryan. Ele a olhava com um misto de interesse e pena.

— Agora entendo isso.

Ela estava começando a ver muitas coisas de maneira diferente desde que havia deixado Thomas.

E as coisas estavam começando a ficar incrivelmente bonitas.

🍁

— Pode pular. — Ryan saiu do fundo e foi para o raso, puxando o pequeno barco em direção à praia. Ele estendeu as mãos para Poppy, e Juliet a ajudou a ficar de pé no barco, ainda instável, levantando a filha e passando-a para Ryan. Os dois abriram caminho pela água, com as calças enroladas e rindo enquanto o jato espirrava neles.

Quando Poppy e Charlie estavam em segurança na praia, Ryan se virou para Juliet. Ela estava usando um jeans enrolado que revelava os tornozelos finos e os pés descalços, os sapatos amarrados e presos por cima do ombro. A camisa leve estava desabotoada, balançando com a brisa, expondo a camiseta fina por baixo. Cada curva do seu corpo era evidente, esbelta e macia. Ela era de tirar o fôlego.

— Precisa de ajuda, Londres? — ele perguntou, tentando manter a voz leve, e falhando. Em vez disso, saiu rouca, como se estivesse sendo arrancada da sua garganta. Ele não esperou que ela respondesse, dando um passo à frente e envolvendo as mãos em sua cintura minúscula. A sensação do calor dela contra a palma das suas mãos fez todo o seu corpo formigar de um jeito que ele não sentia havia anos.

Ele a observou engolir em seco, a pele firme da garganta subindo e descendo. Então ela colocou as mãos em seus ombros, apoiando-se nele enquanto a levantava. Ela parecia leve como o ar. Por um momento, ele quis puxá-la contra si, sentir as pernas dela envolverem sua cintura. O desejo era quase demais, fazendo-o esquecer onde estavam, o que estavam fazendo e com quem.

— Pronto — ele disse baixinho, soltando-a gentilmente na água. As mãos dela ainda ficaram em seus ombros por um momento, macias e quentes. Estavam a um braço de distância um do outro, e parecia longe demais. — Vamos nos juntar às crianças — ele sugeriu. — Está frio aqui. Eu trouxe um cobertor e comida.

Eles passaram a manhã explorando a pequena ilha, ajudando as crianças a separar seixos, procurando a pedra perfeita. Ryan contou as histórias que seu avô contava sobre os piratas que haviam escondido o que roubavam nas cavernas do local, saqueando os navios ingleses e vendendo os produtos no mercado negro para os colonos desesperados que haviam morado naquela costa selvagem. Ele mantinha um olho em Juliet enquanto falava, alegando que era bem feito para Londres, depois de todos os impostos que eles colocavam na comida que exportavam.

Ela mostrou a língua em resposta, fazendo-o rir alto.

Quando os estômagos começaram a roncar após uma hora de brincadeira na areia e com os seixos, ele serviu a comida: sanduíches grandes, cheios de presunto e queijo, embalagens de frutas picadas e mix de castanhas e frutas secas para a sobremesa. Ryan focou sua câmera no grupo desorganizado, observando os três rirem e conversarem através do vidro de sua lente. Ele tirou fotos das crianças, de seus seixos, da maneira como elas riram com tanto abandono e liberdade. E então virou o visor para Juliet, pegando-a completamente de surpresa enquanto tirava fotos das sardas que cobriam a ponte do nariz. Ele estava fascinado pela maneira como a pele macia atrás de seus joelhos se dobrava quando ela se agachava em frente ao cobertor do piquenique.

Ele não iria revelá-las — não essas fotos íntimas —, mas havia tanta beleza em sua forma que não pôde deixar de querer enquadrá-la.

Como se ela pudesse sentir o calor da lente enquanto ele a fotografava, se virou devagar com um sorrisinho brincando nos lábios. Embora a brisa fosse leve, ainda conseguia levantar as mechas que emolduravam seu rosto até que os fios balançassem contra sua pele em um ritmo próprio.

— Você está me fotografando? — ela perguntou.

— Não.

— Mentiroso. Me deixe ver. — Ela se levantou e cruzou o espaço entre eles, pegando a câmera que ele havia pendurado no pescoço.

— É uma monobjetiva, não há nada para ver.

— Você não tira fotos digitais? — ela perguntou.

— Só quando estou trabalhando — respondeu, segurando com firmeza o estojo de plástico rígido da câmera, mesmo que ela não estivesse mais tentando pegá-la. — Quando estou fotografando por prazer, ainda gosto de usar esta coisa antiga. Gosto de poder revelar o filme, vê-lo ganhar vida. Há algo incrível no modo como a imagem se mostra lentamente no papel.

— Parece fascinante. Eu adoraria ver como funciona.

Ela estava sorrindo de novo, e ele decidiu que gostava mais do que poderia dizer. Desde que a conhecera — naquele dia embaraçoso na escola —, ela não sorria muito. Talvez fosse por isso que ganhar um sorriso dela era como se tivesse acertado na loteria.

Talvez fosse por isso que ele tinha sentido a necessidade de capturá-la na câmera também.

— Vou te mostrar em algum momento — ele falou, fazendo uma anotação mental para se livrar das fotos mais embaraçosas. — Mas, antes disso, preciso levar você de volta ao cais. Prometi que não ia interferir no seu trabalho e planejo cumprir a promessa.

— Já está na hora? — Ela parecia quase decepcionada. — Não percebi que estava ficando tão tarde.

Ele podia ouvir o pesar em seu tom e gostou muito. Gostou do pensamento de que ela estava se divertindo com ele. Ela era como uma flor que desabrochava devagar; seria bonito quando finalmente florescesse.

E, se ele fosse honesto, queria estar lá quando isso acontecesse.

9

> Por minha parte — coro ao confessá-lo —
> tenho sido o mandrião dos cavaleiros, opinião,
> que o bem sei, de mim faz ele.
> —*Henrique IV, parte 1*

— Ouvi dizer que você levou a Poppy para passear de barco no sábado passado. Não lembro de você ter me avisado — Thomas comentou. Ele estava de pé na porta, com os braços cruzados. O paletó feito sob medida ficava apertado em seus ombros. Ele havia ganhado um pouco de peso? Estranho como ela ainda notava coisas assim.

— Saímos só por algumas horas. Ela se divertiu muito.

— Me disseram que foi com Ryan Sutherland.

Havia um tom estranho em sua voz que ela não entendia muito bem. Olhou para ele, observando seu rosto. Suas bochechas estavam vermelhas e os olhos, semicerrados.

Ele estava com ciúme? Com certeza, não. Afinal ele tinha Nicole. Se alguém tinha o direito de ficar com ciúme, seria Juliet.

E, ainda assim, ela não ficou. De modo algum.

— Isso mesmo — ela falou, tentando manter a voz leve. Não queria que todas as vezes que o encontrasse terminassem em discussão. — Ele se mudou para a casa ao lado.

Um olhar de surpresa. *Ahá*! Então talvez ele não soubesse de tudo.

Thomas olhou por cima do ombro, franzindo a testa enquanto observava a casa à esquerda de seu bangalô.

— Ele mora ali? — perguntou, de forma abrupta. — Por que você não me contou?

— Nem pensei nisso — ela respondeu. Embora sua voz fosse calma, seu coração estava começando a acelerar. — Qual a importância?

— Qualquer coisa que tenha a ver com a nossa filha é uma preocupação para mim. E não gosto da ideia de ela estar perto de Ryan Sutherland, nem um pouco. O homem é praticamente um vagabundo. Você sabia que ele abandonou a família sem dizer nada para viajar, esperando que eles continuassem os negócios? Eles até lhe pagam dividendos todo ano, embora ele não faça nada para merecê-los.

— Não é assim que os negócios funcionam? Os acionistas recebem dividendos. Acontece no mundo todo.

— Ele sempre foi pouco confiável. Até na escola decepcionava as pessoas. — Seus olhos semicerraram, como se seus pensamentos estivessem retrocedendo vinte anos. — Não gosto que você passe tempo com ele.

— Você não decide mais com quem eu passo meu tempo. Estamos separados, lembra?

Thomas estremeceu.

— Mas não divorciados. Ainda somos casados.

Ela sentiu o peito apertar. Podia se lembrar do dia em que ela e Poppy saíram de casa para morar no bangalô. Thomas tinha pedido para que ela ficasse e os dois tentassem de novo. Mas a dor da traição era grande demais para suportar.

— Talvez você deva voltar para a nossa propriedade — Thomas sugeriu, chamando a atenção dela. — Poderíamos reformar uma das casas antigas para você e a Poppy.

— Acho que não...

Ele estendeu a mão, tocando o braço dela com a ponta dos dedos.

— Apenas me ouça. Eu sei que o que eu fiz foi terrível. E eu sei que te magoei. Mas, se você voltasse, mesmo que não morássemos juntos, seria muito melhor para todos nós.

Ele parecia tão sério que a pegou de surpresa.

— Não para mim. Estamos felizes aqui — ela respondeu. — Além disso, o que a Nicole diria se voltássemos?

— Não sei. Não perguntei a ela.

Ela deu um passo para trás, cruzando os braços.

— Bem, antes de fazer uma oferta como essa, talvez devesse perguntar. Eu lembro como é ter a vida virada de cabeça para baixo sem ser consultada.

— E, sim, Nicole também estava envolvida, mas isso não significava que a culpa era dela. Thomas é que era casado.

Ele passou a mão pelo cabelo.

— Estraguei tudo, eu sei disso. E estou pagando pelos meus erros também. Você acha que eu gosto disso? De ver a minha filha só nos fins de semana? Descobrir que você passa tempo com outros homens por fofocas no clube?

O que é que ele achava que ia acontecer quando começou seu caso com Nicole? Essa conversa não ia a lugar algum, como todas as outras também não pareciam ir.

— Preciso entrar — ela falou, se virando para a casa. — Tenho que preparar o jantar.

— Só queria te perguntar uma coisa. — Thomas permaneceu na varanda.

— O quê?

— Pode deixar a Poppy pronta na sexta-feira? Vamos passar o fim de semana fora.

— É mesmo?

— É aniversário da Nicole. Vamos para a casa de praia. Os Fratelli também vão, assim como os Simon. Na verdade, a maioria dos nossos amigos vai estar lá. A Poppy vai gostar, tenho certeza.

Claro que sim. Poppy amava a praia e adorava a enorme casa de madeira que era propriedade dos Marshall havia gerações. Eles passaram a maioria dos verões lá antes... antes...

Antes de o mundo delas ser virado do avesso.

Toda vez que a lembrança a atingia, o coração de Juliet se partia um pouco mais por sua filha. Era a menina quem pagava o preço. Muito já havia sido roubado dela, e a pobrezinha nem sabia disso. Juliet não permitiria que sua filha perdesse mais. Por isso, manteria as coisas civilizadas, mesmo que isso a matasse.

— Pode deixar — falou baixinho. — A que horas você vem?

— Vou pegá-la na escola. Pode mandar a bagagem dela para lá?

— É claro. — Thomas foi um marido horrível, mas era um bom pai, e ela era grata por isso. Poppy estava cercada de amor por todos os lados. A menina nunca se sentiria perdida ou sozinha como Juliet ficou depois que a mãe morreu. Ela nunca teria que ser discriminada porque seu pai estava sempre atrasado. Thomas assentiu e voltou para o carro. Ela o observou da porta e foi tomada por uma sensação de perplexidade com a rapidez com que sua vida mudara. Ela já fora tão apaixonada por Thomas Marshall a ponto de seu coração doer. Mas, a cada dia que passava, a dor se dissipava, assim como o amor.

Um dia, ele seria apenas um conhecido.

🍁

Uma hora depois, ela estava andando pelo quintal em direção ao bosque, segurando uma sacola cheia de latas de refrigerante e biscoitos caseiros. Poppy estava passando o dia com Charlie e Ryan enquanto trabalhavam em uma casa na árvore, e Juliet estava agradecida pela filha não ter visto a discussão entre ela e Thomas.

Ela os ouviu antes que pudesse vê-los. Gritos altos e risadinhas ecoavam pelo bosque, acompanhados por marteladas em tábuas grossas de madeira. Quando ela se aproximou as crianças estavam paradas debaixo da copa de um imenso carvalho, observando Ryan, suspenso a uns três metros de altura, flexionar os músculos a cada golpe do martelo.

Ela nunca conhecera um homem que vivia tanto o momento. Ele tomava decisões e seguia em frente, sem se preocupar com a direção para onde ia ou de onde vinha. Veja a casa da árvore — há apenas uma semana, Charlie contou a Poppy sobre o lugar em que haviam morado na floresta tropical da Costa Rica, e, no minuto seguinte, Ryan estava baixando plantas para construir uma casa na árvore.

Ele era muito diferente de Thomas, apesar de serem de famílias semelhantes e criados na mesma cidade. Juliet achava isso absurdamente atraente.

— Eu trouxe um lanche — ela gritou enquanto entrava na clareira. Poppy e Charlie ergueram a cabeça. Seus olhos se arregalaram quando viram a sacola de guloseimas e os dois correram, as mãos pequenas já remexendo a sacola para encontrar seus favoritos.

Ryan demorou um pouco mais para perceber que ela estava lá, mas, quando o fez, um grande sorriso se formou em seu rosto. O prazer óbvio em vê-la a aqueceu por dentro. Ela estava se acostumando com o jeito como seu corpo respondia sempre que estava perto dele, se sentindo como a adolescente risonha que nunca havia sido.

— Trouxe comida, Londres? — ele gritou. — Onde esteve durante toda a minha vida? Você é uma dádiva dos céus.

— Sempre os elogios — ela falou, sorrindo. — Precisa parar de fazer isso. Vou ficar metida. — Pegou uma lata de Coca-Cola gelada e jogou para ele, que a agarrou com facilidade, puxou o lacre e a levou aos lábios. Ele fechou os olhos, tomando um longo gole. Assim que engoliu, suspirou.

— Cara, isso é bom. Obrigado por trazer o lanche.

Ela deu de ombros.

— Pense nisso como um pagamento por cuidar desses dois.

Eles se viraram para olhar para as crianças, que discutiam furiosamente sobre um pacote de batatas chips, nenhum dos dois disposto a ceder.

— Estão brigando a tarde toda — ele disse. — Parecem um casal de velhinhos. Toda hora tenho que parar de trabalhar para rir deles sem que vejam.

— O que eles estão fazendo? — Ela ficou intrigada. O relacionamento de Charlie e Poppy parecia mais como o de irmãos que de amigos. Haviam se unido muito rapidamente. E, embora fossem protetores ferozes um do outro, pareciam nunca concordar com nada.

— A Poppy estava falando sobre os tipos de flores que devíamos escolher para colocar na casa.

— É? — Por que isso a surpreendeu? Poppy estava constantemente em contato com flores na loja.

— Sim, e o Charlie não estava gostando nada disso.

— Porque é a *minha* casa na árvore — Charlie retrucou. — E eu não quero flores nela.

— Mas as flores vão ficar lindas — Poppy disse, franzindo a testa. Juliet sentiu que isso era simplesmente uma repetição da discussão de antes.

— Não quero que fique bonito. Quero que fique masculino. Flores são para meninas.

— Não são, não.

— São, sim. Garotos não gostam de flores.

— Alguns garotos gostam — Ryan disse, chamando a atenção de Juliet. — Alguns garotos gostam muito de flores. — Ele se inclinou para pegar um áster roxo do ramo que crescia ao redor da árvore. Piscando para Juliet, deslizou-o atrás da orelha.

— Viu?

Mesmo com aquela flor na orelha, ele parecia ridiculamente atraente. Poppy riu e pegou outra flor.

— Quer uma, Charlie? — perguntou.

Confuso, Charlie olhou de Poppy para o pai.

— Eu... não sei.

— Sabia que antigamente as pessoas achavam que os ásteres podiam afastar as cobras do mal? — Juliet observou.

Charlie se virou para ela, inclinando a cabeça para o lado.

— É mesmo?

— Sim. E os roxos são símbolos de sabedoria. Se você pensar nisso, são muito legais.

Umedecendo os lábios, Charlie se virou para Poppy.

— Acho que você pode colocar no meu cabelo... se quiser. — Ele ficou parado enquanto Poppy deslizava o áster atrás de sua orelha. Quando estava firmemente no lugar, ela puxou com força o seu lóbulo e mostrou a língua antes de fugir. Charlie a perseguiu, os dois entrando e saindo do meio das árvores enquanto riam alto.

Juliet olhou para Ryan. Ele a estava olhando de volta. Por um momento ela sustentou seu olhar, o calor de seus olhos tornando o clima intenso. Isso estava se tornando uma loucura. Parecia que, toda vez que ela o encarava, sua respiração ficava presa na garganta.

Precisava se recuperar rapidamente. Se Thomas já estava ficando bravo por ela ter sido vista no cais com Ryan, só Deus sabia o que ele ia pensar se pudesse ler sua mente.

Poppy e Charlie ainda estavam correndo entre as árvores, sem prestar atenção nos pais enquanto gritavam e riam um do outro, as tentativas de Poppy de roubar a flor de Charlie falhando cada vez que ela chegava perto. Estavam a cerca de cem metros de distância — audíveis, mas não visíveis — quando Ryan olhou para Juliet e a pegou olhando de volta.

Ela era linda. Suas feições eram delicadas e definidas, seus grandes olhos azuis eram brilhantes. E o sorriso — ah, o sorriso — era como o sol explodindo através de uma espessa camada de nuvens.

Ela deu um passo em direção a ele, aquele sorriso ainda iluminando seu rosto.

— Essa flor combina mesmo com você — ela falou, tocando-a. — Roxo é definitivamente a sua cor.

Havia um tom de provocação na voz dela que fez o coração dele disparar. Deixando a boca se curvar em um sorriso preguiçoso, ele estendeu a mão e agarrou a dela, que tocava a flor, e entrelaçou seus dedos.

— Não tenho medo de mostrar o meu lado feminino — ele disse, embora todo pensamento que passava pelo seu cérebro parecesse muito masculino. Ele levou a mão dela a seu rosto, sentindo o perfume, e em seguida roçou os lábios de leve no pulso dela.

Sua respiração ofegou. Ela ainda estava olhando para ele, os olhos emoldurados por cílios grossos que tocavam seu rosto toda vez que ela piscava. Ele beijou seu pulso novamente, deslizando os lábios sobre a pele delicada, e a sensação fez cada célula de seu corpo explodir de desejo.

Por um segundo, ele pôde ver o próprio desejo refletido na expressão dela. Então, sem aviso, ela afastou a mão, dando um passo para trás. Balançou a cabeça e franziu a testa antes de se virar para chamar a filha.

— Poppy, precisamos ir. — Sua voz estava tensa. A provocação de poucos instantes havia desaparecido completamente.

— Sinto muito. — Ryan olhou para ela em busca de seus olhos, mas o olhar de Juliet ainda estava preso na filha. — Passei do limite. Eu não devia ter...

— Tudo bem — Juliet disse rapidamente. — Só preciso voltar para casa. Tenho muito a fazer.

Ele queria se aproximar e segurar sua mão. Perguntar o que ela estava pensando, porque tudo o que ele conseguia ver era uma expressão vazia. Ele queria se chutar também. Não era o tipo de cara que beijava uma mulher contra sua vontade. Não era o tipo de cara que fazia algo que não era desejado...

— Temos que ir, mamãe? — Poppy perguntou quando correu até eles sem fôlego por estar brincando com Charlie. — Não posso ficar aqui? Estamos nos divertindo. E o Charlie disse que eu posso tomar chá com ele.

— Não. — A resposta de Juliet foi veemente. — Precisamos ir para casa agora. — Quando ela olhou para Ryan, sua expressão estava calma, mas de alguma forma tão fechada quanto poderia. — Obrigada por cuidar dela hoje.

— Disponha.

Colocando o braço em volta de Poppy, ela se virou. Mãe e filha começaram a andar através das árvores, passando pela clareira mais adiante que levava ao quintal das duas casas. Ryan olhou para baixo e viu Charlie a seu lado, franzindo a testa enquanto as observava ir embora.

O garotinho parecia tão desnorteado quanto o pai com a partida abrupta. E Ryan não podia culpá-lo.

🍁

Enquanto seguiam por entre as árvores, esmagando as folhas recém-caídas, Poppy mantinha um fluxo constante de conversas sobre a casa da árvore e seus planos para o lugar.

— Você acha que podemos dormir na casa da árvore? — ela perguntou. — Podíamos levar nossos sacos de dormir para lá e fazer uma fogueira.

— Talvez. Mas provavelmente vai estar muito frio à noite.

— Ah, droga. Vamos ter que esperar até o verão. Talvez aí dê certo.

Juliet abriu a boca para dizer à filha que Ryan e Charlie não estariam mais ali no próximo verão, mas depois a fechou de novo. A história não lhe pertencia. Ela nem sabia se Charlie estava ciente dos planos de Ryan de mudar para Nova York, e com certeza não queria ser aquela que contaria tudo.

Quando saíram do bosque e entraram na clareira, seu coração ainda latejava no peito, exatamente como quando Ryan beijara seu braço. Sua cabeça estava confusa também, cheia de pensamentos e perguntas que eram quase impossíveis de responder.

Pelo olhar em seu rosto quando foi embora, Ryan deve ter pensado que ela não gostou do jeito que ele a tocou. A verdade é que havia gostado muito. Apenas um simples roçar dos lábios dele contra sua pele tinha sido o suficiente para incendiá-la, fazendo seu corpo despertar para sensações que não experimentava havia muito tempo...

Talvez nunca tivesse sentido isso. Não assim.

Ela respirou fundo quando avistaram o bangalô, mas seus pulmões se recusaram a funcionar direito. Poppy correu na frente, deixando Juliet sozinha, e os pensamentos desabaram sobre ela novamente.

Seria tão fácil se apaixonar por alguém como Ryan Sutherland. Ele era engraçado, forte e muito bonito. Mas havia algo mais também — uma vulnerabilidade que a tocara, uma suavidade interna que contrastava muito com seu exterior duro.

Sim, seria fácil se apaixonar por ele. Mas não havia como se permitir. Não depois de tudo pelo que tinha passado. Se o casamento dela com Thomas havia lhe ensinado algo, era que, se ela mergulhasse de cabeça na paixão, pagaria o preço mais tarde. Desta vez, precisava proteger seu coração.

— Podemos ir à loja amanhã? — Poppy perguntou, dançando no degrau ao lado da porta dos fundos. — Quero pegar algumas flores para a casa da árvore. Daquelas legais. Como os ásteres roxos que assustam as cobras.

Juliet sorriu.

— Claro que podemos. — Alcançando a filha, ela estendeu a mão e bagunçou o cabelo de Poppy. Era disso que se tratava. Ela era mãe e dona de um negócio, não uma adolescente que não conseguia controlar suas emoções.

Ryan estaria ali por alguns meses e depois iria embora. Eles eram vizinhos de curto prazo e nada mais. Ela podia lidar com isso, não é?

10

Ele salta, ele dança, ele tem olhos de moço.
— *As alegres comadres de Windsor*

— Lily, pode me passar os ásteres? — Juliet estendeu a mão para sua assistente enquanto a outra segurava o buquê.
— Ásteres? — Lily parecia confusa. — Não estamos usando ásteres.
— Eu quis dizer alliuns. — Juliet franziu a testa. — Eu disse ásteres? Essa porcaria de casamento está me deixando maluca.

Ela estava com ásteres na cabeça graças a Ryan. Ou melhor, estava com Ryan na cabeça. Não tinha conseguido pensar em outra coisa depois do jeito que ele beijara seu pulso no último fim de semana. Toda vez que a lembrança tomava conta de seus pensamentos, se sentia corada. Sentir aqueles lábios macios na sua pele tinha sido um choque, e, ainda assim, toda vez que pensava nisso, conseguia se lembrar da onda de prazer que a atingira.

Era muito confuso.

— Casamentos realmente não trazem o melhor das pessoas, não é? — Lily ponderou, passando o balde de alliuns pelo balcão diante do qual Juliet estava de pé. — Se não é a noiva que tem um colapso, é a mãe sendo excessivamente exigente. E depois há as sogras... — Ela parou, fazendo uma careta. — Por que para os homens é tão mais fácil? Eles só têm que aparecer e prender uma flor na lapela. Deixam as mulheres fazerem todo o trabalho.

Juliet sorriu, seus olhos encontrando os de Lily.
— É assim que os casamentos são.
— *Argh*. Não diga isso. Você está muito cética.

— Me decepcionei um pouco, só isso. — Juliet enrolou o fio nos galhos duros do buquê, cortando-os com sua tesoura de poda. — Mas você gostaria que o cara escolhesse as flores? É a melhor parte, não é?

— Sim, acho que caras e flores não combinam. — Lily pegou o buquê de Juliet e o colocou com cuidado em uma caixa.

Às vezes combinavam. Às vezes, homens e flores iam muito bem juntos. Juliet não pôde deixar de pensar em Ryan com aquele áster roxo atrás da orelha. O jeito como ele sorriu para ela, a pele ao redor de seus olhos se enrugando. Esse pensamento fez seu peito doer.

Foi atingida pela confusão. Seus sentimentos estavam à flor da pele. Graças a Deus por esse casamento — isso lhe deu a desculpa perfeita para trabalhar até tarde a semana toda e pedir a Melanie Drewer para ajudá-la com Poppy. Também a ajudou a evitar ver o cara da casa ao lado.

Era melhor assim. Não precisava se abrir para mais um sofrimento, não depois de tudo o que ela e Poppy tinham passado. Melhor ficar afastada por um tempo até que as coisas se acalmassem.

E ela esquecesse como tinha sido bom sentir os lábios de Ryan em seu pulso.

— Certo, esse é o último, não é? Me deixe verificar se está tudo aqui antes de irmos para o local do evento. — Elas teriam duas horas para preparar tudo antes que a noiva chegasse. Ela e Lily precisariam decorar as cadeiras para a cerimônia e se certificar de que todos os arranjos das mesas estivessem prontos para o jantar. Era muito importante ter certeza de que tudo estava perfeito.

A noiva dependia dela. Assim como a reputação da loja.

— Está tudo aqui. Verifiquei duas vezes. — Lily levantou os olhos da prancheta, passando o dedo pelo pedido impresso. — E a Natalie já chegou para ficar na loja enquanto estamos fora.

— Tudo bem então, vamos lá. — Juliet pegou as chaves da van no gancho debaixo do balcão. — Hora de fazer o dia especial de alguém ser perfeito.

🍁

Juliet o evitara a semana toda, ou, pelo menos, era assim que parecia. Ryan sentira a falta dela nos momentos mais estranhos. Disse a si mesmo que era porque não tinha muitos amigos. Ou talvez fosse o fato de Charlie estar em outra festa do pijama, o que o deixara com muito tempo vago.

E agora era sábado e ainda não havia sinal dela. Levou a xícara de café aos lábios, olhando para o bangalô enquanto tomava um gole. Nas poucas vezes que a vira de longe, ela estava com pressa, ocupada demais para acenar e para ele perturbá-la.

Sim, ela definitivamente o estava evitando. Quem poderia culpá-la? Ele ainda queria se chutar por beijar seu pulso na floresta. O que estava pensando? Talvez o problema era que ele não estava pensando. Podia ter perdido a única amiga que fizera desde que voltara a Shaw Haven, e aquilo doía. Colocou a caneca de café de volta na mesa baixa a sua frente, inclinou a cabeça para trás e respirou fundo o ar fresco. Como poderia consertar isso? Não podia ser seu vizinho e não falar com ela. Esse pensamento fez seu peito se contrair.

Foi quando ele se lembrou da foto — uma que havia tirado de Charlie e Poppy alguns dias antes. Nela, os dois olhavam para um livro ilustrado que estavam lendo juntos, concentrados e sérios. Ao entrar em casa, ele a pegou no quarto escuro, a virou e apanhou uma caneta.

Londres,

Não sou talentoso o suficiente para te fazer um buquê de flores. Mas fizemos filhas lindas e tive a sorte de capturá-los com a minha câmera.

Desculpe por ultrapassar o limite. Não vai acontecer de novo.

Seu amigo,

Ryan

Ela não estava em casa — seu carro não estava na garagem. E, como ele tinha visto Thomas buscar Poppy na escola no dia anterior, o único lugar onde ele poderia imaginar que ela talvez estivesse em uma manhã de sábado nublado era na floricultura. Apoiou a foto contra a porta e caminhou de volta para casa, preparado para esperar o tempo que fosse até ela chegar do trabalho.

Depois do almoço, pegou o laptop e voltou para a varanda. Ao colocar a caneca de café fumegante na mesa ao lado, decidiu cuidar da burocracia. Havia contratos para assinar, coisas de banco para lidar. Alguns e-mails do seu consultor financeiro sobre a criação do novo negócio. E mensagens do seu advogado perguntando se realmente queria rejeitar a oferta do pai por suas ações nos negócios da família. Ele as separou rapidamente, deixando que o distraíssem do envelope do outro lado do pátio.

Pouco antes das quatro horas, ouviu o ruído de pneus contra o cascalho quando Juliet estacionou o carro na entrada improvisada ao lado do bangalô. Viu quando ela saiu, carregando as flores de sempre, aquelas que não conseguira vender na loja. Suas botas galgaram os degraus de pedra até a porta da frente. Ela parecia cansada. Ele se perguntou se era a casa vazia que a deixava triste ou algo totalmente diferente.

Ela parou quando viu a fotografia, um sorrisinho se formando nos lábios enquanto lia as palavras que ele havia escrito no verso. Em seguida, virou a foto de novo, admirando a imagem que ele havia revelado para ela, mordiscando o lábio inferior enquanto a segurava.

Juliet olhou por cima do ombro e o pegou olhando diretamente para ela. Ficou ainda mais impressionado com sua beleza.

— Ryan? — Ela apoiou as flores na porta. Ainda segurando a fotografia, desceu os degraus e atravessou o pátio em direção a ele. — É uma foto linda.

— Imaginei que você ia gostar. — Ele permaneceu sentado. Depois do fiasco da semana anterior, estava determinado a não pressioná-la.

Ela parou em frente à varanda dele. Sua mão envolveu o corrimão, mas ela não subiu.

— Adorei. — Ela lhe deu um sorriso hesitante, e ele sentiu que podia respirar de novo. — Obrigada por pensar em mim.

— Foi a única maneira que encontrei para me desculpar — ele admitiu. — Eu não devia ter tocado você daquele jeito.

Ela o encarou. A expressão em seu rosto dizia que ela sabia exatamente do que ele estava falando.

— Está tudo bem. — Seu peito se levantou quando ela respirou fundo.

— Não, não está. Odeio ter tocado em você sem que você desejasse. Não sou o tipo de homem que ultrapassa limites. Eu não devia ter feito isso.

Os olhos dela se suavizaram. Ainda estava de pé no último degrau da varanda com o rosto inclinado para o dele.

— Eu sei que você não é esse tipo de homem. Honestamente, nunca pensei isso de você. Fiquei surpresa, só isso. E a minha vida está uma bagunça no momento. Com o divórcio e a tentativa de fazer a loja dar certo, tudo está de pernas para o ar. Eu não esperava mais complicações.

Ai.

— Não quero tornar a sua vida mais difícil do que já é.

Sem que ele a chamasse, ela subiu os degraus e se sentou ao lado dele no velho sofá. Ele sentiu o calor do braço dela contra o seu.

— Não acho que você poderia piorar as coisas ainda mais — ela falou, se recostando nas almofadas. — Continuo dizendo a mim mesma que, no ano que vem, tudo vai melhorar. Vou me divorciar, os negócios vão se estabilizar. E eu vou me acostumar a não ver minha filha todos os fins de semana. Isso tudo é só uma fase, certo?

Sua mão estava apoiada de leve na perna, a poucos centímetros da dele. Ryan resistiu ao desejo de deslizar os dedos entre os dela, mesmo que fosse apenas um sinal de amizade.

— A Poppy está com o Thomas neste fim de semana? — Ele não via a menininha desde a escola no dia anterior.

Ela assentiu.

— Sim. Eles foram para a casa de praia da família. Costumávamos passar muito tempo lá quando a Poppy era menor.

— Isso deve ser difícil.

Ela concordou devagar.

— A casa parece vazia toda vez que ela sai, e tudo é uma lembrança do que eu não posso mais dar a ela. Uma família, segurança. A paz de saber o seu lugar.

Ryan se mexeu de novo.

— Você acha que não pode dar essas coisas a ela? Não sabe que é uma ótima mãe?

— Tento fazer o meu melhor — ela respondeu. — Mas não posso dar a ela o que eu sempre quis. Minha família foi despedaçada quando eu ainda era criança. Ficamos com apenas um dos nossos pais, que nunca demonstrou a nenhuma de nós que nos amava. E, embora eu tivesse minhas irmãs, tudo o que eu realmente desejava era a família perfeita. Quando a Poppy nasceu, achei que teria a chance de fazer as coisas corretamente desta vez.

— Não existe nada perfeito, Londres. — Ele permaneceu imóvel, determinado a manter o espaço entre eles. — Fui criado em uma família tradicional. Vi meu pai depreciar minha mãe todos os dias. Eu a vi desaparecer lentamente. Não via a hora de deixar aquela família para trás, porque, não importava quanto ela parecesse perfeita por fora, estava me matando. Então, não fique por aí olhando para todos os casais com dois ou quatro filhos, ou o que quer que seja, e achando que tudo é incrível entre quatro paredes. Porque geralmente é o contrário.

Juliet abriu a boca para perguntar mais coisas, mas a névoa por trás dos olhos dele roubou as palavras de sua boca.

— Não pode ser tudo mentira, não é? — ela questionou. — Ainda deve haver pessoas boas em algum lugar.

— Claro que existem. Estou olhando para uma delas. — A névoa clareou um pouco, mas ainda havia um tom de tristeza em sua expressão.

— Acho que você encontraria muitas pessoas por aqui que não concordam com isso.

— Não ligue para elas. Não me importo com o que o seu ex pensa, ou o que qualquer outra pessoa tem a dizer. Eu sei que você é uma boa pessoa, assim como a Poppy e o Charlie. Você devia achar isso também. Ninguém mais importa.

— Você é um bom mentiroso. — Ela riu para ele de forma conspiratória.

A leveza entre eles havia retornado e era como se um peso tivesse saído dos ombros dos dois. Ela sentira falta de vê-lo na semana anterior, mesmo que o estivesse evitando deliberadamente. Ficou com saudade de seu jeito amigável e de seus sorrisos. E, agora que estava sentada ao lado dele novamente, sentia como se pudesse respirar sem sentir dor.

— Você é uma típica inglesa. Não consegue aceitar um elogio.

— E você é tão americano que aposto que sonhava em ser o quarterback da escola.

Seus olhos semicerraram.

— Eu era running back, para sua informação. E meus pais acham que eu sou muito antiamericano. Passei a maior parte dos últimos catorze anos fora do país. Posso imaginar o que eles diriam se soubessem que dancei tango até o amanhecer em uma praça em Buenos Aires. — Ele riu. — Ou que eu coloquei uma flor atrás da orelha.

— Dançou até o amanhecer? — Ela ergueu uma sobrancelha. Não conseguia imaginá-lo dançando tango. — Sério?

— Acha difícil de acreditar?

Ela deu de ombros, tentando esconder a incredulidade.

— Não sei. Você simplesmente não parece do tipo que dança.

— Não se deixe enganar pelo biotipo de atleta, baby. Quando estou em uma pista de dança, estes quadris não mentem.

— Um atleta que cita Shakira?

— Eu danço como ela também.

Ela começou a rir.

— Ah, pare com isso. Você esqueceu que eu fui casada com um atleta? Ele não conseguia fazer um passo nem que fosse para salvar a própria vida.

Ryan se inclinou para a frente, até seu rosto ficar a centímetros do dela.

— O fato de eu gostar de esportes não significa que não goste de dançar. Posso gostar de mais de uma coisa, Londres. — Sua voz se suavizou quando ele disse o apelido dela.

— Só acredito vendo — ela falou e apontou para a varanda diante deles. — Dance para mim agora.

— O que eu sou, um poodle amestrado? De jeito nenhum.

Ela passou a ponta do polegar pelo queixo, incapaz de esconder o sorriso.

— Ah, vamos lá. Achei que fôssemos amigos. Você não pode se gabar das suas proezas e não provar. O que eu vou pensar?

— Não tem música. Além disso, não posso dançar sozinho. Nunca ouviu que é preciso de duas pessoas para dançar? — Ele inclinou a cabeça para o lado, retribuindo o sorriso.

— Bem, lá se vai a minha diversão de sábado. Acho que vou voltar às minhas contas. — Ela suspirou. — É uma vida dura.

Ele franziu as sobrancelhas quando a olhou, como se estivesse pensando. Sua expressão se aprofundou.

— Você está bem? — ela perguntou.

— Sim. Acabei de ter uma ideia. Mas provavelmente é estúpida.

— Você não pode dizer algo assim e depois ficar em silêncio. Agora estou curiosa.

Ele riu e a expressão se desfez.

— Não é tão excitante.

— Você sabe como provocar, não é? Também sabe que não vou sair sem ouvir a sua ideia, não importa quanto seja boba. — Ela balançou a cabeça. — Vamos lá, desembuche.

— Tudo bem, mas sinta-se à vontade para recusar, se não quiser.

Ela não disse nada. Apenas o encarou com expectativa.

— Ouvi falar sobre um lugar na cidade — ele falou, se remexendo com o que pareceu ser um dar de ombros. — Se chama Iguana Lounge ou algo horrível assim. Um daqueles clubes latinos onde se pode dançar até o amanhecer. — Seu sorriso era hesitante, como se ele estivesse com medo de que ela fosse fugir novamente. — A Poppy está longe e o Charlie está em uma festa do pijama. Podíamos ir dançar. Como amigos, claro.

— Você quer sair para dançar? — ela repetiu. — Comigo? — Uma onda de excitação a atingiu. Quando fora a última vez que tinha dançado? Fazia muito tempo, a menos que contasse as valsas afetadas com Thomas quando saíam para jantares caros. Ele nunca gostara muito de dançar; preferia ficar sentado conversando.

— Foi só uma ideia. Não precisamos ir.

— Não, eu quero — ela assentiu, o que chamou a atenção dele. Ela não ia ouvir as vozes em sua cabeça dizendo que era má ideia. Eles eram amigos, ela podia lidar com isso. — Acho que vai ser divertido.

Desta vez seu sorriso se alargou e combinou com o dela.

— Muito bem então, Ginger Rogers, vamos dançar. O Iguana Lounge que se prepare.

II

Se dançais, desejaria que onduleis como o mar.
Que não façais nada além disso.
— *Conto de inverno*

— Chegamos. — Ryan desligou a ignição e saiu da caminhonete, indo para o lado do passageiro para ajudar Juliet a descer. Era uma daquelas noites perfeitas de outono. O sol havia desaparecido no horizonte, deixando apenas um tênue tom de vermelho manchar o céu azul profundo. E, embora a temperatura tivesse caído, a noite ainda trazia uma sugestão do calor do verão, envolvendo-os enquanto atravessavam o estacionamento.

— Não é o que eu esperava — Juliet comentou, olhando para a construção baixa do outro lado que abrigava o Iguana Lounge. Do lado de fora, poderia imaginar qualquer tipo de comércio. Eram apenas blocos de concreto cinza e um telhado de ardósia. Mas ela não parecia desapontada. Estava mais curiosa que qualquer outra coisa. Ela caminhou um pouco à frente dele, o cabelo ruivo comprido caindo abaixo dos ombros.

Seu vestido era perfeito para dançar, justo no corpete, fluido na saia e com um decote frente única que revelava a parte superior das costas.

— O que você estava esperando?

— Não sei. — Ela deu de ombros, ainda sorrindo. — A minha irmã foi a um clube de salsa em Miami uma vez. Ela disse que era cheio de palmeiras, luzes coloridas e pessoas sentadas do lado de fora.

— Acho que Maryland é um pouco diferente de Miami.

— Com certeza. Não posso acreditar em como os estados são diferentes. Quando falo com a minha irmã, Kitty, que mora em Los Angeles, parece que estamos em países diferentes.

— O que a sua irmã faz? — ele perguntou. Ainda não tinha ouvido Juliet falar sobre a família. Supôs que todos vivessem em Londres.

— A Kitty? É produtora de cinema. Mas não é a minha única irmã. Tenho mais duas.

— Quatro irmãs? E tem algum irmão?

Ela balançou a cabeça.

— Não. Para azar do meu pai. Ele sempre esteve cercado de mulheres.

— Que sofrimento. — Ele piscou e ela riu. E ele gostou muito disso.

— Você é filho único, certo? — ela perguntou.

— Sim. Apenas eu. — Mas não queria falar sobre isso. — O que suas outras irmãs fazem?

Eles chegaram à entrada. Havia uma cabine de vidro ao lado da porta. Ryan entregou o valor dos ingressos e o homem lhe passou duas pulseiras.

— A primeira bebida é grátis. Depois disso, tem que pagar. Se quiserem aulas, falem com a Louisa atrás do balcão. Agora é a vez dos profissionais. A pista abre para o público às nove.

Ryan segurou as pulseiras, prendendo uma no braço direito. Foi entregar a segunda para Juliet, mas, em vez disso, ela estendeu a mão. Ele envolveu seu pulso com o plástico amarelo, tentando não pensar na textura de sua pele naquele dia em que a beijou.

Eram amigos. Ele podia fazer isso.

— A Lucy é a mais velha — Juliet falou, continuando a conversa de fora do clube. — Ela é advogada. Depois vem a Cesca. Ela escreve peças de teatro, mas também está escrevendo um roteiro no momento. Acabou de ficar noiva, o namorado dela é astro de cinema.

— Astro de cinema? — Ryan tentou não parecer intrigado. — Será que o conheço?

— Talvez sim. O nome dele é Sam Carlton, ele atua numa série chamada *Brisa de verão*. Mas acho que não é o tipo de filme voltado para o seu público, a não ser que você grite sempre que ele aparece na tela.

— Imagino que não seja uma série de terror. — Ele ergueu as sobrancelhas.

Juliet sorriu.

— Não, a menos que você tenha fobia a surfe. Ou a ver seu futuro cunhado seminu em todas as cenas, fobia que, aliás, acho que estou desenvolvendo. De qualquer forma, você vai poder conhecê-lo em breve. O Sam tem algumas reuniões em Washington, então eles vêm me visitar enquanto estiverem deste lado do país.

No fim do corredor havia portas duplas laqueadas de preto que levavam ao interior do clube. Ryan estendeu a mão, segurando a maçaneta e sentindo o ritmo do baixo vibrar contra o metal.

— Está pronta, Londres? — perguntou, olhando para ela.

Ela sorriu, esperando que ele abrisse a porta.

— Mais do que nunca.

— Então vamos dançar.

※

O clube podia parecer genérico do lado de fora, mas, assim que entraram pelas portas de laca preta, a atmosfera era palpável. A música era alta, o baixo reverberava pelos alto-falantes na parede e já havia uma multidão lá dentro. Alguns permaneciam encostados no longo balcão que percorria todo o salão, tomando coquetéis coloridos cheios de frutas. Outros já estavam na pista de dança. Ela observou os dançarinos girando pelo local, se afastando e se unindo novamente em movimentos sincronizados.

Era rápido, divertido e dinâmico.

— Sabe dançar assim? — perguntou a Ryan.

— Mais ou menos. Isso é salsa. É cheia de energia. Um pouco mais efusivo que o tango. É mais exibida, e cada um tenta parecer melhor que o outro. — Ele apontou para o bar. — Vamos pegar nossas bebidas? Tenho a sensação de que vamos precisar.

Ela assentiu, ainda interessada em sua descrição. Sabia valsar muito bem, mas nunca tinha dançado música latina.

— E o tango?

— É mais íntimo. Você segura a parceira bem perto, sente a música. É uma dança de sedução.

— Ah. — Ela se sentiu esquentar. — Vamos dançar tango hoje?

Ele riu.

— Não precisa parecer tão alarmada. Até meia-noite é só salsa. Tocam tango depois. Mas não temos que ficar se você não quiser.

— O que eu posso servir a vocês? — o barman perguntou. — A primeira bebida é por conta da casa.

— O que você gostaria de beber? — Ryan se virou para perguntar.

Ela abriu a boca para pedir uma taça de vinho, mas hesitou.

— Hum, o que é isso? — perguntou, apontando para os drinques de frutas.

— Mojitos de manga. São ótimos.

— Quero um desses, então.

— E eu vou beber água. — Ryan levantou as sobrancelhas para ela. — As vantagens de dirigir.

— Pelo menos você vai dançar de cara limpa — Juliet falou.

Eles levaram as bebidas para uma mesa no canto, os dois se sentando no mesmo lado da mesa para que pudessem olhar para a pista de dança. Ela tomou um gole do coquetel — doce, mas delicioso — e observou enquanto os dançarinos profissionais se moviam pelo piso de tábua corrida.

— Não sei se é uma boa ideia colocar os melhores dançarinos primeiro — Juliet falou. — Ninguém pode dançar depois sem parecer idiota.

Ryan riu.

— O objetivo é mostrar a todos como fazer. Não se preocupe. Quando eles saírem da pista, todos nós estaremos tropeçando.

— Você, não — ela brincou. — Você é quase um profissional também, não é, sr. "Dancei em Buenos Aires até amanhecer"?

Ele balançou a cabeça.

— Você nunca vai me deixar esquecer isso, não é?

— Esses quadris não mentem. — Juliet piscou para ele. Ela se sentia tão leve ali, tão à vontade. Não tinha certeza se era o clube ou Ryan que provocava esse efeito nela.

Ele era realmente atraente. Usando calça azul-escura e camisa branca aberta na gola, recebia muitos olhares femininos, tanto na pista quanto fora dela. Ela estava se segurando para não colocar uma mão possessiva em seu braço e espantar todas as garotas.

Às nove horas os dançarinos profissionais saíram da pista, que ficou vazia por um momento enquanto as pessoas hesitavam em ir até lá. Juliet terminou o drinque — o álcool já a fazia se sentir mais leve — e viu os primeiros dançarinos hesitantes começarem a se mexer. No canto, um dos profissionais estava treinando um casal — uma aula paga, Juliet imaginou, se lembrando do que o homem da bilheteria havia dito.

— Quer uma aula? — Ryan perguntou. Ele deve ter seguido seu olhar.

— Não. Acho que consigo pegar o ritmo sozinha. Com você me ensinando.

— Muito bem, então. — Ele se levantou. — Vamos dançar? — E lhe ofereceu a mão. Saindo da mesa, ela a pegou e deixou que ele a levasse para a pista de dança. Quando chegaram lá, ele segurou sua outra mão também e deu um passo para trás, deixando um espaço entre eles.

— Então, o que eu faço? — ela perguntou, sentindo o calor de suas mãos contra as dele. Teve que gritar para que ele a ouvisse sobre a batida da música.

— Vamos começar com um passo fácil — ele respondeu, sua voz tão alta quanto a dela. — Se você consegue dançar valsa, pode fazer isso. — Olhou para os pés. — Pense nisso como andar. Só que, quando eu ando para a frente, você vai para trás e vice-versa. No primeiro tempo, eu vou dar um passo à frente, no segundo vou para trás, no terceiro vou juntar os pés e no quarto faço uma pausa. Em seguida fazemos tudo de novo, mas na direção oposta.

— Tudo bem — Juliet assentiu, franzindo a testa em concentração. — Avançar, juntar, para trás. Posso fazer isso.

— Vamos lá. — Ele deslizou uma mão ao redor das suas costas e deu um passo em sua direção. No mesmo momento, ela deu um passo para trás. Em seguida, estavam juntos novamente, ela dando um passo para a frente, se balançando na direção dele, enquanto ele dava um passo para trás.

Mais algumas tentativas e ela pegou o jeito, capaz de mover os pés com certo ritmo, combinando com a batida que ecoava pelo salão. Ryan a conduziu com gentileza, seus quadris balançando enquanto ele andava para a frente e para trás. Comparada a ele, ela estava tão rígida quanto uma tábua.

— Certo, agora vamos tentar girar. — Ele tirou a mão das costas dela, mantendo a outra ao redor do seu corpo, e a levantou por cima da cabeça. Juliet tentou se virar, mas tropeçou e quase caiu antes que ele a pegasse e a erguesse de novo.

— Ah, meu Deus, sou uma idiota. — Ela riu, empurrando o cabelo para trás. — Devo ser a única aqui tropeçando nos próprios pés.

— Você está indo bem. É fácil te ensinar. Você pega rápido. — Ele segurou sua mão novamente. — Vamos tentar de novo. — Desta vez ela conseguiu se virar sem cair, terminando em posição, de frente para ele, antes de se moverem para a frente e para trás mais uma vez. Em dez minutos ela dominou o passo-base, o cruzado e o giro. E Ryan a conduzia pela pista de dança, a mão dela firme contra seu ombro, conforme a movia para a direita e para a esquerda, com passos acelerados e ritmados, acompanhando o ritmo.

E eles estavam dançando, dançando de verdade, não apenas se balançando de um lado para o outro. Ela estava sendo conduzida para a frente e para trás, de um lado para outro, seu cabelo esvoaçando e sua saia se espalhando ao girar. A cada música ela ganhava mais confiança, sorrindo para Ryan enquanto seus corpos se moviam.

Ela não conseguia se lembrar da última vez que tinha se divertido tanto. Ou rido tanto. Toda vez que olhava para Ryan, ele sorria — se divertindo tanto quanto ela —, deixando a música tomar conta e afastar suas preocupações.

Eles só pararam uma vez — para beber água — e depois voltaram para a pista de dança. O tempo passou em um piscar de olhos. Quando perceberam, já era meia-noite, a salsa terminou e a pista ficou vazia mais uma vez.

— Quer ir para casa? — ele perguntou. Mas não parecia tão entusiasmado com a ideia. Ela também não estava. Apesar de seus músculos estarem doendo e seu corpo brilhando de suor, ela poderia dançar a noite toda.

— Podemos nos sentar um minuto? — ela perguntou. — Só para recuperar o fôlego?

— Claro. Quer outra bebida?

— Quero, sim.

— Água ou mojito?

Ela sorriu com malícia para ele, se sentindo rebelde.

— Um mojito, por favor.

Quando ele voltou com as bebidas, o tango começou. Com a mudança de ritmo e a chegada da meia-noite, várias pessoas foram embora, restando muito menos casais na pista. Juliet ficou maravilhada com quanto essa dança era diferente da salsa. A música era mais lenta, a batida mais intensa, e a dança muito mais sedutora. Ela observou o casal mais próximo a eles, engolindo em seco enquanto o homem conduzia sua parceira, apoiando as mãos firmes e sensuais em seu corpo, seu peito tocando o dela.

Olhou para Ryan.

— Você sabe dançar assim? — perguntou. Tentou imaginá-lo segurando uma mulher daquele jeito e movendo-a pela pista. Uma pontada de ciúme a atingiu.

— Sim. Eu sei dançar o tango argentino. — Ele tomou um gole de água e se sentou ao seu lado, tendo o cuidado de deixar alguns centímetros entre eles. Ainda assim, ela teve o estranho desejo de se aproximar e sentir o calor da coxa dele contra a sua.

— É difícil aprender?

Ele balançou a cabeça.

— É um pouco mais difícil que a salsa. Apesar de as pessoas dizerem que, se você pode andar, pode dançar tango. Tudo depende de quem está conduzindo, acho.

Ela tomou outro gole do mojito.

— Não sei se consigo aprender outra dança. Mas parece incrível.

— Você pode tentar — ele sugeriu. — O tango argentino é baseado no improviso, então não precisa aprender os passos. Você só precisa seguir o que eu conduzir.

Mordiscando o lábio, ela o olhou por um momento, depois assentiu, sem tirar os olhos dos dele. Seu lado sensato dizia para ir para casa, dormir e se recuperar da bebida que tinha tomado. Terminar a noite agora, quando tudo estava bem.

Mas ela não queria. Era como se outra Juliet tivesse acordado de um longo sono e estivesse esticando os braços, se preparando para assumir. Não queria que a noite acabasse — ainda não. Queria uma última dança. E queria dançar tango com Ryan.

— Certo. Vamos lá — ela disse, seu olhar ainda preso ao dele. — Vamos dançar tango.

🍁

Dançar com Juliet parecia uma espécie de tortura. Já havia sido ruim o suficiente quando estavam dançando salsa, mas pelo menos a distância entre eles havia lhe dado espaço para respirar. Agora, enquanto a batida lenta e sensual da música os envolvia, parecia um trabalho de Hércules.

Ele respirou fundo. Quantas vezes tinha dançado tango? Podia fingir que estava de volta a Buenos Aires, dançando com uma das moradoras de lá, se divertindo sem se preocupar com mais nada.

— Está bem. Vamos precisar nos aproximar um pouco mais dessa vez — ele falou, segurando sua mão. Em vez de colocar a mão abaixo da omoplata, deslizou-a até sua lombar, se aproximando até que seus peitos se tocassem. Ela o olhou com aqueles olhos vibrantes enquanto ele lentamente começava a mover os quadris na batida. Então ela moveu os dela também, seu corpo ainda pressionado contra o dele, os lábios se abrindo enquanto inspirava.

Ele tinha ouvido as pessoas chamarem o tango de "expressão vertical de desejo horizontal", e agora nada parecia mais apropriado. Ele podia sentir seus seios pressionando-o, o cheiro doce da fruta em sua respiração, podia ouvir as batidas do seu coração enquanto tentava seguir o ritmo da música.

Cerrando os dentes, ele deu um passo à frente e estendeu a mão até que ela imitou seu movimento. Então a deslizou pela pista de dança, a palma da mão ainda pressionada contra suas costas, os dedos da outra mão entrelaçados.

Ao chegarem ao centro da pista, ele a inclinou, observando enquanto sua coluna arqueava e seu cabelo caía em cascata, expondo a curva delicada do pescoço. Quando a ergueu, seus olhos estavam arregalados, o rosto corado combinando com a própria excitação.

Caramba, ele a queria. Queria beijá-la como ela nunca fora beijada antes. Estava usando o máximo de autocontrole que tinha para se impedir de fazer isso.

Assim que a música terminou, ele a soltou e deu um passo para trás, tentando recuperar a compostura.

— Está tudo bem? — ela perguntou. Pela sua expressão, ele não sabia se ela estava se sentindo do mesmo jeito.

Não importava. Eles eram apenas amigos.

— Sim. Provavelmente seria melhor ir agora. Está tarde. — Sua voz estava grossa como areia.

Ela sorriu para ele como se estivesse alheia ao efeito que provocava.

— Mas a noite é uma criança. E os meninos estão fora. Podemos dançar até o amanhecer, lembra?

Ele queria rir de como ela fazia aquilo parecer fácil. No momento ele não tinha certeza de que conseguiria manter a pose por mais dez minutos. Todo o seu corpo doía por ela.

— Estou exausto — ele falou, apesar de nunca ter se sentido tão acordado. — A minha cama está me chamando.

Ela deslizou a mão de volta na dele. O contato repentino o chocou. De alguma forma, eles trocaram de lugar: ela se tornou relaxada e tranquila, e ele estava em alerta máximo.

— Tudo bem, desmancha-prazeres. Eu odiaria roubar seu sono da beleza. Deus sabe que você precisa. — Ela ergueu as sobrancelhas para ele, os lábios ainda curvados naquele sorriso doce e sexy.

Mesmo quando estavam sentados na cabine da caminhonete, ele ainda podia sentir o clima vibrante entre os dois. Podia sentir o cheiro do perfume dela provocando seus sentidos, tentando-o como ele nunca havia sido tentado antes.

Franzindo a testa, ele girou a chave na ignição, segurou o volante e deu ré na caminhonete. Quando saiu do estacionamento e entrou na estrada principal, olhou para o relógio do painel. Dez minutos, era tudo de que precisaria para levá-los para casa.

Ele poderia fazer isso, não poderia?

— Então, fotografia, navegação, dança... Tem alguma coisa em que você não seja bom? — Juliet perguntou. O sorriso em sua voz o atingiu como uma marreta.

Ele manteve os olhos na estrada.

— Só mostro as coisas em que sou bom. Quem quer admitir que é ruim em alguma coisa?

— Fala sério. Você não me parece do tipo que se gaba. Deve haver algo em que você é ruim. — Ela o estava provocando novamente.

Ele deu uma risada sem humor.

— Claro que sim, mas não vou te contar, né?

— Você está sendo muito modesto.

Ele bateu os dedos no volante. Apenas nove minutos agora.

— Certo, não sou bom cozinheiro.

— Que decepção. Acho que não conheço muitos homens que cozinhem bem, a menos que eu conte os chefs na TV. É a sua única falha, o único esqueleto no seu armário?

Eles pararam em um semáforo. Ele quis que estivesse verde. Em vez disso, ficou parado, o brilho vermelho iluminando a caminhonete. Contra sua determinação, ele se virou para ela, que o encarava. Tudo nela era suave e doce. Queria se enterrar nela.

— Há muitos esqueletos no meu armário — ele finalmente disse, com a voz rouca. Afastou os olhos dos dela e olhou de volta para fora do carro. Por fim, as luzes ficaram verdes e ele arrancou, quase acelerando demais, tamanha sua necessidade de chegar em casa.

Ela inclinou a cabeça para o lado, aquele sorriso devastador surgindo em seus lábios. Sua pele parecia tão macia e suave à luz noturna que ele precisou fazer um grande esforço para manter as mãos no volante.

— Agora estou intrigada — ela comentou.

— Não deveria. — Quatro minutos. O que era isso, duzentos e quarenta segundos? Ele poderia contá-los se precisasse, qualquer coisa para tirar da cabeça a mulher sentada ao seu lado.

— Sabe, sou muito boa em descobrir segredos.

— Aposto que sim.

Se ele não a conhecesse, acharia que ela estava flertando com ele. Tudo nele queria flertar de volta. Seria fácil, muito mais fácil que isso. Ele estacionaria na entrada da garagem, estenderia o braço e apoiaria a palma da mão no pescoço dela. Poderia se inclinar, sentir aquele momento perfeito de hesitação antes de os lábios se tocarem.

Mas isso não ia acontecer, porque aquela era Londres. Ela deixou os seus limites muito claros. E ele se manteria firme em não cruzá-los, não importando o que fosse necessário, porque a respeitava demais para fazer qualquer outra coisa.

Dois minutos.

Um minuto.

Então eles estavam em casa. Graças a Deus.

Quando fora a última vez que chegara em casa tão tarde? Juliet não conseguia se lembrar. Devia ter sido antes de ela deixar Thomas, e mesmo assim não conseguia se recordar de a noite parecer tão mágica. Não se lembrava da última vez que se sentira viva também. Não queria parar de dançar, não queria sair do clube.

Não queria que a noite terminasse.

Ryan abriu a porta e lhe ofereceu a mão. Ela a segurou e saiu da caminhonete, se demorando ao lado dele enquanto ele a trancava. Enfiando as chaves no bolso, ele olhou para ela, que não conseguia ler a expressão em seu rosto.

Ela queria fazê-lo sorrir novamente.

— Me sinto como a Audrey Hepburn em *Minha bela dama*. Eu poderia ter dançado a noite toda.

— Você teria se arrependido amanhã. Ainda pode se arrepender. Provavelmente usamos músculos que nem sabíamos que existiam.

— Sem arrependimentos da minha parte. — Sua voz era firme.

Algo brilhou nos olhos de Ryan, mas ela não conseguia nomear.

— Eu te acompanho até em casa — ele falou, com a voz rouca.

Ela esperou que ele segurasse sua mão ou colocasse a palma nas suas costas, do jeito que havia feito na danceteria. Mas, em vez disso, ele apenas andou a seu lado, mantendo uma distância constante entre os braços. Ela não podia deixar de sentir falta de seu toque.

Quando chegaram ao último degrau, ela se virou para olhá-lo. Ainda havia um espaço entre eles — de um metro ou mais. Mas, quando seus olhos se encontraram, ela pôde sentir seu coração começar a tamborilar dentro do peito, uma batida firme e rápida que a fez sentir falta de ar.

Se isso fosse um encontro, ele avançaria e a beijaria agora. Por um segundo, ela se perguntou se ele faria isso.

— Obrigada por essa noite linda — ela falou, mantendo a voz baixa na quietude da noite. — Não lembro da última vez que me diverti tanto. — Ela ainda olhava para ele, encarando-o. Ainda questionando se ele poderia tentar beijá-la.

— Disponha. Vou esperar você entrar.

— Certo.

Sem pensar, os lábios dela se separaram. Parecia que cada centímetro de sua pele formigava em antecipação. Sua respiração era ofegante, seus músculos pareciam doloridos, e tudo isso levou a uma conclusão surpreendente.

Ela queria que Ryan Sutherland a beijasse. Realmente queria. Desejava sentir seu corpo pressionado contra o dela mais uma vez.

— Boa noite, Juliet.

Havia um olhar de determinação no rosto de Ryan. Ele estava se sentindo do mesmo jeito que ela? Ele ia beijá-la agora? Mas, em vez de avançar em sua direção, ele deu um passo para trás, ajeitando os ombros enquanto acenava para ela com a cabeça.

Parecia que ela estava sendo descartada. Ele não ia beijá-la. Ele ia para casa e para a cama. Uma sensação de decepção a oprimiu.

— Boa noite, Ryan. — Engoliu o gosto do pesar e olhou de lado para ele. Ryan não se moveu um centímetro. Ainda a observava, esperando que ela entrasse. Seu exame minucioso a fez se sentir constrangida.

A primeira vez que tentou encaixar a chave na fechadura, ela escorregou. Sua mão tremia demais. Quando finalmente conseguiu e se virou para abrir a porta, pôde vê-lo se afastar.

Ela entrou no corredor, tendo um vislumbre de si mesma no espelho. Seu rosto estava corado. Não tinha certeza se era culpa de toda aquela dança ou do jeito louco como se sentia atraída por ele. De qualquer forma, precisava se refrescar, e rápido. Pela manhã, ficaria grata por nada ter acontecido. A última coisa de que precisava eram mais complicações. Eles eram amigos e estava bem assim — ela não queria nada que comprometesse isso.

Sim, no dia seguinte ela ficaria feliz por eles não terem se beijado. Mas hoje à noite?

Ela iria chafurdar na decepção.

12

> Quem tiver mãe que se sente para ensaiar o seu papel.
> — *Sonho de uma noite de verão*

— **M**amãe, eu pareço boba? — Poppy franziu a testa, puxando a palha que saía de suas mangas. — A Ruby disse que eu pareço.

— Você não parece boba — Juliet falou, colocando um chapéu velho na cabeça da filha. — E, mesmo que parecesse, isso seria bom. Porque o Espantalho não tinha cérebro, lembra? Então, se a Ruby disser mais alguma coisa, diga a ela que é porque você é ótima atriz e interpreta o Espantalho muito bem.

— A Ruby não se importa. Ela diz que a Dorothy é o melhor papel de todos os tempos. Especialmente porque ela pode levar um cachorro com ela para todos os lugares. Não é justo.

— É um cachorro de pelúcia. Não é tão emocionante. — Juliet tentou esconder o sorriso. — E a Dorothy é chata. Não para de falar em ir para casa. Ela nem gosta de Oz, e isso é loucura. O lugar é cheio de estradas de tijolos amarelos e pirulitos.

Poppy parecia ligeiramente mais calma.

— Pelo menos o Charlie também parece bobo — ela falou, olhando pela janela para a casa ao lado. O garoto estava de pé na varanda, com o cenho franzido enquanto Ryan tentava colocar nele o capacete de latão. — E eu ainda tenho coração, não tenho? Ao contrário do Charlie.

Juliet estava ocupada demais olhando para Ryan. Graças a Deus eles não se beijaram na volta do clube de dança, do jeito que ela queria. Nos poucos dias desde que haviam ido dançar, ele voltou a ser o amigo perfeito. Sorrindo tranquilo e acenando para ela quando a via. Era como se qualquer momento mais caloroso entre eles no último sábado nunca tivesse acontecido.

E isso era bom, não era? Ela tinha o suficiente para lidar em sua vida, não precisava de mais complicações.

Nem mesmo uma complicação tão linda quanto Ryan Sutherland.

— Mamãe, pelo menos eu tenho coração, certo? — Poppy repetiu.

Juliet desviou os olhos do vizinho gato.

— O Charlie tem coração. É o personagem dele que não tem.

— E eu tenho cérebro.

— Isso mesmo.

— Ele ainda pode dormir aqui hoje à noite?

Juliet nunca deixava de se surpreender com a maneira como a mente de Poppy funcionava. Ela seguia de uma conversa para outra com pouca lógica na mudança. Isso fazia Juliet se perguntar quanto a cabeça de sua filha estava confusa.

— Claro que pode. — Ryan havia levado o saco de dormir e o pijama mais cedo. O plano era voltar da peça direto para casa, depois fazer pipoca e colocar um filme.

— E, quando ele me convidar para ir até a casa dele, podemos dormir na casa da árvore, não podemos? Porque isso seria justo.

— O quê? — Juliet mal ouvia. Estava muito ocupada observando Ryan enquanto ele passava a mão pelo cabelo. Ele estava olhando para o bangalô? Ela não sabia dizer.

Poppy suspirou de forma dramática.

— Nada. Podemos ir agora?

🍁

A peça começaria às sete, mas a srta. Mason pediu que todas as crianças chegassem uma hora mais cedo. Eles iriam para a sala de aula antes de subirem ao palco. Juliet se dirigiu ao auditório, que já estava com uma quantidade considerável de pais e familiares. Olhando ao redor, viu uma fileira de cadeiras vagas no meio e foi até lá.

— Há um lugar aqui, se você quiser. — A voz baixa de Ryan a fez erguer a cabeça. Ele estava sentado duas fileiras atrás, sozinho.

— Ah, oi. — Ela lhe deu um sorriso tenso. — Obrigada, mas é melhor não.

Ele inclinou a cabeça para o lado, franzindo a testa.

— Por que não?

Mil razões quase escorregaram de sua língua. *Porque toda vez que eu te vejo fica mais difícil de resistir? Porque ainda me pergunto como seria te beijar?*

— O Thomas e os pais vão vir. Não quero causar mais problemas. — Ela caminhou para o outro lado da fila, sem querer se sentar na frente dele. Tirando a jaqueta, ela a colocou atrás da sua cadeira, depois empurrou a bolsa para debaixo do assento com os pés. Seus músculos já estavam rígidos de ansiedade, e ela girou o pescoço algumas vezes para tentar relaxar.

Foi quando ela o viu. Sentado atrás dela.

De novo.

— Ryan?

— Sim, Londres?

— Por que você está sentado atrás de mim?

— A vista daqui é melhor.

Ela se virou para o palco, meio obscurecido pela cortina do lado esquerdo.

— A visão é terrível.

— Não de onde estou.

Quando ela se virou para olhar para ele novamente, de alguma forma o rosto dele estava mais suave.

— Ryan, eu realmente não quero ter nenhum problema. O Thomas ficou louco quando soube que nós fomos navegar. Ainda não concordamos com os termos do divórcio. Por favor, não cause mais problemas para mim.

— Não vou causar nenhum problema. Prometo.

Ela ouviu um som vindo do palco quando o coro começou a entrar e se sentar nos bancos dos fundos. Juliet se virou para olhá-los com os olhos arregalados enquanto umedecia os lábios para tentar se livrar da secura.

— Esses foram os melhores lugares que você conseguiu? — Thomas bufou, empurrando as pessoas que se sentaram em volta dela. — Achei que você chegaria cedo e guardaria lugares na frente. Quase não dá para ver o palco daqui.

— Você poderia ter chegado cedo.

— Alguns de nós têm negócios para administrar. Tive que deixar uma reunião importante para chegar a tempo. Você poderia ter sido mais prestativa.

— Também tenho um negócio para administrar — ela apontou.

Ele ignorou suas palavras e se virou para seus pais.

— Só tem três lugares. Precisamos de quatro.

Quatro? Ela franziu a testa, olhando para Thomas e os pais. Atrás deles, parecendo tão imaculada como sempre, estava sua namorada. Ou ela ainda era sua assistente?

Tanto fazia. Não importava.

— Não sabia que você ia trazer a Nicole.

— A Poppy contou a ela sobre a peça e a convidou para vir — ele disse com naturalidade.

— Tudo bem. — Ela esperou que eles se afastassem, mas Thomas permaneceu lá, com os pais e Nicole de pé atrás dele. Ele a olhava com expectativa, e ela se perguntou se deveria dizer algo mais. Só quando ele limpou a garganta, ela percebeu que ele estava esperando que ela se oferecesse para trocar de lugar.

Mas isso não ia acontecer.

— Ainda tem lugar no fundo — ela falou. — Vocês podem se sentar juntos lá.

Thomas olhou por cima do ombro e franziu a testa. Em seguida, voltou a olhá-la, deixando escapar um suspiro profundo.

— Você sempre tem que criar problemas — ele disse em voz baixa, uma tentativa passivo-agressiva de fazê-la morder a isca. Mas ela o ignorou, virando a cabeça para a frente, se recusando a lhe dar a satisfação de vê-la aborrecida. Em poucos minutos, os quatro saíram da fileira e foram para os fundos.

Sua boca estava seca, o coração acelerado, mas a sensação de euforia que sentia por ter ficado calma e se controlado mais do que compensava a agitação.

Com certeza ela pagaria por isso mais tarde, mas agora estava orgulhosa de si mesma.

— Podemos dormir aqui? — Poppy perguntou. Ela estava ajoelhada dentro do forte que fizeram com um lençol velho e uma pilha de almofadas. Charlie estava a seu lado, balançando a lanterna acesa, observando a luz ultrapassar o tecido fino e fazendo formas no teto acima.

— Claro que podem. Depois que vocês terminarem de comer, vou trazer sacos de dormir. — Juliet colocou um filme no laptop para eles assistirem e encherem a barriga de pipoca. — Aí vai ser hora de dormir, tudo bem?

Poppy olhou para Charlie, tentando ao máximo não sorrir.

— Tudo bem.

Deixando o quarto, Juliet balançou a cabeça. Os dois claramente estavam planejando algo, mas ela não se importava. Afinal de contas, era fim de semana, e eles mereciam festejar depois de todo o trabalho que tiveram na peça. Seus olhos lacrimejaram quando lembrou como se sentiu orgulhosa naquela noite enquanto as crianças faziam uma reverência depois de atuar. Ela praticamente desgastou a palma das mãos com os aplausos, e lágrimas escorreram pelo seu rosto.

Até Thomas ficou comovido. Ele e sua família receberam Poppy com abraços e parabéns assim que a peça terminou. Por sorte ele não mencionou a questão dos lugares novamente. Mas ela tinha certeza de que, em algum momento, ele o faria.

Ela não se preocuparia com isso agora. Afastando Thomas dos pensamentos, arrumou a cozinha e colocou pratos e copos sujos na lava-louça antes de limpar as laterais do aparelho com um pano. Estava lavando-o quando ouviu alguém na porta, três batidas consecutivas que fizeram seu coração pular no peito.

Thomas.

Ele nunca a deixaria em paz?

Torceu o pano molhado e o colocou no escorredor. Apoiou as mãos na bancada, tentando não suspirar.

Outra batida a fez endireitar o corpo. Estava enjoada e cansada da maneira como Thomas achava que ela estava sempre à disposição. Sua falta de empatia, combinada com a sensação de merecimento, era quase insuportável.

Já bastava.

Juliet seguiu pelo corredor e abriu a porta da frente. Semicerrou os olhos, esperando a enxurrada de insultos. Sua boca estava fechada em uma linha apertada.

Até que se abriu com surpresa.

— Ryan?

— Você parece chateada. O que eu fiz desta vez? — Ele se inclinou de forma casual contra o batente da porta, com um brinquedo de pelúcia na mão. — Ri muito alto na peça?

Ela ainda estava tentando se recompor. Estava pronta para a briga e seu corpo ainda não havia relaxado.

— Eu aguentaria a risada. Foi o choro que realmente me incomodou — disse. — Quem poderia imaginar que você era tão molenga?

— Acho que você sabia. — Ele lhe deu um sorriso preguiçoso. — Mas por que você estava com tanta raiva?

— Pensei que fosse o Thomas. — Ela se afastou da porta, deixando-o entrar. Ele a seguiu até a cozinha, apoiando o brinquedo macio contra os azulejos.

— Esse não foi o melhor elogio que já recebi. — Ele se recostou no balcão. — Além do mais, por que ele viria aqui a esta hora da noite?

— Porque eu o fiz se sentar no fundo — ela disse. — Ele vai querer dar a última palavra em algum momento.

— Bem, você foi incrível. Devia estar orgulhosa de si mesma.

— Muito obrigada. — Ela fez uma falsa reverência. Enquanto olhava para Ryan, o olhar dele imediatamente captou o dela. A expressão em seu rosto a deixou sem fôlego. Um sorriso lento se curvou nos lábios dele e os olhos estavam suaves, mas, de alguma forma, ardentes. Era o mesmo jeito que ele a olhou no clube de dança, e isso fez seu coração disparar.

Contra a vontade dela, seus lábios se curvaram em um sorriso. Ela podia ouvir a rápida pulsação em seus ouvidos e sentir as batidas do coração, e tudo isso a fez lembrar um fato que não havia mudado.

Ela ainda queria beijá-lo.

Respirando fundo de forma ofegante, tentou ignorar a resposta de seu corpo a ele. Tentou lembrar o motivo de essa ser uma péssima ideia. Mas a proximidade a sufocava, fazendo-a querer estender a mão e tocá-lo.

— Ryan...

Ele parecia tão em conflito quanto ela.

— Sim. É melhor eu ir.

Mas ela não queria que ele fosse. Não conseguia parar de pensar no corpo dele contra o seu no clube de dança. Os músculos duros contra a suavidade de suas curvas, os dois se encaixando como se tivessem sido feitos um para o outro.

— Fique. — Estendeu a mão para tocar o braço dele. *Péssima ideia, Juliet, péssima ideia.* Afastando esse pensamento, envolveu os dedos no pulso dele.

— Londres, não posso. — Ele parecia estar com dor.

— Por que não?

— Porque, toda vez que eu te olho, te desejo. — Ele fechou os olhos, apertando a ponte do nariz. — Você deixou claro que só quer ser minha amiga. Estou tentando respeitar isso.

— Ah. — Ela soltou seu pulso. Uma mistura de emoções tomou conta dela. Tristeza por seu amigo estar chateado e alegria por ele desejá-la. Mais que tudo, porém, ela sentiu medo. Não dele, mas de si mesma. De seu próprio desejo.

— Estou indo. — Ele se virou e seguiu para o corredor. Um impulso tomou conta dela, fazendo-a estender a mão para o braço dele novamente. Ele a olhou com uma expressão perplexa e, sem se permitir pensar, ela deu um passo à frente, ficou na ponta dos pés e pressionou os lábios contra os dele.

Sua boca era macia e quente, e por um momento ele ficou imóvel, como se o choque o tivesse congelado. Mas então ela moveu os lábios contra os seus, levantando a mão para segurar seu queixo, e ele se inclinou na direção dela. Ainda beijando-a, ele enroscou os dedos no cabelo dela, aprofundando o abraço até sua língua deslizar suavemente contra a dela.

Ela não podia acreditar que estava fazendo isso, e ainda assim era muito bom, muito certo. Envolveu o pescoço dele com os braços, pressionou o corpo contra o dele e fechou bem os olhos quando cedeu ao desejo. Sua pele estava toda vermelha, formigando com a necessidade. Ele subjugou os sentidos dela — a sensação dele, seu gosto, o som de sua respiração rápida enquanto tentava buscar um pouco de ar.

— Londres — ele murmurou contra os lábios dela. Juliet abriu os olhos e viu que ele a encarava. Ela o beijou novamente, dissipando toda dúvida sobre quanto queria aquilo. Precisava daquilo como precisava de ar.

— Mamãe, tem mais pipoca? — a voz de Poppy soou através da névoa espessa entre eles. Alarmada, Juliet saiu do abraço de Ryan. Eles trocaram um olhar ansioso.

— O quê, querida? — ela gritou, a voz soando estranhamente alta. Seus olhos ainda estavam arregalados quando olhou por cima do ombro de Ryan, vendo Poppy descer as escadas com uma tigela nas mãos. Juliet deu um passo atrás, tentando colocar algum espaço entre eles. Podia sentir o sangue se acumular nas bochechas, fazendo-as queimar enquanto tentava acalmar o corpo.

— A pipoca acabou — Poppy falou, impaciente. — Ah, oi, Ryan. — Ela parecia normal, desarmada. Será que tinha visto alguma coisa? Juliet não tinha certeza, mas, de qualquer forma, queria que o chão se abrisse e a engolisse inteira.

Do jeito que ela queria que Ryan fizesse a mesma coisa apenas alguns segundos antes.

— Já comeram tudo? Vocês vão explodir. — Ryan sorriu, pegando a tigela de plástico da mão de Poppy.

Como ele podia estar tão calmo quando ela se sentia perto de entrar em combustão?

— Talvez vocês devessem fazer uma pausa antes de comer mais.

Ainda tentando controlar a respiração, Juliet pegou a tigela de Ryan, tomando cuidado para não tocar em seus dedos. Não confiava em si mesma para não fazer algo embaraçoso se o tocasse.

— Ah, esse é o Fluffy? O Charlie queria saber onde ele estava — Poppy comentou, ainda alheia à atmosfera do lugar. — Charlie, o Fluffy está aqui! — ela gritou. Momentos depois, o garoto desceu as escadas e seu rosto se iluminou quando viu o pai e seu brinquedo de pelúcia favorito no balcão da cozinha, onde Ryan o havia deixado.

De repente eles tinham voltado a ser pai e mãe. Juliet não tinha certeza se estava decepcionada ou aliviada.

De toda forma, parecia que havia assuntos inacabados entre eles.

E ela não tinha certeza se queria terminar ou não.

Ryan fechou a porta da frente e se recostou na parede, esfregando a palma das mãos contra os olhos, tentando se acalmar. O que tinha acontecido? Em um minuto estava indo embora e, no seguinte, estavam se beijando como adolescentes. Ele tocou os lábios, lembrando a sensação de sua boca contra a dela, a doçura da língua de Juliet quando ela se abriu para ele. Queria perguntar a ela o que estava acontecendo. Mas Charlie e Poppy ficaram por lá, pedindo mais bebidas e exigindo que Juliet assistisse ao filme com eles. No fim, ele deixou a casa com um olhar significativo e perguntas que não lhe saíam da cabeça.

O que ela estava pensando? Havia cometido um erro? Ou ela o desejava tanto quanto ele a desejava?

Ele não sabia a resposta a nenhuma dessas perguntas e não saberia se não falasse com ela. No entanto, prometeu a si mesmo que não ia pressioná-la. Que respeitaria o desejo dela de serem apenas amigos. Se ela quisesse algo mais do que isso, não seria ele quem iria pressionar. Ele a respeitava muito para fazer qualquer uma dessas besteiras machistas. Por mais que o matasse, teria que esperar que ela tomasse a iniciativa.

O que quer que acontecesse a seguir — se alguma coisa acontecesse —, dependeria dela. E a espera seria a morte para ele.

13

Tão logo se encontraram, se olharam;
tão logo se olharam, se apaixonaram.
— *Do jeito que você gosta*

— Seu vizinho é gostoso — Cesca falou enquanto as duas caminhavam pelo bosque nos fundos da casa.

Juliet revirou os olhos. Deliberadamente afastou a irmã da casa na árvore que Ryan quase havia terminado, embora o barulho da serra elétrica ainda ecoasse pela vegetação.

— Falou a garota com o noivo astro de cinema. E você não devia estar olhando. — As palavras saíram mais ásperas do que Juliet pretendia. Cesca ergueu as sobrancelhas, olhando para a irmã com desconfiança.

— Você não está com ciúme, né?

— Não. — A resposta de Juliet foi quase instantânea. — Ele é só um vizinho. E eu preferiria que você não o comesse com os olhos. — Sua boca ficou seca quando se lembrou do beijo que trocaram na outra noite. Ela não tivera chance de falar com ele desde então; estava trabalhando em uma grande encomenda na floricultura. Talvez fosse melhor assim, pois ainda não tinha ideia de como deveria lidar com seus sentimentos.

— Ei, olhar não tira pedaço. — Subiram no tronco coberto de musgo. — E você devia aproveitar. Não é comum ter um vizinho desse tipo. Especialmente alguém que seja tão bom com crianças.

— Você só está noiva há alguns meses. O brilho do Sam já acabou? — Juliet tentou voltar a conversa para Cesca. Não estava gostando de ser questionada.

O sorriso da irmã iluminou seu rosto.

— Claro que não. Ele ainda é adorável e, para ser honesta, faz seu vizinho parecer um troll. Mas mendigas não podem escolher. — Ela piscou para Juliet para mostrar que a estava provocando. — Agora, sério, o que há entre vocês? Quando deixamos a Poppy na escola hoje de manhã, ele não conseguia tirar os olhos de você.

Cesca havia chegado a Maryland na noite anterior, tendo pegado um voo um dia antes. Ela tinha deixado Sam em Washington, onde ele deveria se encontrar com repórteres. Sam se juntaria a elas naquela noite e os quatro se espremeriam no minúsculo bangalô de Juliet. Ela não podia deixar de pensar em quanto eles achariam o lugar sem graça depois de viver a vida de astro de cinema.

— Tem certeza que não ficariam mais felizes em um hotel na cidade? — Juliet perguntou de novo. — O Sam talvez ficasse mais confortável lá.

Cesca parou, se recostando a um velho carvalho.

— Está tentando mudar de assunto? — perguntou.

— Sim. — Juliet não queria falar sobre Ryan. Não queria pensar nele. Toda vez que se lembrava daquele beijo, se sentia corada como uma garota de dezesseis anos se apaixonando pela primeira vez.

— Bem, para responder à sua pergunta, viemos para ver você e a Poppy, não para passar a noite em algum hotel chique. E, se precisarmos dormir no chão do porão, ficaremos felizes em fazer isso. — Cesca sorriu para Juliet. — E, quanto a mudar de assunto, não vai acontecer. Vi o jeito que você estava olhando para ele também.

— Não há nada acontecendo entre nós.

— Mas você quer que aconteça?

Chegaram ao riacho no fundo da encosta arborizada. A água borbulhava e corria enquanto atravessava as árvores, indo para o rio Chesapeake, do outro lado da cidade. Elas caminharam pela margem, as botas afundando na lama macia.

— Não sei o que eu quero. Estou no meio de um divórcio doloroso, tentando proteger a Poppy das consequências. O Ryan pode ser o homem mais bonito que eu já vi, mas o momento é totalmente errado.

— Mas fora isso? — Cesca começou a rir. — Vamos lá, nós duas sabemos que, quando o amor bate, não há nada que você possa fazer para controlá-lo. Estou vivendo e respirando as evidências disso.

Juliet não pôde deixar de sorrir. A história de amor de Cesca e Sam tinha tocado o coração de todos. Os dois foram inimigos por anos, antes de ficarem hospedados em uma *villa* italiana no verão. Foi lá, no calor do Mediterrâneo, que a raiva se dissolveu e, de alguma forma, eles se apaixonaram.

— Bem, se há algo que eu sei, é que isso não é amor. Desejo, talvez, mas definitivamente não é amor. — Ela pisou em um galho seco, sentindo-o rachar sob seus pés. O som reverberou no ar. — E, de toda forma, não importa, porque, como eu disse antes, ainda sou casada. Se o Thomas descobrisse...

— Ele teria que aceitar — Cesca interrompeu —, porque vocês não estão mais casados. Além do mais, ele tem namorada. E você está a caminho de negociar os termos do divórcio. Não pode usar isso como razão para não seguir em frente, Jules, a não ser que queira ficar sozinha pelo resto da vida. — Ela se inclinou para pegar uma pedrinha, depois a jogou na água, que respingou. — E eu sei disso, pois fiquei acomodada por um bom tempo. Levei anos para perceber que a única pessoa que me segurava era eu mesma. Não quero isso para você também.

— Mas você não tinha uma filha para pensar — Juliet falou, parando ao lado da irmã. — E o Thomas já deixou clara a aversão dele pelo Ryan. Existe uma antipatia entre eles, e esta é uma cidade pequena. Não seria difícil para ele usar isso contra mim no tribunal.

— Jules, esta sempre vai ser uma cidade pequena. O que você vai fazer? Viver como uma freira para o resto da vida? Se permitir ser o sacrifício na disputa entre os Montecchio e os Capuleto? Você não é o tipo de garota que desiste assim. O Thomas não tem o direito de ditar com quem você sai, assim como você não tem o direito de fazer o mesmo com ele. Ele está tentando controlar você, mesmo estando separados. Não deixe que ele faça isso.

Juliet mordiscou o lábio, olhando através das árvores para os campos à frente. Suas irmãs sempre acharam que Thomas era muito controlador. Elas estavam certas. Estava muito cega de amor para perceber isso na época.

— Ele não me controla, não mais. Mas não vou mergulhar de cabeça em nada, nem em ninguém, sem pensar primeiro.

Cesca estava sorrindo.

— Mergulhar de cabeça? É isso que você quer fazer com ele? — Ela balançou as sobrancelhas, parecendo Groucho Marx. — Existe algo que você queira me contar?

— Não. — Sua resposta foi muito curta e muito rápida. E Juliet sabia que isso só despertaria ainda mais o interesse da irmã. Esse era o problema de ter uma irmã escritora: os escritores têm prática em observar as pessoas, e Cesca podia ler Juliet como as palavras em uma página. Enquanto cresciam, naturalmente todas elas assumiram papéis. Como a mais velha, Lucy era a forte, a organizadora. Juliet era a perfeccionista sonhadora, buscando um diploma na faculdade de artes plásticas, a qual foi interrompida por seu romance com Thomas. Cesca era a escritora, sempre ouvindo, observando, digitando. Como a falecida mãe, ela sonhava com uma carreira no teatro, mas, ao contrário de Milly Shakespeare, seu coração pertencia aos bastidores, não ao palco. Sua irmã mais nova, Katherine — ou Kitty —, era mais quieta que as demais, mas não menos afetada pela tragédia familiar. Estava em LA agora, trabalhando como assistente em uma grande produção.

Suspirando, Juliet encontrou o olhar da irmã. Sabia que não adiantava esconder coisas de Cesca.

— Algo aconteceu entre nós outro dia. Mas não vai acontecer novamente.

— O quê? — Cesca estava de olhos arregalados e boca aberta. — Você não pode simplesmente soltar isso assim. O que aconteceu?

— Eu o beijei.

Um sorriso presunçoso cruzou os lábios de Cesca.

— Eu sabia. Assim que olhei para vocês dois, soube que não eram apenas amigos. Quando ele estava te olhando, parecia que a sala estava dez graus mais quente. Como foi? O beijo foi bom?

A lembrança de seus lábios quentes pressionados contra os dela provocou um arrepio em sua coluna.

— Sim, foi bom. — Esse era o eufemismo do ano.

— Então por que você está franzindo a testa?

— Porque não daria certo.

— Por que não? — Cesca perguntou.

— Somos muito diferentes. Ele é todo relaxado e alegre. Nada o perturba. Além disso, vai se mudar para Nova York em junho. Não há futuro nisso.

— Por que ele vai se mudar? — Cesca perguntou, o interesse despertado.

— Acho que tem algum tipo de contrato lá. Pelo que eu posso dizer, ele não está interessado em ficar por aqui.

— E a mãe do Charlie? Onde ela está? Eles são divorciados?

— Eles nunca estiveram realmente juntos. Ela está em turnê com sua banda no momento. Mas, pelo que sei, ela é tão desencanada quanto o Ryan. Os dois tinham um relacionamento casual, acho. Talvez sejam amigos com benefícios.

— São benefícios muito bons. Dá para entender por que ela aceitaria ter esse tipo de relacionamento com ele.

Juliet sentiu o rosto se aquecer.

— Bem, sim, mas acho que não estão mais juntos.

— Isso porque ele está se guardando para você.

— Pare com isso. — Ela riu, e Cesca a acompanhou. — Sério, a última coisa que eu preciso é de um amigo colorido.

— Besteira. Você precisa transar mais do que qualquer um que eu conheço.

— Você não pode falar nada, já que ficou na seca por seis anos.

— Ah, sim. — Cesca sorriu. — Mas estou compensando o tempo perdido agora. E você também deveria. Olha, o que quer que esteja acontecendo entre você e o sr. Vizinho Gostosão, você devia aproveitar. Ele não precisa ser o amor da sua vida ou mesmo seu próximo namorado. Apenas faça o que parece certo. Não pense demais.

Elas chegaram ao fim do bosque e refizeram a caminhada ao lado do riacho enquanto a terra era esmagada sob seus pés.

— Você quer dizer ter um caso? — Juliet esclareceu.

— Não, porque você não é mais casada. — Cesca parecia exasperada. — Apenas tenha uma aventura. Esse cara não vai estar por perto para sempre, e, sejamos sinceras, você não está pronta para se firmar com ninguém até que tudo esteja encerrado e assinado com o Thomas. Mas não consigo pensar em ninguém que se beneficiaria mais com um pouco de diversão do que você.

Juliet não pôde deixar de olhar para sua irmãzinha. Embora a conhecesse a vida toda, esse era um lado de Cesca que ainda não tinha visto. A tristeza, a solidão, a fixação por uma vida que não a satisfazia haviam ido embora, e agora ela parecia viva e vibrante.

— Você mudou — Juliet falou. — Mas não de um jeito ruim. Quer dizer, você cresceu, está confiante, forte.

Cesca assentiu.

— Eu me sinto forte. E a razão para isso é o fato de eu ter deixado o passado para trás. Parei de deixar meu passado de lamentos moldar meu presente. É tão libertador que nem consigo explicar. — Ela segurou a mão de Juliet, colocando-a entre as suas. — E eu também quero isso para você. Você é jovem. A maioria das mulheres da sua idade ainda está na ativa, se estabelecendo na carreira e curtindo a vida. É como se você tivesse tentado espremer uma vida toda nos últimos sete anos e não pudesse aproveitar nada disso. Então, se esse cara lindo que mora na casa ao lado está te oferecendo um pouco de diversão, por que você não pode aceitar?

Juliet pensou nas palavras da irmã enquanto voltavam para casa. Elas caminharam em um silêncio acolhedor, os pés esmagando as folhas recém-caídas. As cores do outono haviam chegado, transformando as árvores em cor de laranja e vermelho-sangue, as folhas lentamente atingindo o chão. No primeiro ano em que morara em Maryland, tinha esperado ansiosamente pelas cores, correndo para o Parque Nacional com os outros moradores do estado assim que as folhas começaram a cair. Naquela época, seu ventre estava protuberante, seu coração estava cheio de amor, e ela pensou que havia se casado com o homem com quem passaria o resto da vida.

Que diferença faziam alguns anos. Este ano, pela primeira vez, não fora ao parque. Estava ocupada demais fazendo buquês e decorações florais. Uma pontada de dor atingiu seu coração quando percebeu quanto já tinha perdido, estando tão profundamente deprimida por causa da separação. Era como se sua dor fosse uma cortina finíssima na frente dos olhos, obscurecendo-lhe a visão.

Talvez fosse hora de levantar o véu.

Elas chegaram à parte do bosque que cruzava com o limite dos terrenos. Juliet olhou para a casa da árvore nos fundos do quintal de Ryan. Seu coração se apertou quando o viu inclinado para inspecionar a estrutura. Parecia que estava quase terminada. As janelas haviam sido fixadas, o telhado estava preso e o selante à prova d'água, aplicado. Tudo o que ele tinha a fazer era colocar a escada — e, depois disso, estaria pronta.

Mas não foi a casa de madeira que atraiu seu interesse. Foi Ryan, usando um jeans que destacava os músculos da coxa e uma camiseta cujo algodão parecia modelar seu peitoral. Ela o estava admirando, embora soubesse que não deveria.

— Como eu disse, ele é gostoso — Cesca sussurrou, seu olhar seguindo o de Juliet. — Ele é lindo, está disponível e a fim de você. O que há para não gostar nisso?

Naquele momento, Juliet não conseguia pensar em nada.

Ryan estava olhando para o armário de cozinha meio vazio, tentando decidir o que fazer para o jantar, quando o som da campainha ecoou pelo corredor. Ele fechou o armário e foi até a porta da frente.

Assim que abriu, ela roubou seu fôlego.

— Londres — ele sorriu para ela —, você está bem?

Ela estava usando um jeans skinny que parecia quase uma segunda pele, acentuando suas curvas suaves. A calça combinava com um suéter de cashmere creme. Com os cachos ruivos caindo sobre os ombros, parecia quase boa demais para ser verdade. Ele se lembrou da textura daquele cabelo quando entrelaçou os dedos nos fios, na forma como seu corpo se encaixou perfeitamente contra o dele naquela noite em que ela o beijou. Era difícil pensar em outra coisa.

— Estou bem. Só queria saber se você e o Charlie gostariam de jantar conosco. Minha irmã veio me visitar. Ela é a moça com quem você me viu hoje de manhã, e o noivo dela está aqui também. Achei que ele poderia gostar de ter um pouco de companhia masculina. Estar cercado pelas mulheres Shakespeare é demais para a maioria dos caras.

Ryan sentiu a boca ficar seca. A única mulher pela qual ele queria ser cercado estava bem na sua frente.

— Jantar? — ele repetiu. — Hoje?

— Vamos pedir comida. O Charlie gosta de comida chinesa? — Embora houvesse cor nas bochechas, ela não demonstrava o desconforto que Ryan sentia. A atração sexual parecia vir apenas da parte dele. E Ryan não gostou nada disso.

— Sim, gosta — ele murmurou. Passou a mão pelo cabelo, afastando-o dos olhos. — Mas ele está comendo desde que chegou em casa, então duvido que tenha muito apetite.

Ela deu de ombros, um meio sorriso ainda curvando os lábios. Ele franziu a testa, tentando descobrir o que estava diferente nela.

— Tudo bem. Vamos pedir rolinhos primavera e colocar um filme para eles. Se a comida chinesa não funcionar, tenho certeza que a pipoca vai. — O sorriso dela virou uma risada? Ryan não tinha certeza, mas o que quer que fosse a estava tornando mais atraente do que nunca.

O que, definitivamente, não era uma coisa boa. De jeito nenhum.

— Pipoca? — ele repetiu baixinho.

— Sim, nós dois sabemos como eles gostam de pipoca.

Ele franziu a testa, os olhos fixos no rosto dela. Algo nela o estava incomodando. Era como um daqueles dentes-de-leão que ficam logo acima do seu alcance. Ele umedeceu os lábios enquanto ela continuava a sorrir. Estava contando com todo seu autocontrole para não passar o dedo pela mandíbula dela.

Então a ficha caiu.

— Amanhã tem aula — ele disse, quase balançando a cabeça para entender melhor.

— E o que tem?

— E são quase sete horas. Você não deu o jantar à Poppy ainda? Não está quase na hora do banho dela? — Ele sabia que sua rotina era como um relógio.

Juliet deu de ombros.

— A minha irmã veio nos visitar. Achei que podíamos sair da rotina desta vez.

— Do nada? — ele questionou.

Ela inclinou a cabeça para trás e começou a rir. Se ele achava que ela era bonita antes, não era nada comparado a vê-la em um momento de abandono despreocupado.

— Sou realmente tão ruim assim? Você me faz soar como um cruzamento entre um sargento e Mary Poppins. Posso ser flexível quando quero.

— Pode? — Droga. Como se ele precisasse daquela imagem em seu cérebro.

Ela assentiu devagar.

— E aí, vai jantar com a gente ou não?

Um sorriso lento ergueu os cantos de sua boca.

— Eu não perderia isso por nada neste mundo.

🍁

Recostado na cadeira, Ryan levou a taça de vinho aos lábios enquanto bebia o resto de seu chianti. Era caloroso e suave, aumentando a sensação de relaxamento que já sentia, graças ao ambiente tranquilo da noite. Os quatro conversaram e riram a noite toda, e ele gostou de Sam Carlton. Tinham visitado muitas das mesmas cidades, o que facilitou a conversa.

Quanto a Juliet, ele nunca a vira tão confortável. Era como se ela tivesse dado de ombros pela primeira vez desde que a conhecera, e o contentamento parecia irradiar dela.

Eles trocaram tantos olhares calorosos que era quase embaraçoso. Sempre que falava ou ria, seus olhos procuravam os dela, uma onda de prazer o percorrendo cada vez que seus olhares se encontravam. Ele não pôde deixar de sorrir quando o vinho operou sua magia, fazendo-a sorrir e se abrir. Como a garota que ele imaginava que ela já havia sido.

Mas ela era toda mulher agora.

— Acho que devemos limpar isso — ela falou, franzindo o nariz ao observar a quantidade de caixas de papelão na mesa da cozinha. — Pelo menos boa parte disso pode ir para o contêiner.

Sua boca se contorceu com os termos ingleses dela. Outro efeito do bom vinho que Sam trouxe consigo. Seu apelido para ela era mais que perfeito esta noite.

— Chamamos de lata de lixo, Londres — ele brincou.

Ela mostrou a língua para ele.

— É o mesmo que falar porta ou porrrta — ela brincou, se referindo às diferenças de sotaque.

— Definitivamente, lata de lixo. — Ele piscou, depois se levantou para pegar algumas das caixas vazias. — Acho melhor eu ir embora. Levar meu garoto para a cama.

— Você precisa viver um pouco — Juliet falou, os olhos brilhando enquanto virava o jogo. — Relaxe, o Charlie está bem. Da última vez que fui olhar, ele e a Poppy tinham dormido. Eu até fiz os dois escovarem os dentes mais cedo, então pelo menos não precisamos nos preocupar com cáries.

— Sim, definitivamente não queremos que eles tenham cárie. — Ele piscou para ela.

— Por que você a chama de Londres? — Sam perguntou, caminhando para abrir outra garrafa de vinho.

— O que você acha? — Cesca respondeu antes que Ryan o fizesse. — Porque ela é de Londres, bobo.

— E porque eu odeio — Juliet falou. — Ele faz tudo o que pode para me provocar.

— Não me diga — Cesca concordou. — O Sam faz qualquer coisa para me provocar. É como um estranho ritual de acasalamento.

— Funciona, né? — Sam segurou Cesca pela cintura com um braço, o outro ainda segurando a garrafa de vinho. Ele acariciou seu pescoço com o rosto. — Você me odiou desde o minuto em que entrei naquela *villa*, há dois anos. Por que mexer em time que está ganhando?

— Ah, arrumem um quarto. — Juliet balançou a cabeça, ainda sorrindo. Então ela olhou para Ryan novamente. Desta vez não desviou o olhar. Em vez disso, seus olhos se arregalaram quando ele continuou focado nela.

Meu Deus, ele queria beijá-la novamente.

— Já temos um quarto, e, para sua sorte, é ao lado do seu — Cesca disse, rindo quando Sam a apertou com força.

Juliet olhou para Ryan com falso horror.

— Posso ficar no seu esta noite?

O pensamento dela no seu quarto era alarmante e sedutor em igual medida. Ele teve que respirar fundo para se equilibrar. Não era errado flertar quando havia sido ela quem começou, não é?

— O que é meu é seu. — Ele sorriu para ela. Não, não era nada errado.

— E eles acham que nós é que precisamos arranjar um quarto — Cesca falou. — Sou eu ou está ficando quente aqui? — Ela começou a se abanar, fazendo Juliet revirar os olhos.

— Cale a boca.

— Me obrigue.

— Ah, vou te obrigar se eu precisar — Juliet avisou a irmã. — Lembra do que eu costumava fazer quando éramos crianças?

Cesca fez cara de nojo.

— Ah, não, o abominável golpe chinês? Qualquer coisa menos isso. — Ela olhou para Sam. — Ela é um demônio com as mãos. Deixa homens adultos de joelhos e com lágrimas nos olhos.

Ryan soltou uma risada.

— Aposto que sim.

— *Et tu*, Ryan? — Juliet disse, cutucando-o com o dedo. — O que é isso? Todos contra Juliet?

Ele não pôde deixar de sorrir. Ter a irmã por perto a relaxava de uma maneira que ele nunca tinha visto antes.

Ele queria vê-la desse jeito de novo.

— Todas as suas irmãs são assim? — perguntou a ela.

— Sim — Sam respondeu, entregando a taça cheia de vinho a ele. Parecia que Ryan não iria para casa tão cedo. — Elas são um pesadelo quando se juntam. Você não consegue nem se ouvir pensando. Elas só se acalmam quando o pai tem algo a dizer, o que não é sempre, coitado.

Juliet olhou para o chão, e ele viu a tristeza em seu olhar.

— Você está bem? — Ryan perguntou em voz baixa.

Quando ela ergueu a cabeça, seus olhos estavam úmidos de lágrimas.

— Sim, só estou sendo boba. É que eu sinto saudade da minha família. Não tinha percebido quanto até a Cesca mencionar isso. Nem pude ir para a estreia da peça dela em Londres, porque o Thomas não estava a fim. E agora ele me proibiu de levar a Poppy para lá, mesmo para uma visita. E eu quero que ela veja meu pai enquanto pode.

— Mas você está fazendo algo quanto a isso, não é? — Cesca perguntou. — A Lucy me disse que está acompanhando tudo e lhe deu algumas orientações para conversar com a sua advogada?

Ryan lembrou que Lucy era a irmã mais velha, a advogada.

— Sim, mas está demorando muito mais do que eu imaginei. E, enquanto isso, o nosso pai não está melhorando, não é?

— Por que demora tanto?

Juliet deu de ombros.

— Em parte é o sistema. Em Maryland, é preciso ficar separado por um ano antes de se divorciar. Mas o Thomas não parece estar com pressa para concordar com qualquer termo antecipado. É como se ele realmente não quisesse se divorciar.

Ryan não disse nada. Mesmo que a breve menção ao ex-marido de Juliet o tenha feito querer ranger os dentes.

— Talvez você devesse contratar um advogado melhor — Cesca sugeriu.

— Já paguei um dinheirão a essa. Não quero gastar mais se não for necessário.

— Se você está preocupada com dinheiro, nós podemos ajudar. Tenho certeza de que a Lucy e a Kitty também.

— Obrigada, querida, mas eu posso lidar com isso sozinha — Juliet falou. — Esse problema é meu e eu vou resolver. Não pense que eu não sou grata pela oferta, porque eu sou. — Ela bateu uma mão na outra, sinalizando o fim da conversa. — Certo, vamos mudar de assunto. Dá para acreditar que o Dia de Ação de Graças é nesta semana?

— Você comemora? — Ryan perguntou a ela. — Sendo de Londres e tudo o mais.

— Eu não, mas a Poppy, sim. Ela vai passar com o Thomas este ano. Eu pretendo passar o dia arrumando a loja. Está muito bagunçada. — Ela sorriu para ele, que retribuiu. — E quanto a você? Vai assar um peru?

— Estava planejando fazer isso. Posso guardar um pouco, se você quiser.

Seus olhares se encontraram novamente. Estava acontecendo com tanta frequência que ele quase podia contar os segundos até a próxima vez.

Ela apoiou o queixo na palma da mão sem afastar o olhar do dele. Ryan queria saber o que ela estava pensando — se lembrava daquele beijo do mesmo jeito que ele. Sua atração por ela não se dissipou mesmo depois de todos aqueles dias desde que seus lábios se uniram, mas ele estava se esforçando para se controlar.

— Sabe de uma coisa, Ryan? — ela falou, inclinando a cabeça para o lado. — Eu ia adorar.

14

> Não tenho outra resposta a te dar que não seja obrigado,
> e obrigado, e para sempre obrigado.
> — *Noite de reis*

Ryan parou o carro ao lado do portão. Embora a chuva tivesse diminuído um pouco, a tempestade mantinha a maioria das pessoas longe do cemitério. Estava agradecido pelo silêncio — fazia muito tempo que não visitava aquele lugar. Tempo demais. A última vez que passara por aqueles portões de ferro forjado tinha sido quando estava carregando o caixão do avô para o local de seu descanso final.

Depois de todos aqueles anos, estava de volta, mas desta vez com seu filho. Sua carne e seu sangue. Alguém que não o julgava por seu dinheiro ou suas escolhas. A única pessoa no mundo que o aceitava pelo que ele era, nunca pedindo ou exigindo mais.

A pessoa pela qual daria a vida sem pestanejar.

— Está pronto? — perguntou a Charlie, pegando o guarda-chuva no banco de trás e dando a volta para ajudar o filho a sair do carro.

Charlie assentiu. Estava carregando um pequeno vaso de plantas que tinha decorado em casa.

— É onde o vovô Cutler está enterrado?

— Isso mesmo. E a vovó Maisie.

— Mas eles são seu vovô e sua vovó, não é? Não são meus? A minha avó é a Samantha, não é? — Ele estava falando sobre a mãe de Sheridan. Charlie ainda não tinha entendido como as relações familiares funcionavam, e Ryan sabia que parte disso era culpa dele. Ele raramente falava da própria família para o filho, além de seu avô; não era de admirar que o garoto estivesse confuso.

— Cutler e Maisie eram seus bisavós.

Charlie assentiu, sério, envolvendo as mãozinhas na alça de metal do guarda-chuva e o puxando para perto da cabeça.

— Tudo bem, então.

Dentro do portão, os caminhos que serpenteavam ao redor dos túmulos estavam vazios como o estacionamento. Ryan limpou a água da chuva do rosto, depois colocou o braço nas costas de Charlie, levando o filho para o interior do cemitério. Ocasionalmente, cruzavam com uma família — de cabeça baixa e guarda-chuva preto — prestando homenagem aos entes queridos naquela tarde de Ação de Graças.

Finalmente passaram pelas árvores que conduziam ao mausoléu de sua família. Era uma parte privada do cemitério, marcada por bustos de mármore e pedras intrincadas. Tudo nas sepulturas refletia a riqueza de seus ancestrais. Os Shaw moravam naquela cidade desde o século XVIII, embora o cemitério tivesse sido construído apenas em 1835.

Os dois seguiram pela esquerda, passando pelos nomes familiares dos antepassados de Ryan; Marthas e Williams, Johns e Eleanors, todos enterrados havia muito tempo, embora o sangue deles ainda corresse por suas veias. Com a mão firme nas costas do filho, ele o conduziu até as duas lápides brancas e simples que marcavam o lugar do descanso final de seus avós.

Foi quando percebeu que não estava sozinho. De pé ali, usando um casaco vermelho grosso e abrigada debaixo de um guarda-chuva cinza-claro, estava sua mãe. Ela olhava para as lápides com os lábios vermelhos franzidos e os olhos semicerrados. Parecia menor do que ele se lembrava — menor e mais magra —, e seu cabelo, antes comprido e saudável, estava ralo. Quando ele e Charlie se aproximaram das lápides, ela ergueu a cabeça, piscando enquanto tentava se concentrar nas figuras à sua frente.

— Ryan? — Como o restante dela, a voz de Nancy Sutherland parecia quase sem peso. — É você?

O coração de Ryan estava acelerado. Ele limpou a garganta, tentando engolir o caroço que havia se formado ali. Da última vez que vira essa mulher —, meia vida atrás —, ela estava chorando, com o rosto vermelho de tristeza e os olhos molhados de lágrimas. Ela implorou para ele não partir, mas ela nunca entendeu. Observar seu pai menosprezá-la todos os dias o estava matando.

— Mãe. — Ele sentiu Charlie remexer os pés a seu lado, mas o filho não disse nada.

— Eu soube que você estava de volta à cidade. E este deve ser o seu filho.

Ryan assentiu.

— Sim, este é o Charlie.

O rosto dela se suavizou.

— Olá, Charlie, eu sou a sua avó. — Ela umedeceu os lábios finos e vermelhos e deu um passo em direção a eles. Charlie se encolheu contra Ryan, como se buscasse proteção.

— A minha avó mora em San Diego. O nome dela é Samantha.

Os lábios da mãe de Ryan tremeram.

— Mas eu sou a sua outra avó.

O garoto franziu a testa e olhou para o pai.

— É verdade?

Ryan colocou a mão no ombro do filho.

— Lembra que eu te falei sobre a minha mãe e o meu pai? Que eles moravam nesta cidade? — Charlie assentiu, os olhos ainda arregalados. — Bem, esta senhora é a minha mãe. O nome dela é Nancy e ela é sua avó também.

Ela percorreu a distância entre eles, parando na frente de Charlie. Seus olhos estavam lacrimejando, a boca ainda tremendo, e ela mordeu o lábio como se quisesse controlar os tremores.

— Charlie, eu queria muito te conhecer. Estou tão feliz por finalmente te encontrar. — Quando ela olhou para Ryan, ele pôde ver o próprio reflexo nos olhos dela. — Ele é exatamente como você nessa idade. Um verdadeiro Shaw.

— O meu nome é Charlie Shaw Sutherland.

Uma única lágrima deslizou pela bochecha dela.

— É um lindo nome. E muito significativo também. Seu pai lhe contou que os Shaw construíram esta cidade do nada? E que a nossa família, a sua família, é muito importante?

Charlie olhou para o pai com o rosto cheio de perguntas.

— Eu não contei isso a ele, não — Ryan respondeu. — Porque o criei para saber que todo mundo é importante. E que nós não somos diferentes de ninguém que ele conhece, seja rico ou pobre.

Sua mãe se encolheu, e Ryan imediatamente se arrependeu do tom áspero.

— Me desculpe, eu...

Ela acenou com a mão.

— Não se desculpe. Entendo o que você está tentando dizer. Mas ele é seu filho, e metade do sangue dele vem desta terra. Ele é tanto produto dos Shaw e dos Sutherland quanto da criação que teve. E ele devia pelo menos saber alguma coisa sobre a própria história, mesmo que você tenha virado as costas para isso.

— Ele vai saber quando estiver pronto — Ryan falou, mantendo a voz neutra. — E vai saber também por que eu achei isso tão sufocante. Quero que ele cresça sabendo que é mais que um nome, mais que uma cidadezinha onde todos sabem da vida de todos. E, acima de tudo, quero que ele saiba que nenhum homem deve tratar uma mulher como meu pai te tratava.

— Ele não está mais tão ruim — ela disse, embora o tremor em sua voz não apoiasse suas palavras. — Está ficando velho, nós dois estamos. Ele amoleceu.

— Ele ainda é um tirano. Percebi isso quando ele me chamou no escritório.

— Você o viu? — Sua boca se abriu. Ryan imaginou que ainda houvesse segredos entre eles, como sempre. Quando mais novo, o pai governava a casa com mão de ferro. O que ele dizia era lei. Se alguém se atrevesse a enfrentá-lo, sentia a força de sua ira.

Talvez fosse por isso que Nancy Sutherland tinha deixado de se defender. E, quando Ryan tentou defendê-la, ela lhe disse para parar e respeitar o pai. Que ela nunca o abandonaria.

No fim, foi Ryan quem partiu. No momento em que entrou no avião, ele se sentiu livre.

— Sim, eu o vi. Foi agradável como sempre.

— Por que você voltou se o odeia tanto? O que te fez escolher esta cidade?

Essa era a pergunta de um milhão de dólares. E o simples fato era que ele havia escolhido aquela cidade por um motivo. Ou talvez o motivo o tivesse escolhido. De qualquer ângulo que se olhasse, ele havia passado metade da vida evitando o lugar que guardava todas as suas lembranças ruins e, ainda assim, mantinha todo o resto. Sua família, sua história e uma cidade construída por seus antepassados que fez dele o homem que ele era hoje. Quando ele e Sheridan discutiram onde Charlie deveria passar o ano do jardim de infância, as primeiras palavras que saíram da boca de Ryan foram o nome de sua cidade natal. Shaw Haven, o local de seu nascimento. Ele havia ido embora desacreditado, sem nada além de seu nome manchado para se agarrar, e voltaria como um homem bem-sucedido, apesar de tudo, que havia construído a própria vida, a própria sorte e ainda tinha algo para provar. Ele tinha voltado porque ainda havia parte de sua história para escrever.

E, quando fosse escrita, os dois iriam embora e começariam uma nova vida juntos. Longe daquele lugar.

Ryan enxugou a chuva da testa e olhou para a mãe.

— Voltei porque eu quis. — Afastando a atenção dela, olhou para Charlie. — Quer colocar a flor no túmulo da vovó Maisie? — perguntou.

Charlie assentiu, andando para a frente. Ryan o seguiu de perto para protegê-lo com o guarda-chuva. Seu filho se agachou, colocando o vaso de plantas suavemente ao lado da lápide. Ryan fechou os olhos, tentando bloquear o turbilhão de emoções que aquele encontro com a mãe desencadeara. Tentando ignorar as lembranças dolorosas que ela despertara.

Quase imediatamente seus pensamentos foram para Juliet. E, de repente, a necessidade de vê-la o dominou. Ele ficou surpreso com a intensidade de seu sentimento. Era como um ímã, arrastando-o para ela.

— Pronto — Charlie falou, enxugando as mãos. — Está bom?

— Está perfeito. — Ryan sorriu para o filho. Pelo canto do olho, viu a mãe ainda observando os dois. — Vamos, amigo — disse, colocando o braço em volta dos ombros de Charlie. — Prometi levar um pouco de peru para a Juliet.

🍁

Juliet girou os ombros, movendo a cabeça de um lado para o outro a fim de relaxar os músculos duros do pescoço. Ela usava luvas de borracha amarelas, as mangas da camisa xadrez enroladas até os cotovelos, o cabelo preso no alto da cabeça em um nó para mantê-lo longe do produto de limpeza.

— Hoje sou grata por esta loja — ela murmurou. Era o seu refúgio, o lugar em que se sentia cercada pela natureza em sua plenitude. Foi por isso que ela decidiu passar o Dia de Ação de Graças ali, lavando o chão e os balcões, fazendo uma triagem do estoque antigo e abrindo espaço para os projetos do feriado que havia planejado. Um começo limpo e novo e uma maneira de se manter ocupada enquanto Poppy passava os dois dias seguintes com o pai e os avós. Ficar sentada se lamentando era o que estaria fazendo se não estivesse ali.

No começo da tarde, tudo estava brilhando. Ela tinha organizado as prateleiras de vasos e caixas de arame para flores, fazendo anotações das coisas que precisaria reordenar. De vez em quando pegava o celular, para constatar que não havia mensagens de Thomas ou de qualquer outra pessoa. Os poucos amigos que tinha em Shaw Haven estavam celebrando com a família, e seus amigos no Reino Unido provavelmente nem sabiam que era feriado nacional ali. Para eles, era apenas mais uma quinta-feira sombria e chuvosa de novembro.

Mas tudo bem. Isso dava a ela tempo suficiente para preparar a loja antes que a temporada de feriados realmente se estabelecesse. E, por ter negociado o Dia de Ação de Graças, ela ficaria com Poppy no Natal. Pelo menos isso era algo para esperar.

Estava de pé na escada de madeira, estendendo a mão para trocar uma lâmpada, quando ouviu um forte estrondo na porta. Ela olhou, tentando ver quem era através do vidro obscurecido pela chuva, mas não conseguiu enxergar nada.

Quase imediatamente seus pensamentos se voltaram para Poppy. Enquanto descia rapidamente os degraus, tocou o bolso. O telefone ainda estava lá. Com certeza Thomas teria ligado se houvesse algo errado.

Ainda assim, quando chegou à porta ficou sem fôlego, e não pelo esforço de correr pelo chão de ladrilhos. Ela apertou os olhos enquanto virava as travas, uma de cada vez, ainda tentando ver se era Thomas do outro lado, mas era impossível enxergar algo pela janela salpicada de água.

Abrindo a porta, ficou surpresa quando percebeu que era Ryan parado ali, com o cabelo grudado na cabeça e muita água da chuva escorrendo na pele. Ele estava usando uma jaqueta leve — fina demais para a época do ano e encharcada, aderindo ao corpo de um jeito muito perturbador.

— Ah, olhe para você, é melhor entrar. — Ela deu um passo atrás para passagem.

— Não posso. O Charlie está no carro. Eu trouxe um pouco de peru. — Ele levantou uma sacola de plástico e a entregou. Era pesada. Havia duas grandes caixas plásticas dentro. — Como prometi, lembra?

Ela se permitiu sorrir. Havia algo naquele homem — parado na entrada de sua loja, lhe oferecendo comida, porque ela estava sozinha no Dia de Ação de Graças — que a fez sentir menos solitária. Mesmo ensopado, sua mera presença parecia o sol raiando.

— Obrigada. Acho que seria bom dar uma pausa na limpeza. — Ela puxou as luvas amarelas que estava usando. — Você mesmo fez?

— Com uma ajudinha do Boston Market. Mas está gostoso. Até o Charlie disse isso. — Ele olhou para dentro da loja. Seus olhos se arregalaram quando viu como tudo estava fora do lugar. — Black Friday?

Ela balançou a cabeça.

— Não é muito relevante. Ninguém está atrás de buquês na Black Friday. Além disso, a temporada de feriados é a minha época mais lucrativa do ano, então pensei em preparar a loja para o Natal.

— Vai trabalhar amanhã?

Por cima do ombro, ela podia ver a caminhonete velha, pingos de chuva caindo no teto metálico. Charlie estava sentado no banco do passageiro com o rosto pressionado contra a janela. Ela acenou para ele, que sorriu, acenando de forma tímida para ela.

— Acho que não. Espero terminar tudo aqui esta noite, então amanhã vou relaxar. A Poppy só vai voltar para casa no sábado. — Ela já podia imaginar. Um banho quente para afastar o frio dos ossos, além de uma bela taça de vinho tinto. Estava começando a descobrir que havia algumas vantagens na guarda compartilhada.

— Venha velejar comigo amanhã. — O sorriso no rosto dele provocou um arrepio em sua coluna. — O Charlie tem outra festa do pijama; ele vai ao cinema ver aquele filme de dragão. Vou ficar sozinho também.

— Navegar com este tempo? — ela perguntou. — É uma boa ideia?

— A previsão está melhor para amanhã. Ainda vai estar frio, mas podemos nos aquecer e levar chocolate quente. Enquanto não houver tempestade, podemos navegar. Chesapeake é lindo no verão, mas no outono é outro nível, como um pedacinho do paraíso. Quero te mostrar.

— E se começar a chover enquanto estivermos por lá?

— Vamos nos sentar no chão da cozinha e eu vou te mostrar que posso ser um viciado em pôquer. Vamos, Londres. Arrisque-se e venha comigo.

Sua resposta imediata foi recusar. No entanto, ela se viu questionando essa resposta, analisando-a. Era o medo de Thomas que a impedia de concordar ou o medo de si mesma?

O que Cesca havia dito quando a visitara? *Se alguém está te oferecendo um pouco de diversão, por que você não aceita?*

Ela já sabia que um dia com Ryan seria divertido. Não rira tanto nos últimos anos como havia rido com ele. Ele era atraente, gentil e bem-humorado — e, mais importante, iria embora em poucos meses. Como ela, ele não estava buscando algo permanente.

Apenas um pouco de diversão. Ela poderia fazer isso.

— Tudo bem — disse, a boca se alargando em um sorriso. — Vou velejar com você. E, se eu acabar caindo no mar depois de uma batida forte, espero que você mergulhe para me salvar.

Seu sorriso era tão grande quanto o dela.

— Pode contar com isso, meu bem.

15

> Deixai, então, ó santa! Que esta boca mostre
> o caminho certo aos corações.
> — *Romeu e Julieta*

Limpar a loja no Dia de Ação de Graças a esgotou tanto que todos os músculos do seu corpo ficaram doloridos. Depois de voltar para casa no fim da noite com o cabelo coberto de teias de aranha e a pele das mãos esfolada, Juliet ligou para Poppy, se satisfazendo ao saber que a filha estava feliz e bem cuidada, antes de desmoronar no tão esperado banho. Mas, em vez de beber a taça de malbec de que se serviu, ela adormeceu até que a água estivesse fria demais em sua pele. E, claro, quando se enxugou e se arrastou para a cama, de alguma forma encontrou um segundo fôlego.

Ficou deitada ouvindo o rangido da casa, o assobio do vento enquanto a tempestade caía lentamente, e tentou ordenar os pensamentos que passavam por sua cabeça.

Esse homem tem uma queda por você. Foi o que Cesca tinha dito enquanto Ryan carregava o filho adormecido de volta para casa, os músculos flexionados sob seu peso. *Ele devorou você com os olhos por metade da noite. E o jeito que ele ficava te olhando, caramba, Juliet, me fez perceber que seus olhos não eram a única coisa que ele desejava.*

Felizmente nem Ryan nem Sam tinham ouvido o comentário de Cesca. Era ruim o suficiente ter que aturar Sam chamando-a de Londres pelo resto de sua estadia, o enorme sorriso fazendo-a querer furar seus olhos com uma caneta. Quanto a Cesca, quando não estava tentando apoiar Juliet em seus problemas com Thomas, estava fazendo elogios a Ryan, dizendo a ela que a melhor maneira de superar um homem era passar para o próximo.

Assim que eles saíram para pegar o voo de volta para Los Angeles, ela sentiu saudade deles. E agora a casa estava mais quieta do que nunca. Apenas Juliet e seus pensamentos, que não estavam provando ser a melhor companhia.

O amanhecer chegou, anunciando uma mudança no clima. Embora o céu permanecesse nublado, qualquer indício da tempestade do dia anterior havia desaparecido, deixando nuvens amareladas que pareciam estar tentando desesperadamente se dissolver. Juliet puxou o canto da cortina e olhou para o quintal, onde galhos e gravetos quebrados jaziam sobre folhas marrons e murchas, poças de água ainda cobrindo-as da chuva do dia anterior. O tempo estava bom para vestir um suéter, com certeza.

Levou a xícara de café para a varanda. O banco velho rangeu quando se sentou por cima das pernas cobertas por jeans. Nuvens finas se ergueram da caneca, se misturando ao vapor que escapava toda vez que ela exalava. O que a fez lembrar da filha e do modo como Poppy chamava isso de "respiração de dragão".

Estava tomando o último gole quando viu a porta da frente se abrir na outra casa. Ryan surgiu, usando um suéter cinza-escuro e jeans. A calça se agarrava a ele como se não suportasse soltá-lo.

Uau. Ele era de tirar o fôlego.

— Oi. — Um sorriso se curvou em seus lábios enquanto ele descia os degraus e ia até o bangalô dela. Seus tênis velhos rasgavam a grama molhada. — Está pronta para ir?

— Assim que eu terminar o café. — Ela ergueu a caneca. — Ainda tem um pouco na cafeteira. Quer?

Toda vez que ele estava perto, seu corpo reagia. Ele só tinha que se aproximar para ela se dar conta de sua altura, seus músculos, a forma como seu rosto parecia a perfeição esculpida. Ele tinha cheiro de água fresca e madeira de sândalo, uma combinação que provocava seus sentidos, deixando sua cabeça em um turbilhão quando a adrenalina disparava através de seu corpo.

— Café seria bom. — Sua voz ainda soava sonolenta. — Tem caneca para levar para viagem? Podemos levar um pouco conosco. — Ele a seguiu até a cozinha, e ela pôde sentir o calor de seu corpo atrás dela. O cômodo parecia pequeno e mais fechado do que ela se lembrava. Como se estar ali com ele tornasse todo o resto menos importante.

— Também fiz sanduíches para nós. Eu não tinha certeza de quanto tempo vamos ficar fora, então pensei em levar alguma coisa. — Ela estava falando apenas para preencher o silêncio, com medo do que aconteceria se o deixasse dominá-la. — É salada de presunto... você gosta de presunto? Talvez eu devesse ter perguntado primeiro.

— Adoro presunto. Obrigado por ter feito. E podemos ficar fora o tempo que você quiser, já que estamos sem as crianças. O dia é nosso.

Ah. Ela sentiu a excitação provocar um arrepio em sua pele.

O caminho para o cais passou em um piscar de olhos. Ele ligou o rádio, colocou em uma estação de rock e cantarolou enquanto dirigia pela cidade em direção à orla. Seu pé acompanhava a batida, a coxa musculosa subindo e descendo, e ela não conseguia desviar os olhos. Quando chegaram a um semáforo, ele a olhou com um sorrisinho divertido nos lábios. Seus olhares se encontraram, como se compartilhassem um segredo que ninguém mais poderia saber. A pele dela começou a formigar novamente.

— Você está bem, Londres?

— Estou, sim.

— Está muito quieta. — Ele inclinou a cabeça para o lado, ainda olhando para ela. — Tem alguma coisa errada?

— Só estou um pouco cansada. Os últimos dias foram exaustivos.

— Parece o motivo perfeito para entrar no barco e relaxar. Preciso da sua ajuda para sair, mas, depois disso, pode se sentar e apreciar a vista. Vou tentar não te cansar demais. — Ele sorriu depois da última frase e um raio de prazer a atingiu.

— Eu gosto de puxar meu próprio peso.

Ele ainda sorria, mas dessa vez de um jeito afetado.

— Você não tem muito peso para puxar. — Ele olhou para o corpo dela: o suéter listrado de azul e branco e o jeans apertado. Seus olhos se suavizaram quando ele a encarou.

O clima entre eles parecia elétrico, como naquela noite no clube de dança. Ela podia sentir a pele se arrepiar, fazendo os pelos minúsculos dos braços se erguerem.

— Isso soa como um elogio — ela observou, mantendo a voz leve. — Mas acho que pode ser um insulto também.

— É tudo elogio. — A voz dele era grave. — Com certeza você deveria encarar assim.

Quando chegaram ao estacionamento, o cais estava cheio de pessoas aproveitando o feriado. Os dois subiram no píer em direção à *Miss Maisie*, o barco de quarenta pés que não havia sido afetado pela tempestade do dia anterior.

Como na última vez que ela estivera ali, a embarcação estava pronta; sem dúvida tinha sido polida até brilhar pelo amigo de Ryan, Stan. Mas, ao contrário da última vez, eram apenas os dois, e ficar sem Poppy e Charlie a fez se sentir exposta e excitada.

Ryan subiu a bordo primeiro, estendendo a mão para ajudá-la. Seus dedos quentes e fortes se curvaram ao redor dos dela, puxando-a com facilidade até ela pousar no convés. Ele estava perto, o corpo se elevando acima do dela. A brisa agitou o cabelo de Juliet, uma mecha escapou do rabo de cavalo, e ele esticou o braço para ajeitá-la atrás da orelha.

Ele deslizou o dedo sobre o pescoço dela, deixando um rastro gelado atrás de si. Um arrepio percorreu sua coluna, fazendo a parte interna de suas coxas tremer de necessidade. Ela nunca havia sido tão afetada por um homem. Ele era forte, quente e bonito, e a assustava pra caramba.

O amor machuca. Ela sentira isso mais de uma vez. Primeiro quando a mãe morreu e depois quando Thomas a deixou. Era uma faca envolta em veludo, suave ao toque, mas mortal.

Mas aquilo não era amor, era desejo. E Juliet poderia lidar com isso, não poderia? Poderia se render à tentação, às sensações que o toque de Ryan provocava. Os dois eram adultos, solteiros e sabiam o que estavam fazendo.

Uma aventura. Nem mais, nem menos. Alguns meses de diversão enquanto ela resolvia sua vida e Ryan esperava para ir embora, assim os dois poderiam seguir em frente sem arrependimentos. Ninguém precisava saber, poderiam manter o segredinho. Poderia ser simples se ela parasse de analisar a situação em excesso.

— Está pronta? — ele murmurou, a mão envolvendo seu pescoço, os dedos roçando suavemente sua pele.

Estava? Sim, ela realmente estava. Pronta para o que quer que acontecesse a seguir e determinada a encarar o que fosse.

— Sim, estou. — Ela assentiu. — Vamos lá.

❦

O vento aumentou na baía, fazendo as velas baterem contra o mastro enquanto o barco acelerava pela água. Juliet estava parada na parte da frente, o cabelo solto enquanto se agarrava à balaustrada para se manter de pé. Estava olhando para a baía, de costas para Ryan, e por um momento ele se lembrou das figuras de madeira esculpidas em navios antigos.

Britânia governando o mar.

Quando se virou para olhar para ele, o rosto dela estava corado pela brisa. Os lábios estavam inchados e vermelhos, os olhos brilhando. A vitalidade dela era inebriante, um fio vivo que ele não podia deixar de querer tocar. Não ficava mais surpreso com a intensidade de sua reação a ela, mas isso não diminuía nem um pouco seu impacto. Toda vez que a olhava, não conseguia deixar de lembrar do beijo apaixonado. O calor da boca, a suavidade dos seios enquanto se pressionavam contra ele. Estavam navegando havia pouco menos de uma hora, deixando Shaw Haven para trás enquanto seguiam pela baía. E, por sessenta minutos, não conseguiu tirar os olhos dela. Não tocá-la o estava deixando louco. No entanto, lembrou-se da promessa que havia feito naquela noite quando voltou para casa. *O que aconteceria a seguir era com ela.* Ele não era o tipo de cara que costumava forçar as coisas — não depois de ver o pai dominar a mãe durante a infância.

Se quisesse alguma coisa, ela teria que dar o primeiro passo.

— Vou ancorar ali adiante — ele gritou, tentando ser ouvido acima do vento. Guiou o barco em direção à margem gramada à esquerda, que se abria em uma pequena enseada. Longe de qualquer cidade, estava deserta, a não ser pelas aves que voavam sobre o pantanal.

Juliet assentiu, subindo na proa para segurar a âncora enquanto ele os conduzia para a margem. Ele amava o jeito como ela era natural, antecipando suas instruções antes que ele tivesse a chance de gritar. Era uma boa companheira de navegação, tranquila a bordo, e era sexy pra caramba vê-la assumir o controle. Ele parou o barco a seis metros da terra firme, sem querer arriscar as águas rasas, que poderiam fazê-los encalhar.

— Qual a profundidade? — ela gritou.

— Cerca de quatro metros.

Sem mais uma palavra, ela mediu a linha de ancoragem, amarrando um nó para fazer a profundidade certa antes de lançar a âncora na água. Ele endireitou o barco enquanto a âncora afundava lentamente, e Juliet amarrou a corda restante no gancho da proa.

— Ficou bom? — Ela franziu a testa, puxando o nó para se certificar de que estava apertado. — Fiz do jeito que você me ensinou, mas já tem um tempo.

Ele soltou o timão e caminhou até ela. Olhar o nó bastou para lhe dizer que estava resistente. O barco balançava suavemente na água, subindo e descendo com o ritmo da maré.

— Está perfeito — ele disse, sem olhar mais para o nó. Estava muito ocupado contemplando o rosto dela, os lábios e os profundos olhos cor de avelã.

Ele sentiu o calor do olhar dela. Ela parecia diferente agora. Mais forte, de alguma forma. Mesmo usando tênis, parecia alguns centímetros mais alta.

O barco subia e descia na água enquanto ele a olhava, nenhum dos dois interrompendo a conexão. O suave fluxo e refluxo da água na margem acompanhava o som do sangue correndo pelos ouvidos dele. Um ganso do Canadá voou até a beira do rio. Aninhado na grama alta, soltou um forte grasnido.

— Vamos explorar? — ele perguntou, apontando para a margem. — Temos tempo suficiente.

Sem tirar os olhos dos dele, ela balançou a cabeça.

— Não. Não quero explorar.

Ele franziu a testa.

— Não quer?

— Não.

— Se estiver com frio, tenho um suéter na cozinha. Quer que eu pegue?

A sugestão de um sorriso se curvou nos lábios dela.

— Não estou com frio. Nem preciso de um suéter. — Ela deu um passo à frente até que o espaço entre eles quase desapareceu. Ele podia sentir o perfume doce do xampu que ela usava se misturando ao aroma fresco do rio. Teve que fechar as mãos para se impedir de estendê-las e tocá-la.

— Londres...

— Shhh. Tudo bem. — Havia um olhar determinado em seu rosto que ele não tinha visto antes. — Não precisa ficar tão preocupado, Ryan.

— Não estou preocupado.

Ela estendeu a mão para traçar as linhas em sua testa.

— Você está franzindo a testa — ela murmurou, passando o dedo ao longo da pele até a têmpora.

Ele fechou os olhos por um momento. Mesmo o mais breve toque dela era suficiente para acionar a necessidade que ele tentou manter enterrada. Seus punhos estavam tão apertados que as unhas cortavam as palmas.

Quando ele abriu os olhos, ela desfez por completo a distância entre eles. Estava na ponta dos pés, olhando para ele, os olhos suaves e ainda profundos.

— Ryan — ela sussurrou.

— Sim?

— Em que você está pensando?

Em que ele estava pensando? Ela estava louca? Com ela tão perto, ele mal conseguia ter um pensamento lúcido.

— Estou pensando que você está muito perto.

— Quer que eu me afaste?

— Não.

— Quer saber o que eu estou pensando? — ela perguntou. Ele podia sentir o calor de sua respiração quando ela falou.

— Não há nada que eu queira saber mais.

A resposta provocou outro sorriso.

— Estou pensando no beijo. O beijo na minha cozinha. E estou pensando sobre o que poderia ter acontecido se as crianças não estivessem lá.

— Como agora, você quer dizer?

— Sim. Exatamente como agora. — O dedo dela deslizou da têmpora até o queixo. — Porque eu não consigo tirar isso da cabeça. Desde aquela noite. Continuo lembrando como os seus lábios estavam quentes, quanto o seu corpo era firme... e como eu queria mais.

— Mais? — A voz dele falhou.

— Muito mais. — Ela passou o dedo pelo seu lábio inferior. Ele estava imóvel em um barco atracado. Estava hipnotizado demais com aquela versão de Juliet para fazer qualquer coisa além de ficar ali de pé e admirá-la. — Ryan?

— Sim?

— Quer me beijar de novo?

Naquele momento, ele não conseguia pensar em mais nada. Ainda assim, esperou, mantendo seu desejo contido e olhando diretamente para ela.

— Sim, quero.

— Então por que não beija? — Ela estava flertando com ele. Ryan podia dizer pelo olhar em seu rosto e o som de sua voz. Caramba, ele amava aquilo, o jeito como ela podia ser tão vulnerável e, ao mesmo tempo, tão forte. Ela o tocava em lugares que ele nem sabia que existiam.

— Porque eu quero que você me beije primeiro.

O sorriso que estava se formando no rosto dela se abriu por completo. Seus ombros relaxaram, as bochechas se ergueram, e ela se tornou mais desejável do que nunca.

— Por que você não falou antes?

16

Ora então, não se pode desejar muito de uma coisa boa?
— *Do jeito que você gosta*

Era só um beijo, certo? Um simples toque de uma boca contra a outra. Não foi nem o primeiro beijo — esse privilégio tinha acontecido na cozinha, naquele delicioso abraço junto à bancada dura de madeira. Mas aquele foi um impulso momentâneo, um beijo não programado. Livre de planejamento ou significado profundo.

Esse não. Ela pensou naquilo durante toda a manhã. Estava se perguntando quando — não *se* — aconteceria. Imaginando se seria tão bom quanto naquela noite no bangalô.

O fato é que já era melhor, e ela ainda nem tinha começado. Até a hesitação era deliciosa, cheia de necessidade e significado, e pulsou através do seu corpo até sua pele doer de desejo.

Significava algo, porque era sua escolha. Sua decisão. Ela não estava apenas deixando as coisas acontecerem, estava *fazendo* acontecer. Estava reivindicando os próprios desejos sem medo de para onde poderiam levá-la. Pela primeira vez, estava vivendo o momento, sabendo que poderia ser tudo o que teriam.

E estava amando aquilo.

Ela aumentou o aperto no pescoço de Ryan, colocando a outra mão no peito dele para se impedir de cair. Podia sentir a superfície plana, dura e sólida de seus músculos sob o suéter fino.

Ainda estava sorrindo quando o beijou, a euforia da conexão fazendo-a querer rir alto. Mas então seus lábios se suavizaram, se fundiram aos dele, se moveram contra ele com uma necessidade que não precisava ser dita. Era como se ela tivesse acionado um interruptor e as luzes se acendessem. Ryan a beijou de volta, suas mãos deslizaram pelas costas dela e pressionaram a curva da coluna.

Não era uma luta pela dominação. Eram duas pessoas — diferentes e iguais — com necessidades e desejos que combinavam entre si. Ela não tinha certeza de quem havia aberto os lábios primeiro, ou que língua deslizara contra a de quem, porque os dois ansiavam pela mesma coisa.

Quando se separaram para respirar, ela inclinou a cabeça para trás, expondo o pescoço. Não teve que pedir para que ele o beijasse — ele simplesmente sabia.

Quando ela tinha se sentido assim pela última vez? Ele mal a tocara com os lábios e ela já estava em chamas. Juliet moveu a mão apoiada no peito dele, traçando os músculos peitorais até o abdome, deixando os dedos se erguerem e caírem sobre os cumes rígidos.

— Você é linda — ele sussurrou no ouvido dela, a sensação da sua respiração fazendo-a tremer. — Linda demais.

Ele não foi o primeiro homem a dizer aquilo, mas ainda assim parecia novidade. Como se ele estivesse vendo algo mais profundo dentro dela, não apenas a beleza de seu rosto.

— Você também. — Ela moveu a cabeça para o lado, capturando seus lábios novamente. Deixando escapar um gemido, ele a beijou de volta, levantando a mão para passá-la pelo cabelo dela. Acima dos dois, outro ganso voou até a margem do rio, fazendo um barulho alto quando chegou à grama.

— Ryan — ela disse contra seus lábios, sem vontade de interromper o beijo.

— Hummm?

— Acho melhor você me levar para a cama.

🍁

— Londres?

Ela se virou, sentindo o cobertor quente a envolver. Sua mente oscilava à beira da consciência, ainda meio encoberta por sonhos. Havia uma sensação de balanço que ela não conseguia identificar. Por um momento, quase mergulhou de volta no sono, sem querer deixar o abraço suave.

— Londres? Você precisa acordar.

Seus olhos se abriram. Ryan estava sentado na beirada da cama, as pernas cobertas pelo jeans e o torso nu. Seu cabelo estava molhado, penteado para trás, e sua pele brilhava como se tivesse acabado de tomar banho.

— O que está acontecendo? — Ela se sentou, esfregando os olhos na tentativa de conseguir algum foco. Olhou em volta e observou tudo. Onde estava?

A cabine.

Do barco dele.

Nua.

Ah, puta merda.

Sem pensar, puxou o cobertor para cobrir os seios nus. Ryan a observava, um sorriso brincando em seus lábios, como se tudo nela o divertisse.

— Que horas são? — ela perguntou, em busca do telefone.

— Pouco mais de quatro.

— Quatro? Caramba! — Ela se ajoelhou, ainda tentando cobrir o corpo. Seus movimentos frenéticos o faziam rir enquanto a observava com olhos suaves.

— Temos que voltar para o cais logo, antes que comece a escurecer. Fica muito frio na água quando o sol se põe, e eu não trouxe cobertores suficientes.

Ela mordiscou o lábio.

— Não percebi que era tão tarde. Devo ter dormido por horas.

— Umas cinco. Mas quem está contando?

Ela endireitou a coluna.

— Eu estou. Não acredito que dormi por tanto tempo. Você deve ter ficado entediado.

— Pelo contrário, eu me diverti muito. Você é interessante quando dorme. — Ryan sorriu. — Sabia que fala muito quando está sonhando?

— Eu não falo.

— Ah, fala sim. Eu te contaria o que você disse, mas a maior parte era pornográfica. Digamos que meu nome foi uma das palavras mais usadas.

— Pare com isso. — Se esquecendo que estava nua, ela se virou do outro lado da cama e bateu na lateral do braço dele. — Você está inventando.

Ele segurou o pulso dela, puxando-a para si. A coberta caiu de cima dela, revelando os seios corados e o abdome pálido. O sorriso deixou o rosto dele e foi substituído por um desejo que moldou seus lábios e semicerrou seus olhos, refletindo a necessidade que ela sentia por ele.

— Caramba, Londres — ele disse, ainda segurando-a com força. — Meu autocontrole agora está quase tão forte quanto os seus socos, e nós precisamos voltar para o cais. Se quiser me bater, deixe para quando estivermos em casa.

Ela abriu a boca para salientar que não moravam na mesma casa. Que, quando voltassem para Shaw Haven, ele iria para a casa dele, e ela estaria de volta à dela. Mas, assim que viu o aviso em seus olhos, ela a fechou novamente, os lábios se unindo como um peixe fazendo bolhas.

Ryan a beijou na testa. Foi tão suave que ela mal pôde sentir a pressão. Soltando seu pulso, ele passou as mãos pelo cabelo dela, entrelaçando os fios com os dedos.

— Melhor você se vestir antes que eu perca o controle — ele falou, recuando e puxando uma camiseta sobre o cabelo molhado.

— E se eu quiser que você perca? — Ela sorriu.

Ele levantou uma sobrancelha.

— Quer me ver fora de controle?

Ela umedeceu os lábios secos.

— Talvez.

— Então se vista, Londres, e leve seu traseiro bonito para o convés. Vamos voltar ao cais e para casa. Assim que passarmos pela porta da frente, vou te mostrar exatamente como eu fico quando perco o controle.

Ela não tinha certeza se era uma ameaça ou uma promessa. De qualquer forma, as palavras fizeram sua pele formigar e o coração disparar. O pensamento de Ryan Sutherland perdendo o controle por sua causa era mais tentador do que ela poderia dizer. Mal podia esperar para ver.

🍁

O sol já estava quase se pondo, lançando um brilho ardente sobre a baía de Chesapeake conforme deslizava lentamente no horizonte, quando amarraram o barco no píer. Ryan ajudou Juliet a descer do convés, a borracha das solas rangendo contra as tábuas de madeira do calçadão, os músculos dela reclamando da súbita sacudida.

Ela estava toda dolorida pela deliciosa combinação de navegação e sexo. Ao contrário de Ryan, não tinha tido a chance de ficar sob o minúsculo chuveiro do banheiro da cabine e ainda se sentia suada e melada por todos os esforços da tarde.

Viu quando ele fez as verificações finais no convés, enrolando a corda e abaixando a vela. Trancou a porta da cabine, enfiou a chave e o chaveiro de cortiça no bolso e desceu para se juntar a ela no píer.

— Está pronta?

Estavam quase no carro quando ele parou de repente, franzindo a testa enquanto lia uma placa que havia sido fixada na cerca.

"Vende-se. Mais informações com os corretores da Within and Cross."

Aquelas palavras fizeram a raiva brilhar em seus olhos.

— Que merda é essa? — Sua carranca se aprofundou quando ele olhou para a cabana de madeira onde tinham visto Stan naquela manhã. Estava trancada agora, as persianas fechadas firmemente. Por alguma razão, isso deixou Ryan ainda mais nervoso.

— O que houve?

Ele estendeu a mão para tocar a placa e em seguida a afastou, os dedos se fechando em punho.

— Deviam ter me avisado que estava à venda.

— Talvez o Stan não soubesse. — Juliet manteve a voz baixa. Algo no fogo nos olhos de Ryan a fez se sentir nervosa.

— Não estou falando do Stan. Estou falando dos meus pais. Pelo menos minha mãe devia ter me avisado sobre isso.

— A sua família é dona do cais? — Ela não sabia por que estava tão surpresa. Não era segredo que os Sutherland possuíam metade de Shaw Haven, e os Marshall, o restante. Duas famílias com tanto poder, e ela e Ryan pareciam ser as ovelhas negras.

— Sim. E eu também.

Ela ficou boquiaberta.

— É?

— Sou acionista.

— Não percebi. Achei... — Ela parou. O que tinha achado? É claro que ele tinha ações e dinheiro. O tipo de dinheiro que só os Sutherland ou os Marshall teriam por ali. Thomas havia dito isso a ela.

Ele era um *deles*, mesmo fingindo não ser.

— O que você vai fazer? — ela perguntou.

Ele olhou ao redor para o cais deserto.

— Acho que por enquanto nada. — Girou os ombros como se para aliviar a tensão. — Venha, vamos para casa. — Segurou a mão dela e foram até o carro, esmagando os cascalhos enquanto atravessavam o terreno. Os músculos dele estavam rígidos, seu corpo tenso, e ela sabia que a placa de venda que eles tinham visto o afetara. Mais de uma vez na viagem para casa, ela abriu a boca para perguntar a respeito daquilo, mas a linha fina dos lábios dele e a testa franzida a fizeram recuar. Era como se ele tivesse desenhado um limite invisível em torno de si. Ela não tinha ideia de como ultrapassá-lo.

Até o momento em que ele parou na garagem, ela não tinha certeza do que fazer. Talvez ele quisesse ficar sozinho para pensar sobre o cais. E, embora ela não quisesse ficar sozinha, poderia dar liberdade a ele.

— Vou para casa — ela falou, saindo do banco do passageiro enquanto ele segurava a porta aberta. — Obrigada por esse dia adorável.

Ele colocou a mão no ombro dela.

— Achei que ia te levar para casa.

— Eu estou em casa. É para lá que estou indo.

— Para a *minha* casa. Foi isso que eu quis dizer. Não quero que você vá embora. — Seu rosto se suavizou e a tensão deixou seu queixo. — Eu sei que estava distante durante a volta. Fiquei chocado com a placa, não esperava. Estou tentando lidar com isso.

Ela soltou um suspiro, seus músculos relaxando com as palavras dele.

— Você não quer ficar sozinho, dar telefonemas ou algo assim? Acho que aquele lugar significa muito para você, não é?

— Podemos dizer que sim. Mas não, não quero ficar sozinho. Quero te levar para casa e ter você de novo, mas dessa vez em terra firme. E, quando você dormir, quero que esteja nos meus braços, não sozinha. — Ele estendeu a mão, oferecendo-lhe os dedos estendidos.

Não demorou mais que um segundo para decidir. Ela aceitou a mão de Ryan, apoiando a palma quente contra a dele, e deixou que ele entrelaçasse os dedos ao redor dos dela. Um sorrisinho surgiu nos lábios dele enquanto a levava até os degraus da frente, passando pela varanda e parando na porta. Enfiou a chave na fechadura, e, ao girá-la, ela sentiu que algo também girava dentro dela. Desbloqueando suas emoções, deixando-a nua e abrindo-a de uma maneira que ela não se sentia havia muito tempo. Seu peito estava cheio com essa constatação.

— Entre, por favor — ele disse baixinho. Ainda segurando sua mão, ela o seguiu. Nunca estivera no corredor da casa dele antes. Geralmente entrava na cozinha pela porta dos fundos.

As paredes eram cobertas de fotos emolduradas. Imagens de pessoas, destinos, de Charlie posando em praias e cidades. Além das fotos, havia lembranças do mundo todo. Máscaras antigas e filtros de sonhos cobertos de brilho estavam pendurados ao lado de obras de arte tribal e tecidos de seda emoldurados. Era como entrar em um museu vivo.

— Uau — ela murmurou, olhando ao redor e tentando absorver tudo.

— O quê? — Um sorriso perplexo surgiu no canto dos lábios dele enquanto a olhava. — Algo errado?

— Isso — ela apontou para as paredes —, eu não esperava por isso. Não sei por que, afinal você já esteve em muitos lugares, é natural que queira se lembrar deles. Mas sempre achei que você era o tipo de cara que viajava sem muita bagagem.

— E sou.

— Então como trouxe todas essas coisas com você? Há lembranças suficientes para encher um trailer.

— Não carrego todas essas coisas comigo. Quando encontro algo que amo, eu envio para o meu guarda-móveis. Depois que chegamos aqui, decidi que as paredes pareciam um pouco vazias e precisavam de alguma decoração.

Ela deu um passo em direção à máscara de madeira com o rosto pintado de verde, vermelho e azul.

— Posso tocar? — perguntou.

— Claro.

Ela deslizou o dedo pela superfície, sentindo a tinta a óleo, a madeira áspera subindo e descendo com as ondulações do rosto.

— De onde é?

— Bonsaaso, em Gana. É uma pequena aldeia na floresta tropical. — A voz dele estava mais alta do que ela esperava. Ele estava bem atrás dela. — Passamos algumas semanas lá tirando fotos para uma revista.

— O que é isso? — Ela apontou para um escudo de madeira.

— Isso é das Filipinas. É chamado de *kalasag*. Eram tradicionalmente usados em batalhas de guerreiros filipinos.

Juliet sentiu a respiração dele em seu pescoço, provocando um arrepio em sua coluna. Ele estava tão perto que ela só tinha que se virar para que seus corpos se tocassem. Respirou fundo, sentindo o cheiro da mistura de água fresca e sabonete que estava se tornando familiar. Tudo nele era fascinante.

— É tudo lindo — ela murmurou, incapaz de desviar os olhos. — Não admira que você queira tê-los aqui.

Ela se virou para encará-lo e o pegou olhando para ela. Desta vez foi Ryan quem estendeu a mão e tocou seu queixo com suavidade, inclinando-o para cima enquanto se aproximava para beijá-la.

— Tenho outra coisa para te mostrar também — ele murmurou, seus lábios se curvando contra os dela enquanto falava.

— Aposto que tem. — Seu sorriso combinava com o dele. Quando ele pegou sua mão e a levou para a escada, ela não tinha certeza de quem estava mais ansioso para chegar ao quarto.

No final, houve empate. Mas, na verdade, ambos venceram.

17

> Calca-me a dor com tanto afã que boa-noite eu diria até amanhã.
> — *Romeu e Julieta*

Juliet estava deitada na cama, seu corpo iluminado por um raio de luar. Ryan olhou para o rosto dela, seguindo as curvas de seu perfil e imaginando capturá-las em uma foto que seria só para ele. Os dois estavam nus. Ele aumentou o aquecimento o suficiente para nenhum dos dois sentir o frio que haviam sentido no barco.

Ela murmurou durante o sono, se virando, e ele olhou para o relógio ao lado da cama. Os números iluminados diziam que era quase uma da manhã. Se ao menos ele pudesse impedir sua cabeça de girar e se juntar a ela no sono. Em vez disso, os pensamentos corriam por ele como um rio descendo a cachoeira, martelando sua cabeça até que ele reconhecesse a existência deles.

Bons pensamentos — aqueles sobre Juliet, a forma como ela o beijara no barco e a leveza em seu sorriso quando o provocara. Tinha visto um lado diferente de Juliet hoje, e ficou muito satisfeito por ela, finalmente, ter tomado a iniciativa.

Mas tivera pensamentos mais sombrios também. Piscou, tentando afastar a lembrança daquela placa de venda, que teimosamente permaneceu ali. Seu estômago se apertou ao pensar naquilo. O que os homens do dinheiro fariam com aquele imóvel quando colocassem as mãos nele?

Tentando não acordar Juliet, ele se virou para a beirada do colchão, saiu da cama e vestiu o short. Seguiu descalço pelo piso de madeira do corredor, desceu a escada e entrou na cozinha, onde se serviu de um copo de água.

O líquido frio umedeceu os lábios ressecados enquanto esvaziava o copo, depois o encheu de novo e o levou para a sala de estar. Abriu o MacBook, clicou no navegador de internet e procurou rapidamente por Within and Cross, os corretores responsáveis por vender o cais. Ele os encontrou quase que imediatamente. O anúncio estava na primeira página do site, e ele clicou no link "mais informações" para ver o que dizia.

Oportunidade de desenvolvimento

Este antigo cais faz parte de Shaw Haven desde a década de 1760. Originalmente era um porto comercial, mas agora se tornou playground dos ricos e está pronto para ser revitalizado. Com permissão para acomodar um complexo hoteleiro e de lazer, além de fácil acesso a todas as principais rotas e ao Aeroporto de Baltimore, acreditamos que não ficará disponível por muito tempo. Mais informações com a Within and Cross por telefone, e-mail ou pessoalmente, em nossos escritórios em Baltimore.

Tomou outro gole de água, tentando conter a raiva que subia do estômago. De todas as coisas que o pai poderia vender, ele devia saber que o cais era a única que deixaria Ryan furioso. Será que ele havia planejado aquilo?

Ryan cresceu naquele cais, seguindo o avô de perto, aprendendo a navegar e a pescar. E, quando o avô estava morrendo de câncer em um quarto de hospital, Ryan havia prometido a ele proteger o cais, garantir que Stan sempre tivesse um emprego ali e que *Miss Maisie* nunca fosse para nenhum outro lugar. Fechou os olhos enquanto se lembrava de sua adolescência, segurando com gentileza a mão fina do avô e ouvindo sua voz rouca. Ele concordara em proteger a propriedade, garantir que nunca passasse para as mãos erradas. De um jeito estúpido, pensou que fosse uma promessa fácil de manter. Sua mãe amava o cais tanto quanto ele — certamente não deixaria o pai vendê-lo.

Balançou a cabeça para si mesmo. Isso era exatamente o que seu pai faria. Quando ele ouvia a esposa?

— Você está bem? — Juliet entrou na sala. Estava usando a camiseta branca dele e nada mais. Só a visão dela era o suficiente para despertá-lo, enchendo sua mente com a promessa daquele corpo. — Acordei e você não estava. Não sabia aonde você tinha ido.

Ele fechou o MacBook.

— Não consegui dormir, então desci para pegar um copo de água. — Apontou para o copo meio vazio na mesa à sua frente.

Ela se inclinou na parte de trás do sofá.

— O que você estava vendo no laptop?

Ela parecia muito longe. Ryan precisava dela mais perto. Estendeu a mão, segurando a dela e a guiando pelo braço do sofá, depois a puxou para seu colo. Ela ficou de frente para ele, as pernas nuas nas laterais de seu corpo. Ele sentiu a suavidade da pele, o calor das coxas, e a necessidade se agitou dentro dele novamente.

— Estava olhando o anúncio do cais. — Passou as mãos pelo seu lindo cabelo, os olhos vagando pelo seu corpo como se fosse um banquete. — Está sendo oferecido para uma incorporação.

— Que tipo de incorporação?

— Do tipo cara, acho. É um imóvel de primeira linha, perto das grandes cidades e da interestadual. O lugar perfeito para construir hotéis ou condomínios para pessoas ricas que querem passar o fim de semana aqui. Adicione a vista e o acesso ao rio e está pronto para ser escolhido.

Ela franziu a testa.

— Por que estão vendendo? Não pertence à sua família há anos?

— Há gerações. — Ele assentiu. — Praticamente desde o primeiro Shaw em Shaw Haven, somos proprietários do cais e da área ao redor. Foi assim que os Shaw construíram sua riqueza, controlando o que entrava e saía da área. Todos nós crescemos com meio pé no Chesapeake. Aquele rio é parte de nós.

Ela passou as mãos no peito dele, traçando círculos com os dedos. A sensação do toque dela foi suficiente para acalmá-lo.

— Você pode comprar? — ela perguntou. — Assim você poderia impedir que fosse vendido para uma incorporadora.

— Não pelo valor que estão pedindo. Precisaria levantar o capital e só poderia fazer isso se tivesse um plano de negócios. O que significaria reformar ou pensar em outra coisa que pudéssemos fazer. — Ele olhou para ela. — Além disso, vou embora daqui a alguns meses, não preciso de mais laços.

Ela umedeceu os lábios, tentando se recompor.

— Por que estão vendendo? A empresa está com problemas?

— Não, o último relatório financeiro que vi estava muito saudável. Além disso, sei que eles podem levantar dinheiro, se quiserem. Me ofereceram o suficiente para sair da empresa.

— Tentaram comprar a sua parte? — Seus olhos se arregalaram com o choque. — Por quê?

— Porque eles acham que eu sou um problema. Meu pai odeia o fato de eu ser acionista. Não existe amor entre nós. Não existe há anos, e ele só quer que eu vá embora. — Ele pressionou o rosto em seu pescoço. Ela tinha cheiro de maçãs frescas. Estava distraído com a doçura de sua pele.

Ela arrastou o dedo até o torso dele, os olhos seguindo o progresso dos dois. Ele podia vê-la tentando entender suas palavras, entender o que ele estava dizendo.

— Mas por que você não pega o dinheiro e sai? Você já disse que não quer ficar aqui, que vai embora em breve. Então por que o incômodo de ser arrastado para isso quando não precisa? Você poderia vender, deixá-los fazer o que quiserem com o espaço e nunca mais olhar para trás.

Ele envolveu as mãos nas costas dela, puxando-a para mais perto, até os peitos estarem pressionados um contra o outro. Ele podia sentir seus seios sob o tecido da camiseta e seu calor contra a pele dele.

— Fiz uma promessa para garantir que o cais permanecesse na família — ele falou. — E não diz respeito só a mim, diz respeito ao Charlie também. Ele é um Shaw e um Sutherland, e eu devo a ele proteger sua herança.

Os lábios de Juliet roçaram no pescoço de Ryan, seus cabelos passando por cima do ombro dele.

— Faz sentido — ela falou. — É incrível o que fazemos por nossos filhos.

— Como ficar em uma cidade onde não nos sentimos bem.

Ele podia sentir o sorriso dela contra sua pele.

— E a maneira como toleramos outras pessoas apenas para protegê-los — ela concordou.

Ela segurou o lóbulo da orelha dele entre os dentes, acariciando-o com a língua. A sensação o fez ofegar, inclinando a cabeça para trás enquanto empurrava os quadris para pressionar sua dureza contra ela. Juliet o estava deixando louco, com toques suaves e lábios quentes, e ele estava amando cada minuto.

— Talvez seja por isso que essa coisa entre nós é tão importante — ela sussurrou, seus dedos passando pelos braços dele. — Ter um pequeno refúgio para nós dois. Um lugar onde podemos escapar dos idiotas, da família e de tudo que nos aborrece.

Essa coisa entre eles era isso? Uma fuga da realidade? Ele fechou os olhos quando ela moveu os lábios para seu maxilar, beijando e lambendo a pele até ele precisar beijá-la de volta. Ela o acalmava, provocava e despertava cada emoção entre eles.

Suas pernas estavam quentes e macias quando montou nele, se levantando e usando a mão para guiá-lo até que ele estivesse exatamente onde queria estar. Pressionado contra ela, sentindo seu desejo, sua necessidade, confrontando-a com a dele.

Ele seria seu refúgio se ela fosse o dele. Ele não conseguia pensar em nenhum lugar melhor para onde fugir.

Estavam sentados no balanço da varanda nos fundos da casa, escondidos da estrada e dos vizinhos. Juliet estava no colo de Ryan, um cobertor envolvendo os dois, abraçados sob a lã. Ela se enrolou nele enquanto ele usava os pés para balançá-los para a frente e para trás, os movimentos lentos e suaves, como se estivesse tão exausto quanto ela. Juliet fechou os olhos, sentindo o cheiro dele enquanto pressionava a bochecha contra seu peito coberto pelo suéter, sem querer que o momento terminasse.

— A que horas o Thomas vai trazer a Poppy? — Ryan perguntou. Sua voz tinha um tom que parecia tão melancólico quanto o coração dela. Parecia que o verão estava terminando, embora estivessem quase no fim de novembro. Era aquela sensação dolorosa de último dia de férias, e isso a fez querer bater os pés e chorar.

— Daqui a uma hora, mais ou menos. Na mesma hora que você tem que buscar o Charlie — ela murmurou, a voz meio abafada pelo peito dele. — Espero que ela esteja tão cansada quanto eu, pois vou precisar dormir cedo.

Ela sentiu a risada dele quando o peito subiu e desceu contra ela.

— Acabei com você.

— Nós acabamos um com o outro. Você também não parece cheio de energia, meu amigo.

— Sim, bem, sexo de hora em hora faz isso. E talvez você esteja certa, devo estar ficando velho.

— Você nunca vai ficar velho.

— Diga isso aos meus músculos. Agora eles estão dizendo que eu estou acabado e que, mesmo que eu quisesse mais sexo, e eu quero, a propósito, eles não vão colocar a bola em jogo.

O sorriso dela se intensificou.

— Eu gosto de brincar com bolas. — Quando ela olhou para cima, ele estava sorrindo. Ele era devastadoramente atraente. Seu homem de ouro de sorriso sexy.

— Eu sei que você gosta, Londres.

Engraçado como ela tinha se irritado com aquele apelido quando ele o usara pela primeira vez. Agora o adorava. Era como um segredinho que só os dois sabiam. Ela queria cobri-lo em plástico-bolha e mantê-lo seguro, protegê-lo dos ventos fortes do mundo exterior. Porque tudo parecia frágil. Como uma nuvem de fumaça soprando no vento.

— O que vai dizer ao Charlie se ele perguntar o que você fez?

— Ah, provavelmente vou dizer algo como "Velejei, comi... passei algum tempo em Londres".

Ela se endireitou no colo dele, lhe dando um tapa no braço.

— Pare com isso!

Ele deu de ombros.

— O Charlie não vai se importar com o que eu fiz. Ele vai estar muito animado com a festa do pijama e o filme para me perguntar como eu estou. E é assim que deve ser, ele é um garoto. Não precisa se preocupar com o seu velho.

Ele estava olhando para ela, fazendo seu corpo reagir daquele jeito familiar. O peito dela se apertou, os músculos da sua coxa doeram. Ela não se saciava dele.

— A Poppy com certeza vai querer saber. A menina pode sentir uma mentira a um quilômetro de distância.

Ryan afastou o cabelo do rosto dela, as mãos gentis enquanto acariciava suas bochechas.

— E o que você vai dizer a ela?

— Bem, nada sobre isso, é claro. — Seus olhos se arregalaram com o pensamento. — Acho que vou contar sobre a limpeza da loja e os planos que fiz para os arranjos de feriado. Espero que isso a deixe animada o bastante para parar de perguntar.

— E se o Charlie disser a ela que nós fomos velejar? Ele estava no carro quando te convidei, lembra? Eu disse a ele que nós íamos sair de barco.

— Disse? Droga. — Ela mordiscou o lábio, com força suficiente para que doesse. — *Argh*, sou uma mentirosa terrível. Ela pode me ler como um livro.

Ele estava rindo novamente, puxando-a para si e envolvendo o cobertor ao redor deles de um jeito confortável.

— Ei, calma, não é tão ruim assim. E daí se a Poppy descobrir? Seria o fim do mundo?

Juliet endureceu em seus braços.

— Só se ela contar para o Thomas... — E parou, sem querer pensar sobre isso.

Ele a abraçou mais forte.

— A Poppy não vai contar para ele e nós também não. Então, vamos ficar bem. — A voz dele era reconfortante. Ela olhou para ele e piscou rápido, o rosto de Ryan obscurecido pelos cílios.

— Vamos? — Juliet sentiu vontade de perguntar o que ele queria dizer com esse "nós", mas a pergunta morreu em seus lábios. Ela não devia pensar no futuro.

— Claro. Olha, falta pouco para o Natal. As crianças vão ficar loucas com as férias e a escola vai deixá-las ainda mais loucas. E eu não vou entrar na sua cozinha na hora do chá enquanto vocês duas estão comendo e te dar um beijo daqueles encostado no fogão, não é?

Sua respiração ofegou com a imagem. Por que isso a excitou tanto?

— Hum, não?

— Bem, pelo menos não quando as crianças estiverem por perto. Mas, se eu te pegar sozinha ou agachada plantando flores em um dia em que a Poppy não estiver aqui, não me responsabilizo pelos meus atos, tá? — Ele segurou o cabelo dela, prendendo-o em um rabo de cavalo grosso, e em seguida o puxou lentamente até que seu rosto se inclinasse na direção do dele. — Porque, se eu te pegar sozinha, Londres, vou ter que te beijar. — Sua boca roçou na dela. — E, se eu te beijar, vou ter que tirar a sua roupa — sussurrou contra seus lábios. — E, se eu tirar a sua roupa, vou ter que transar com você.

— Não sei se isso é uma ameaça ou uma promessa — ela respondeu, as palavras murmuradas.

— As duas coisas, linda. As duas coisas.

18

Pecados meus? Oh! Quero-os retornados. Devolve-mos.
— *Romeu e Julieta*

— Mamãe, os nativos americanos realmente assavam peru para os peregrinos? — Poppy franziu a testa, colorindo a página com caneta marrom. — E onde eles compravam? Havia um supermercado Whole Foods em Plymouth Rock?

Juliet estava olhando pela janela para a casa do outro lado do quintal. Haviam se passado apenas cinco horas desde que estivera lá?

— Não sei, querida — respondeu, sem prestar atenção. — Talvez devêssemos pesquisar no Google.

— A Nicole não gosta de peru. Ela diz que comer carne é cruel. Ela é um vegetal.

Juliet reprimiu a risada.

— Você quer dizer vegetariana.

Poppy franziu a testa.

— Foi o que eu disse. E ela acha que o papai também tem que ser. Ele disse que talvez tente em algum momento.

— É mesmo?

— Sim, e, quando o vovô fez hambúrguer sexta à noite, a Nicole e o papai comeram legumes.

Juliet desviou o olhar da casa de Ryan e o voltou para a filha. Esperou que a dor se estabelecesse. Ouvir sobre Thomas e a namorada geralmente era como um soco no estômago, mas, em vez de se sentir mal, ela sentiu... nada.

Foi desconcertante.

— E você, o que comeu? — Juliet fechou a lava-louças e apertou os botões. A máquina começou a zunir enquanto enchia de água.

— Ah, eu comi hambúrguer e um cachorro-quente. O vovô queimou as salsichas, mas ainda estava bom.

— Parece delicioso.

Ryan abriu a porta dos fundos e saiu para a varanda. Ele segurava a câmera e se apoiou no corrimão enquanto apontava para as árvores atrás da casa. Estava alheio ao olhar dela, concentrado no que quer que fosse que tinha visto nos galhos sem folhas. Ela observou enquanto ele tirava as fotos. O rosto estava sério, os braços flexionados e o cabelo caindo sobre a testa. Havia algo inegavelmente sexy em sua absorção e na maneira como a câmera parecia uma extensão dele. Poppy continuou a tagarelar na mesa, sua atenção tomada pelo livro de colorir, e Juliet respondeu sem pensar, seus olhos ainda focados no homem bonito da casa ao lado.

Num movimento lento, ele virou a lente até apontar diretamente para a janela. Estendeu a mão para ajustá-la, como se estivesse aproximando-a, e Juliet se sentiu congelar enquanto olhava para ele através do vidro.

Sua respiração ficou presa na garganta quando ela o viu sorrir, uma curva suave dos lábios que a fez doer por dentro.

Ryan se virou de onde estava, caminhou de volta pela porta dos fundos e entrou na cozinha. Ela ficou parada por um minuto, esperando que ele saísse de novo e, de alguma forma, pudessem se comunicar a distância.

No momento seguinte, o celular dela vibrou. Ela o pegou no bolso e olhou distraída para a tela.

> Você está linda com esse vestido, Londres.

Ah. Ela levou a mão ao peito. Podia sentir o coração batendo forte contra as costelas em resposta às palavras dele. Letras negras na tela não eram substitutas para a coisa real, mas ele estava pensando nela, e saber disso a enchia de alegria.

Ainda sorrindo, respondeu rapidamente:

> O que você estava fotografando?

Levou apenas um instante para ele enviar uma mensagem de volta.

> Um cardeal vermelho. Estava escondido nos galhos.

Ela pensou novamente em sua dedicação e em quanto isso era atraente. Por um momento, se imaginou viajando com ele, observando-o capturar a bela paisagem, os animais, as pessoas. Apostava que era algo lindo de se ver.

> Pode me enviar a foto?

> Tirei com a monobjetiva. Vou revelar uma cópia extra para você.

Outra coisa que a atraía. Seu amor por todo o processo de fotografia. Embora ele tenha dito que usava principalmente a câmera digital quando estava em um trabalho, ela sabia, por sua descrição, que era a câmera antiga que ele mais amava.

> Obrigada. A propósito, sinto sua falta.

> Também sinto a sua. Continuo fantasiando subir pela janela do seu quarto.

Ela sorriu com a sugestão, imaginando-o fazendo o mesmo que Romeu quando cortejou Julieta na sacada.

> O que nós somos, alunos do ensino médio?

> Eu me sinto como um colegial quando você está por perto. Gostaria de acertar algumas bases comigo?

> Você quer jogar beisebol? Não vai acordar as crianças?

> Você tem muito a aprender, Londres.

> Então me ensine.

> É o que eu pretendo.

Outra promessa velada como ameaça. Ela estava se acostumando com isso.

🍁

— Estava esperando por você. — O pai de Ryan se recostou na cadeira de couro alta, as mãos na frente do corpo. As mangas do terno de lã caro mostravam apenas uma sugestão das mangas brancas da camisa com abotoaduras. Seu escritório era impecável e sem papéis espalhados. Tudo no lugar, do jeito que o pai gostava. Mesmo quando criança, Ryan sabia como ele odiava bagunça. Todas as noites, meia hora antes de o pai chegar, a mãe corria pela casa, pegando brinquedos e livros, depois arrastava Ryan para o banheiro e o fazia lavar o rosto e escovar os dentes. Qualquer coisa menos que a perfeição não era permitida.

Ele olhou para o pai por um momento, tentando entendê-lo, sem sucesso.

— Então você sabe do que se trata. — Ryan não conseguia tirar isso da cabeça desde o Dia de Ação de Graças. Estava agitado havia dias.

— Eu esperava que você reconsiderasse minha oferta por suas ações.

Ryan se sentou no canto da mesa do pai, evitando de propósito a cadeira baixa que Matthew Sutherland lhe apontara.

Seu pai estremeceu.

— Essa é uma mesa de três mil dólares — ressaltou. — Feita de elmo dos Cárpatos. Eu preferiria que você não a riscasse.

— E eu prefiro que você não venda o cais para nenhum investidor.

— Bem, parece que nenhum de nós vai conseguir o que deseja hoje, não é? — O pai cruzou os braços.

— Por que você não me disse que planejava vender?

— São negócios. Você pode ser acionista, mas não precisamos passar todas as decisões executivas a você. Enquanto mantivermos nossa parte no acordo e continuarmos distribuindo os dividendos, você não tem do que reclamar.

— A minha mãe sabe?

Os olhos do pai se semicerraram.

— Ela não precisa saber. Como expliquei na última vez que nos encontramos, você é só um acionista, assim como ela. Você nunca trabalhou na empresa e não sabe nada sobre isso.

— Não é verdade. Eu poderia convocar uma reunião extraordinária.

— E dizer o quê? Que ficou chateado porque estamos vendendo um pedaço de terra que está sangrando dinheiro há anos? Que, como empresa, estivemos apoiando esse lugar sem nenhuma esperança de transformá-lo em algo lucrativo? É um imóvel de primeira, Ryan. Vendê-lo para grandes investidores é parte do que fazemos.

— Mas não é só um pedaço de terra, é? Faz parte da nossa história. Parte da família Shaw. É onde meus avós se conheceram, onde cresci. Essa não é apenas uma transação comercial; alguma empresa vai comprar essa terra, explorá-la e tirar a única coisa que torna esta cidade bonita.

— Tente dizer isso aos demais acionistas. Não há lugar para sentimentos nos negócios. Estamos aqui para ganhar dinheiro e nada mais.

— O vovô me fez prometer cuidar daquele lugar. Você sabe quanto o cais significava para ele. Não posso acreditar que você vai jogar tudo para o ar por alguns trocados.

— Se está tão preocupado com o lugar, compre-o.

Ryan fez uma careta.

— Não tenho todo esse dinheiro.

Seu pai se inclinou para a frente, apoiando o queixo na ponta dos dedos.

— Eu sei como você poderia conseguir. Talvez vendendo suas ações.

Um arrepio percorreu a coluna de Ryan.

— É disso que se trata?

— O que você quer dizer? — Seu pai arregalou os olhos em falsa inocência.

Ryan se inclinou para a frente, mantendo os olhos semicerrados e a voz baixa.

— Você sabe exatamente o que eu quero dizer. Está fazendo isso para me obrigar a vender as ações?

— Só estou tentando oferecer uma solução. Qual a melhor maneira de salvar o cais além de vender suas ações? Podemos até torná-lo parte do acordo.

Ryan se inclinou na direção do pai, flexionando os músculos dos braços e tentando manter as mãos cerradas ao lado do corpo. Seu nariz queimava enquanto ele respirava, sentindo a raiva girar na boca do estômago e subir pelo abdome. Era como se todos os músculos do seu corpo estivessem tensos, esperando-o liberar a fúria que havia dentro de si.

— Você é um babaca, sabia? — Ryan murmurou. — Isso vai partir o coração da minha mãe. — Ele não podia acreditar que ela abriria mão da sua herança com tanta facilidade, não quando havia sido tão efusiva sobre aquilo com Charlie.

— Sua mãe deixa as decisões para mim.

Sim, ela deixava. Ryan sabia disso por experiência própria. Seu pai o tinha entre a cruz e a espada. Ou ele vendia sua parte da empresa, ou perdia o único lugar que considerava seu lar. Ou seja, ou ele perdia, ou ele perdia.

— Então é isso? — Ryan perguntou, com a garganta seca. — Você vai deixar que construam vários condomínios em cima da nossa história e não dá a mínima? — Balançou a cabeça. — Onde está a sua lealdade familiar?

A risada do pai foi dura e baixa.

— Onde está a sua? — ele respondeu. — Pelo menos eu fiquei aqui e dei continuidade aos negócios. Você saiu da cidade e nunca olhou para trás, então não venha se lamentar sobre a sua herança quando ela não significou nada para você durante anos. — Ele se levantou, apontando para a porta. — Vou deixar que você encontre a saída sozinho. A menos que queira que eu chame a segurança para acompanhá-lo.

— Chame quem você quiser — Ryan falou, abrindo a porta. — Tenho certeza que vão te beijar e dizer como você é maravilhoso. Mas o fato é que nós dois sabemos que tipo de homem você é. Alguém que intimida a esposa para conseguir o que quer. Você é um completo covarde.

— Não se preocupe em voltar, a menos que planeje me vender suas ações.

— Ah, eu vou voltar. Possuo uma parte deste lugar e um pouco de você, e sei como isso te deixa louco. Então eu vou voltar, pai, e vou fazer da sua vida um inferno. — Ryan saiu sem se incomodar em olhar para trás, embora pudesse imaginar o desdém do pai. Ele sabia como atingi-lo e gostava de lhe dar corda. Ryan podia sentir a fúria tomando conta de seu corpo.

Ela permaneceu como sua companheira constante enquanto voltava para casa.

— A Poppy está dormindo? — O maxilar de Ryan estava rígido, o osso no canto se contorcendo. Parado na porta dos fundos, com uma das mãos no batente, seu corpo estava tão esticado quanto uma vara. A tensão irradiava dele.

Juliet umedeceu os lábios ressecados.

— Sim, ela apagou há uma hora. — Franziu a testa. — Tem algo errado? O Charlie está bem?

Ele assentiu.

— Sim, ele está dormindo também. Devem tê-lo esgotado no treino de futebol. — Até suas palavras soaram duras. Juliet queria alcançá-lo, tocá-lo, acalmá-lo, mas suas mãos permaneciam na lateral do corpo. O que é que estava acontecendo? Ela umedeceu mais uma vez os lábios, olhando para ele com suavidade. Nunca o vira tão nervoso.

— Quer uma bebida? — perguntou.

— Não. Só queria te ver. Ouvir a sua voz. — Ele engoliu em seco, o pomo de adão subindo e descendo. — Tive um dia de merda.

— Tem a ver com o cais? — ela perguntou, se lembrando de como ele estava com raiva no fim de semana anterior.

— Sim. O meu pai quer usá-lo contra mim. Ele o ofereceu em troca das minhas ações nos negócios da família.

Ela desejou estender a mão e alisar as linhas na sua testa. Mesmo estando a um metro de distância, podia sentir a tensão irradiar dele.

— O que você vai fazer?

— Não tenho a menor ideia. — Ele fechou os olhos e respirou fundo. — Prometi ao meu avô...

— O quê?

— Prometi a ele que nunca venderia as ações. — Ele estremeceu. — Mas também prometi manter o cais do jeito que ele é. E não tenho ideia de como cumprir as duas promessas.

— O que seria mais importante para ele? — ela perguntou.

— Não sei. — Ryan balançou a cabeça e a expressão confusa em seu rosto se aprofundou. — A empresa era a vida dele. Mas o cais era a sua paixão. Jesus, não tenho ideia de como resolver isso.

Ela o encarou, absorvendo aqueles olhos profundos e a névoa que os encobria.

— O amor não prevalece acima de qualquer coisa? — ela perguntou. — Você não salvaria a coisa que mais ama em vez da coisa pela qual trabalhou? Se sua casa estivesse em chamas, você entraria e pegaria o Charlie, não sua câmera ou as fotos.

Ryan se recostou no batente da porta, o ombro forte empurrando a madeira.

— Você está certa — ele disse, com a voz suave. — Estranho como você está sempre certa.

— Você deveria dizer isso para a Poppy — ela comentou, com um meio sorriso no rosto. — Ela não concordaria com você.

Como se não conseguisse se conter, ele estendeu a mão e passou o dedo pelo seu lábio inferior.

— Você não sabe quanto eu preciso estar com você agora, Londres. Quanto eu quero me enterrar em você e esquecer de tudo, exceto a maneira como nossos corpos se encaixam.

Sua respiração ficou presa na garganta. Porque ela também precisava disso. Desde o último fim de semana, seus pensamentos estavam repletos dele. Mal havia espaço para qualquer outra coisa.

— Também te quero.

— Quando o Thomas vai ficar com a Poppy novamente? — ele perguntou.

— Só daqui a algumas semanas. — Ela fez uma careta. — Está com muito trabalho e me perguntou se poderia trocar alguns fins de semana.

— Merda — Ryan balançou a cabeça. — O bom é que vale a pena te esperar.

Suas palavras eram como fogos de artifício, iluminando-a. Ela tentou amortecer a excitação. Tecnicamente, ainda era casada, eles estavam se escondendo, e ele já havia lhe dito que iria embora no próximo ano. Precisava aprender a proteger seu coração.

— Mamãe — a voz de Poppy cortou a atmosfera acalorada entre eles. — Posso tomar um copo de água?

Ryan se afastou do batente com um meio sorriso nos lábios.

— Ah, o velho truque da água. Algumas coisas nunca mudam.

— Não mesmo. — Ela retribuiu o sorriso.

— Oi, Ryan. — Poppy olhou por baixo do braço de Juliet e sorriu para o vizinho. — O Charlie está com você?

— Não, não está. E é melhor eu voltar para ficar com ele. — Ryan estendeu a mão e bagunçou o cabelo da menina, seus dedos deslizando pelo braço de Juliet quando afastou a mão. — Boa noite, Poppy. Espero que não esteja com muita sede. Seja boazinha com a sua mãe, tá? — Sua voz se suavizou. — E boa noite, Londres. Obrigado por conversar comigo.

— Disponha. — Ela o observou quando ele se virou e atravessou o quintal, seguindo até sua casa, os ombros quadrados e o andar largo e decidido.

— Eu gosto do Ryan — Poppy anunciou, olhando para ele.

— Eu também — Juliet murmurou. E não é que era verdade?

19

O amor é como criança, que quer logo possuir quanto deseja.
— *Os dois cavalheiros de Verona*

— Então não tenho como impedir isso? — Ryan franziu a testa, apoiando os cotovelos na mesa da sala de reuniões. Frank Daniels, seu advogado, estava sentado à sua frente, com os papéis espalhados pela mesa e os óculos de leitura no meio do nariz.

— Você não tem poder de veto. Mesmo que convoque uma reunião extraordinária, as ações dos seus pais juntas seriam o suficiente para ganhar.

Ryan respirou fundo, o ar passando pelos lábios. Eles vasculharam tudo, procurando brechas ou cláusulas que pudessem lhe dar uma chance.

Mas não havia nada.

— Merda.

— Fiz uma pesquisa sobre o cais. Há um comprador preferencial. A North Atlantic Corporation.

Ryan ergueu a cabeça

— Já ouvi falar. Eles não compraram metade de Virginia Beach?

— Essa mesmo. Cobrei alguns favores aos advogados da empresa. Eles já têm planos elaborados para um resort com cassino. E, se molharem mãos suficientes, não deverão ter nenhum problema com o comitê de zoneamento. De acordo com a minha fonte, é praticamente um negócio fechado.

Ryan apoiou o rosto nas mãos. Qualquer esperança que tinha de evitar a venda e salvar o cais havia desaparecido. E, com isso, qualquer possibilidade de manter sua promessa ao avô.

— E o Stan?

Frank deu de ombros.

— Seu palpite é tão bom quanto o meu. Ele vai receber uma indenização, imagino, mas, como mora lá, vai ter que procurar outro lugar.

— Que monte de merda...

— Mas está tudo dentro da lei. Sinto muito, Ryan, mas esses são os fatos. Vender o cais é perfeitamente legal, assim como demitir Stan Dawson e expulsá-lo da casa. Se seu pai estiver se sentindo caridoso, podem oferecer a ele outro lugar para morar, mas eles não têm nenhuma obrigação.

— Então o que eu posso fazer? Tem que haver alguma coisa.

— Honestamente? Não acho que você possa fazer nada além de aceitar que às vezes os bandidos ganham. E há alguns aspectos positivos: o resort deve trazer empregos e riqueza para a cidade.

— Sim, isso vai ajudar os ricos a ficarem mais ricos.

— São negócios. E a vida.

Ryan se levantou, andando pelo espaço entre a janela e a porta.

— Mas não faz sentido. Meus pais amam Shaw Haven, amam o clima de cidade pequena. O desenvolvimento vai mudar completamente a cidade. Por que é que eles iam querer isso?

— Eles são seus pais. Me diga você.

Ele parou na frente da janela com vista para a cidade. Os telhados familiares do bairro comercial central o saudaram — igrejas e lojas antiquadas se misturavam a modernos prédios de escritórios de vidro. Do lado direito, podia ver o edifício do pai.

— Não acho que eles queiram isso. Pelo menos, não a minha mãe. Acho que meu pai é outra história. O dinheiro sempre foi mais importante do que o sentimento para ele.

— Há sempre a opção de vender suas ações — o advogado o lembrou. Ryan ia falar, mas ele o interrompeu. — Escute. Eu sei que você não quer que eles ganhem, mas não se trata deles, não é? Se trata do que você quer, e o que você quer é salvar o cais.

— Mas não à custa do que é certo.

— Não há decisões fáceis aqui, eu sei disso. E gostaria de poder lhe dar outras opções. Mas, do jeito que eu vejo, ou você aceita a oferta do cais pelas ações, ou não faz nada e se afasta da coisa toda.

A segunda opção soava bem atraente naquele momento. Ele nunca imaginou que voltar para casa iria desencadear todo um novo conjunto de problemas. Não podia deixar de sentir que a culpa de o cais ser vendido e Stan perder o emprego era dele.

— E se eu vendesse minhas ações para terceiros? Eu conseguiria a mesma quantia? — Isso ainda significaria quebrar uma promessa, mas, de alguma forma, parecia mais palatável.

Frank se recostou, olhando para ele.

— Não entendi.

— Preciso conseguir o dinheiro, mas não tenho como ceder às exigências do meu pai. Então, se eu vender as ações para outra pessoa, consigo comprar o cais com o lucro? Dessa forma eu posso salvar o lugar sem que ele ganhe. — Ryan começou a andar de novo, enfiando as mãos nos bolsos da calça jeans. — Poderia funcionar, não poderia? Se procurássemos um comprador sem fazer alarde?

— Eu posso sondar por aí. Mas você precisa descobrir como comprar o cais, porque, presumivelmente, eles não vão considerar você o comprador preferencial. Seria preciso abrir uma empresa guarda-chuva. E tudo isso leva tempo, Ryan. Quem garante que eles não terão concluído o negócio antes mesmo que alguém compre as suas ações?

— Reconheço que é um risco, mas que estou disposto a correr.

— E, se você comprar o cais, o que vai fazer com ele? Você me disse que não planeja ficar em Shaw Haven depois que o ano letivo acabar. Possuir uma propriedade é completamente diferente de manter ações. É preciso ter tempo, tomar decisões e estar em contato.

— Não pretendo mudar nada. Vou contratar um gerente.

— E quem vai supervisionar o gerente? Como você vai saber que pode confiar nele? Não estou tentando impedi-lo de fazer isso, mas é meu trabalho apontar todas as armadilhas. Como dono do cais, você seria responsável pela segurança e por qualquer problema. Caramba, você poderia ser preso se algo desse errado. É uma responsabilidade que pode acabar sendo uma pedra no seu sapato. Você precisa realmente pensar se é isso que quer.

Nada disso era o que ele queria. O cais fazia parte da família Shaw havia séculos. Era inconcebível que fosse vendido. Sua mãe sempre amara o cais e seu pai sempre mantivera um barco lá. Ryan achava que eles zelavam pelo lugar tanto quanto ele.

Seu telefone tocou no bolso. Ele o pegou, verificando a tela.

Londres.

— Tenho que atender essa ligação, tá? Não vá embora.

Frank apontou para a porta nos fundos da sala de reuniões.

— Pode usar aquele escritório. É reservado.

Ele atravessou a sala, passando o dedo na tela para aceitar a ligação.

— Ei, está tudo bem?

— Na verdade, não. O casamento que vamos fazer esta noite aumentou em cerca de vinte arranjos florais. A Lily e eu estamos trabalhando o dia todo e ainda não terminamos. Não tenho como chegar à escola a tempo de pegar a Poppy. Liguei para todas as pessoas que conheço. A Melanie está fora da cidade e todos os outros amigos têm atividades depois da aula. Eu não pediria se não precisasse, Ryan...

— Claro que eu vou buscá-la para você — ele interrompeu seu fluxo frenético. — Não posso imaginar por que você não me ligou primeiro. Afinal moro ao lado da sua casa.

— Não quero que pense que estou te usando.

Sua risada foi baixa.

— Você quer dizer trocando sexo por cuidado infantil? Bem, isso seria novo para mim.

— Não! — Ela soou chocada. — Quero dizer que não espero outra coisa além de... o que quer que esteja acontecendo aqui.

— O que quer que esteja acontecendo aqui? — ele repetiu suas palavras, franzindo a testa. — O que você quer dizer?

— Eu não quero dizer nada. — Sua voz estava tensa. Ele quase podia ver o rubor nas bochechas claras. — Tudo o que eu estava tentando dizer era que, só porque estamos ficando às vezes, não significa que você me deva alguma coisa. E você não deveria, porque dissemos que manteríamos as crianças fora dessa... coisa. O que faz de mim uma idiota por ligar para você e pedir ajuda. — Ela suspirou. — Eu devia pedir ao Thomas para me ajudar.

Bem, isso o fez tomar a decisão.

— Vou buscar a Poppy. Vou até dar a ela um prato cheio do que quer que o Charlie queira jantar hoje à noite. E não significa nada mais do que um vizinho fazendo um favor. Não espero que você caia de joelhos e ofereça seu eterno agradecimento, mesmo que o pensamento de você de joelhos faça coisas indecentes comigo agora. Então relaxe, pare de se preocupar e me deixe ir buscar os nossos filhos, tá?

— Tá... — A voz dela era hesitante.

Ele riu baixinho.

— Vá e faça o que tem que fazer. Tenho tudo sob controle.

Ela suspirou.

— Obrigada.

— Disponha.

Juliet quase caiu do carro, tropeçando no tapete ao entrar na garagem. Estendendo a mão, ela se firmou na cerca, se impedindo de cair. Uma perna quebrada seria o final perfeito para o dia perfeito. Exatamente o que ela precisava.

Além disso, ela tinha uma mensagem de Thomas esperando em seu telefone.

> Precisamos conversar sobre o Natal. Eu gostaria de ficar com a Poppy do dia 24 ao dia 27.

Ele parecia tão altivo que seu nome piscando na tela a fez revirar os olhos. Não havia ternura em suas mensagens. Mais parecia uma transação comercial.

Ele havia ficado com Poppy no feriado de Quatro de Julho e no de Ação de Graças — duas datas de que Juliet não se incomodava em abrir mão. Afinal eram feriados americanos, e, em seu coração, ela achava que a filha deveria passá-los com sua família americana. Ele prometera a ela o Natal e agora estava tentando levar isso também? O que ele achava que Juliet ia fazer sozinha?

Ela fechou os olhos por um momento, tentando acalmar o nervosismo que a atingiu. Inspirando o ar frio de Maryland, sentiu o coração acelerar e os músculos relaxarem com a ingestão de oxigênio.

Tudo ia ficar bem.

Um momento depois, estava batendo na porta de Ryan. Ela podia ouvir música vinda de dentro, com o riso das crianças, e pela primeira vez naquela noite sentiu um sorriso cruzando seu rosto.

— Oi, bem-vinda de volta. — O sorriso de Ryan refletiu o dela quando abriu a porta. — Como foi o seu dia? — Ele usava seu jeans habitual e uma camisa com as mangas arregaçadas, os pés descalços sobre o piso de madeira. Sua casualidade parecia um bálsamo para a alma dela.

— Terrível.

— Então entre e me deixe fazê-lo melhorar. — Ele se afastou para deixá-la entrar.

— Eu devia pegar a Poppy e levá-la para casa. Já nos aproveitamos da sua hospitalidade por tempo suficiente. Não sei nem dizer como estou grata pela sua ajuda hoje. Você salvou a minha vida.

Ryan inclinou a cabeça para o lado, examinando-a.

— Baby, você parece acabada. Entre e coma com a gente. Tire os sapatos e sente-se, vou te servir uma taça de vinho e você vai poder se deliciar com uma pizza de calabresa. Que tal?

Outro riso alto ecoou da cozinha. Só de ouvir como Poppy e Charlie estavam felizes ela tinha vontade de entrar e ver a carinha dos dois.

— Acho que vou entrar um pouquinho, desde que você tenha certeza.

Ele agarrou a mão dela, puxando-a para o corredor. O movimento rude quase a fez bater em seu torso duro e musculoso, e a proximidade súbita a fez suspirar.

— Londres, eu tenho certeza. O seu dia foi ruim, então me deixe cuidar de você pelo menos uma vez. Você merece isso. — Passou a palma da mão nas costas dela.

A combinação das palavras, o dia terrível e o modo como ele a tocava provocaram lágrimas quentes em seus olhos. Ela não conseguia identificar a emoção que sentia, mas, o que quer que fosse, a consumia.

— Não estou acostumada a ser cuidada — ela sussurrou.

— Eu sei, mas às vezes você precisa se permitir. Você é uma mulher forte, mas até os mais fortes precisam de alguém para se apoiar às vezes. Então se apoie em mim, só por esta noite.

— Não podemos deixar as crianças saberem sobre nós.

Ele sorriu.

— Eu sei. Prometo não fazer nada inconveniente com você na frente dos nossos filhos. Vou guardar minhas mãos.

Ela levantou uma sobrancelha para ele.

— Que decepção.

Ele sorriu.

— Não posso garantir que não vou ter pensamentos obscenos.

Inclinando-se, ela pressionou os lábios contra a orelha dele.

— Garanto que não são tão obscenos quanto os meus. — E deixou a respiração permanecer em sua pele, fazendo-o ofegar.

— Toda vez que eu acho que conheço sua forma de agir, você me surpreende — ele disse, com uma expressão sensual.

— E isso é ruim? — ela perguntou.

Lentamente, Ryan balançou a cabeça.

— Não, Londres, não é. É muito bom.

🍁

— Mamãe, você está trapaceando. — Poppy franziu a testa, esticando a cabeça para tentar dar uma olhada nos cartões da mãe. Juliet puxou as mãos para perto do peito, atrapalhando a visão da filha.

— Não estou. — Ela sentiu a boca se contorcer. Depois do jantar, ela e Ryan tinham arrumado tudo enquanto as crianças brincavam na sala. Em seguida, todos se reuniram ao redor da mesa da cozinha para brincar com o Jogo do Mico. Até aquele momento, Juliet tinha vencido todas as rodadas, enquanto Ryan havia perdido todas.

— Ah, com certeza ela está trapaceando — Ryan concordou, seus olhos brilhando ao encontrar os dela. — Ninguém pode ser tão bom com cartas.

— Você precisa entender que eu passei a infância inteira jogando cartas. Não havia muito o que fazer quando eu era pequena. Nunca sugira jogar Mexe-Mexe quando as minhas irmãs estiverem por perto. Sempre acaba em guerra.

— Vou me lembrar disso. — Ele ainda estava sorrindo para ela. Como era possível que, cada vez que ele o fizesse, o coração dela acelerasse? Mesmo na cozinha, brincando com um jogo de cartas bobo com os filhos, ele ainda tinha esse efeito esmagador sobre ela.

— Você tem algum dez? — Charlie perguntou a Poppy.

— Passo. — Poppy semicerrou os olhos, os nós dos dedos brancos enquanto segurava as cartas.

— Você está mentindo. Posso ver que tem um dez na sua mão. — Charlie apontou para a mão dela.

— Sim, e você não devia ficar olhando. Isso é trapaça, não é, mãe?

Juliet balançou a cabeça.

— Não pergunte a mim. Sou a rainha da trapaça, lembra?

— Mesmo que eu tenha um dez, não vou te dar. Estou guardando. Então vá em frente e pegue outra carta. — Poppy bateu as cartas na mesa viradas para baixo. A expressão furiosa em seu rosto fez Juliet querer rir.

— Parece que ela puxou o seu mau humor — Ryan sussurrou, a respiração fazendo cócegas na orelha dela.

Juliet olhou para a filha.

— Poppy, a regra do jogo é essa: se a pessoa ao seu lado pedir uma carta, você tem que dar. Caso contrário, não é um jogo.

— Mas ele sabia que eu tinha um dez. Se não soubesse, não teria pedido — Poppy protestou.

— Eu não sabia. E, mesmo que soubesse, você ainda precisa me dar a carta. Essa é a regra. Você precisa obedecer. — Charlie semicerrou os olhos para ela.

— Parece que ele puxou o senso de certo e errado de você. — Juliet ergueu as sobrancelhas para Ryan.

— Acho que os dois são iguaizinhos aos seus velhos pais.

— Menos a parte do velho — ela disse, chutando-o na canela. Ele agarrou a perna dela, impedindo-a de chutar novamente, e acariciou a panturrilha com os dedos, desenhando pequenos círculos em sua pele, provocando um arrepio.

— Isso também é trapaça — ela sussurrou.

Ele piscou para ela, passando a mão por baixo de sua saia, a palma quente contra a parte superior da coxa dela. Assim que ela pensou que ia ter que bater nele, ele a soltou, deixando sua pele fria.

Caramba, ele sabia exatamente como deixá-la louca.

— Vamos declarar empate, o que acha? — Ryan perguntou. — Antes que isso acabe em uma guerra ao estilo das irmãs Shakespeare. Sinto que vamos ter uma tormenta nas nossas casas.

— É uma ideia perfeita. Está ficando tarde e a Poppy precisa tomar banho antes de dormir.

— Mamãe! Não estou cansada. E quero ficar aqui. — Poppy cruzou os braços. —Não podemos ficar?

— Não, não podemos. Moramos na casa ao lado, lembra? — Juliet estava tentando ignorar a voz sedutora em seu cérebro, dizendo-lhe que uma festa do pijama com os meninos Sutherland era a ideia perfeita. — Além disso, o papai vem buscá-la amanhã, então você precisa dormir bem.

— Eu posso dormir aqui. Na verdade, vou dormir melhor aqui, porque não tem os barulhos horríveis do aquecedor.

— Sim, ela pode dormir na minha cama — Charlie se juntou, toda a confusão entre eles esquecida. — Podemos construir um forte e comer pipoca, como fizemos na sua casa.

Juliet olhou para Ryan. Pipoca. A palavra a fez se lembrar dos beijos.

— Por favor, Ryan, por favor, podemos fazer uma festa do pijama? — Poppy implorou.

— É com a sua mãe. Ela teve um longo dia na loja e nós não precisamos dar mais trabalho a ela. Se ela quer que você vá para casa, podemos planejar uma festa do pijama outro dia.

Sua garganta ficou seca. O jeito como ele estava se submetendo a ela era diferente de tudo o que ela já havia passado. Em todas as decisões que Juliet tomara nos últimos seis anos, parecia que estava numa batalha, tentando se manter firme enquanto era atingida por todos os lados.

Ela olhou para Poppy e Charlie, os olhos arregalados e a boca aberta enquanto esperavam ansiosamente pela resposta. Seu coração se apertou de amor pelas crianças.

— Acho que não tem problema vocês fazerem uma festa do pijama — falou baixinho. — Desde que você prometa acordar bem cedo e estar em casa quando o papai vier buscá-la.

— Claro que sim. — Poppy sorriu, permitindo que a animação assumisse o controle. — Obrigada, mamãe, obrigada! Posso usar o saco de dormir da princesa Merida? Posso usar meu pijama novo? Ah, vai ser muito divertido. — Ela começou a bater palmas. — Não vejo a hora de dormir aqui com você, Charlie.

— Tal mãe, tal filha, como eu disse — Ryan sussurrou.

— Cale a boca ou vou te chutar de novo.

— Sinta-se à vontade. Se bem me lembro, eu meio que gostei quando você fez isso antes. — Ele sorriu.

— Outra coisa que notei, rapazes Sutherland, é que nenhum de vocês luta de maneira justa. — Ela arregalou os olhos para ele.

— Não é, mamãe? — Poppy assentiu rapidamente, tendo ouvido as palavras de Juliet. — Eles trapaceiam, não é? O tempo todo. — Ela suspirou. — Vamos ter que ficar de olho neles. Eles são travessos.

— São sim — Juliet concordou. — Muito travessos mesmo.

20

A gentileza à mesa é hóspede eloquente.
—*A comédia dos erros*

— O que é isso? — Juliet franziu a testa para o papel que Thomas lhe entregou. Era uma planilha impressa, com blocos diferentes coloridos em rosa e azul. Parecia algo que se via em um escritório corporativo, não no degrau da frente de casa.

— É um plano de custódia para o próximo ano. Seus dias estão em cor rosa, os meus, em azul. Acho que você vai ver que eu fui muito justo. Eu te dei a Páscoa e as férias de primavera, além de seis das dez semanas no verão.

Ela olhou para trás, se certificando de que Poppy não estava ouvindo. O som de água corrente veio do banheiro — estavam atrasadas, e a menina só havia escovado os dentes.

— Mas estamos em dezembro. Nem concordamos em dividir o Natal ainda. Não devíamos falar sobre isso na audiência?

— Claro que concordamos sobre o Natal. Eu te enviei uma mensagem de texto, lembra?

— E eu não respondi. — Ela apertou os dentes. Esta não era uma conversa que queria ter na porta de casa, particularmente quando Poppy estava tão perto deles. — E não concordei com isso.

— Bem, você devia ter dito que não estava feliz. Eu já fiz planos.

Ela podia sentir o sangue começando a esquentar.

— Thomas, você enviou a mensagem ontem. Decidi adiar a resposta até que eu pudesse verificar meu horário de trabalho e sugerir uma alternativa.

Mas eu não concordaria em não ver a minha filha de 23 de dezembro até bem depois do Natal.

— Ela vai estar em casa no dia 27. Com certeza vocês podem fazer algo juntas nesse dia.

Ela fechou as mãos, enfiando as unhas nas palmas para se impedir de gritar.

— Eu quero ver a minha filha no dia de Natal. Ela tem seis anos, e eu gostaria de vê-la abrir os presentes e o seu rosto se iluminar. Sei que você também quer vê-la, mas precisamos chegar a um acordo.

— Eu sabia que você agiria assim. — Thomas balançou a cabeça. — É inútil tentar discutir qualquer coisa com você. Imagino que ficaria feliz se eu simplesmente sumisse da sua vida, contanto que continuasse te dando dinheiro.

— Não estou feliz com nada. Estou simplesmente tentando salientar que gostaria de ficar com a minha filha no Natal. E sei que você também. Não quero te excluir da vida dela. Quero que ela conheça o pai e que vocês passem muito tempo juntos. Mas não posso ser a única a abrir mão sempre. Você já ficou com ela no feriado de Ação de Graças, entre outros. Por que não podemos compartilhar este?

— Porque eu quero levá-la para viajar. Fizemos reservas para esquiar no Colorado. Eu preferiria ficar uma semana, mas sabia que você não concordaria, então alguns dias terão que servir.

Ah, isso era perfeito.

— Você fez uma reserva para ela viajar sem me perguntar?

Thomas jogou as mãos para o ar.

— Ah, Jesus, e o que foi a mensagem de ontem? Só quero levar a minha filha para viajar por alguns dias, ensiná-la a esquiar e passar um tempo com a nossa família. É razoável, não?

— Não é razoável se você quer levá-la para viajar durante todo o Natal. Concordamos que eu ficaria com ela no Natal e você no Dia de Ação de Graças. Você está sendo injusto.

Ele suspirou, balançando a cabeça.

— Você está tornando as coisas muito difíceis. O que planejou para ela? Você não vai trabalhar na loja até a véspera de Natal? Se pensar nisso, estou te fazendo um favor.

— Você nunca me fez nenhum favor.

— Eu me casei com você, não foi?

Ela abriu a boca. Tentou pensar em uma resposta inteligente, mas seu cérebro se transformou em mingau. Tudo o que ela conseguiu dizer foi:

— Vá para o inferno, Thomas.

— Mamãe? — A voz baixa de Poppy veio de trás. — Aconteceu alguma coisa?

Seu estômago se apertou. Poppy segurou sua mão e se aconchegou a seu lado, do jeito que costumava fazer quando era menor. Sua reação infantil fez Juliet querer chorar. Nos meses desde a separação, Juliet nunca havia agido de forma rabugenta em relação ao ex-marido na frente da filha. Ela se esforçava para nunca fazer isso. Tudo bem, Poppy sabia que as coisas não estavam bem e sabia que a mãe havia batido na assistente do pai, mas nunca tinha ouvido a mãe xingá-lo.

— Não há nada de errado, querida. — Juliet deliberadamente tentou manter a voz suave. — Só estamos tendo um desentendimento. Do mesmo jeito que você às vezes tem com seus amigos na escola.

— Mas você ainda é amiga do papai, certo?

— Claro que somos. — Thomas se inclinou para a frente para bagunçar o cabelo de Poppy, abrindo um sorriso nos lábios finos. — Estávamos apenas conversando, só isso.

— Está tudo bem, Poppy. Agora vamos pegar sua bolsa. Colocou a escova de dentes lá dentro? — Juliet se virou, feliz por Thomas não poder ver seu rosto. Uma sensação de culpa substituiu toda a raiva que ela sentia dele.

Ela tinha prometido a si mesma que não seria aquele tipo de mãe solteira. Amarga, irritada, fazendo acusações sempre que via o ex. E ali estava ela, discutindo com ele na soleira da porta.

— Está na hora — ela disse, uma falsa alegria ainda iluminando sua voz enquanto passava a bagagem de Poppy para Thomas. — Muito bem, querida, te vejo amanhã. Divirta-se. — Beijou o topo da cabeça de Poppy, inalando a fragrância de seu xampu. Apertou os olhos com força enquanto tentava guardar aquele cheiro na memória. Dizer adeus não era fácil, mesmo quando era apenas por uma noite.

— Vamos falar sobre isso durante a semana — Thomas declarou e se virou para descer as escadas. As palavras não deixavam dúvida de que ele ainda queria seguir com seus planos.

Sim, bem, eles falariam sobre isso.

🍁

— O que você está fazendo agora? — Ryan perguntou. Juliet sorriu enquanto segurava o telefone no ouvido. Ouvir a voz dele era como chuva fresca depois de uma seca.

— Nada de mais — ela admitiu. A menos que contasse ter reorganizado a loja pela segunda vez em algumas semanas. Qualquer coisa para afastar a cabeça das exigências de Thomas e da ansiedade em seu estômago. — Passei a tarde na loja e agora estou exausta. E você?

— Planejei passar o dia no barco com o Charlie, mas ele recebeu uma oferta melhor. Aparentemente, nadar e comer fast-food, além de dormir fora, é mais divertido que velejar com seu velho. — Embora as palavras de Ryan parecessem ressentidas, seu tom não era. Juliet sabia que ele estava preocupado que Charlie não tivesse amigos suficientes da sua idade. Parecia que as coisas estavam mudando para melhor.

— Pobrezinho — ela brincou. — Trocado pelo McDonald's. Pelo menos você sabe em que lugar está.

— Quase no final da lista — ele concordou. — Por isso estou ligando.

— Ah, é?

— Gostaria de saber se você quer jantar comigo.

— Na sua casa? — Ela se sentou no banquinho da cozinha, encostando a cabeça na parede pintada e tentando ignorar o modo como o simples convite fez seu coração disparar.

— Não, quero te levar para sair. Estou farto de me esconder entre a sua casa e a minha. Além disso, estou com desejo de comer bolinho de caranguejo e filé.

— Você pode tirar o garoto de Maryland... — ela brincou, para se dar tempo de recuperar o fôlego. — Mas, sério, não é uma boa ideia, é?

— Comer bolinho de caranguejo?

— Sair juntos para jantar. É uma cidade pequena, as pessoas vão falar.

— Então vamos para outra cidade. Conheço um ótimo lugar em Annapolis. Eles servem o melhor filé que você já provou. E, se alguém nos vir, somos amigos e vizinhos que foram abandonados pelos filhos. O que falar sobre isso?

Ela não podia negar que a ideia era atraente. E não era apenas a oferta de jantar que estava fazendo seu estômago roncar. Era o pensamento de estar, falar e rir com ele, de ver seu rosto do outro lado da mesa. De estarem juntos como um casal normal.

Mas eles não eram um casal. Eram?

Expirando um bocado de ar, ela olhou para a cozinha, imaginando como seria uma alternativa à noite de sábado. Provavelmente tomaria um banho, serviria uma taça de vinho, veria algum reality show terrível na televisão enquanto cochilava no sofá. Como ela tinha acabado assim?

— Bife é uma boa pedida — ela falou. — Mas, se o Thomas descobrir, vai fazer da minha vida um inferno.

— É por isso que ele não vai descobrir. Vamos até o Gilbert, jantamos e voltamos direto para casa.

— Para a cama?

— Para a minha cama — Ryan disse a ela. — No caso de ter havido algum mal-entendido.

Não, definitivamente não havia nenhum mal-entendido. Seu estômago roncou novamente, e ela percebeu como estava faminta. E não apenas de comida.

— Nesse caso, está marcado.

🍁

— O que vão querer? — o garçom perguntou, parado ao lado da mesa com uma caneta na mão. Apesar de estar vestido com calça preta e camisa branca, sua postura, de alguma forma, ecoava o ambiente do restaurante. Relaxado, descontraído, mas definitivamente caro.

— Juliet? — Ryan perguntou, oferecendo-lhe para pedir primeiro.

— Ainda estou decidindo. Peça na frente.

— Quero um bolinho de caranguejo de Maryland e um filé de trezentos gramas com batatas fritas extras. — Devolveu o cardápio de couro preto ao garçom. Como sempre, ela estava encantada com a facilidade dele para tudo.

— Vou querer hambúrguer. Sem entrada. — Ela deu um sorriso rápido ao garçom e devolveu o cardápio.

Ryan franziu a testa.

— Não vai comer filé?

Ela deu de ombros, tentando fingir indiferença.

— Não estou com fome.

— Está com fome suficiente para um hambúrguer — ele apontou, parecendo preocupado. — Você precisa experimentar o filé. É incrível.

— É o melhor — o garçom concordou. — Embora, é claro, nossos hambúrgueres também sejam bons.

Um ano antes ela não teria piscado duas vezes com o preço dos filés. Mas um ano antes ela era a sra. Thomas Marshall, e dinheiro não era problema. Agora ela tinha um problema de fluxo de caixa, graças à conta dos advogados e aos presentes de Natal de Poppy.

— Pode trazer o hambúrguer.

— Pode nos dar um minuto? — Ryan perguntou, olhando para o garçom.

— Sim, claro. Volto já. — O homem não parecia surpreso, apesar de Juliet ter se sentido mais envergonhada do que nunca. Ele se afastou e foi para outra mesa, enchendo as taças de vinho com um tinto caro.

— Londres, você pediu hambúrguer porque quer ou porque está com a ideia equivocada de que vai pagar pelo jantar?

Foi preciso muito esforço para encontrar o olhar dele, mas, quando o fez, tudo o que viu foi gentileza.

— Por que está perguntando?

— Porque o hambúrguer é a coisa mais barata do cardápio.

— Mas não estou com muita fome.

— Baby, alguém que não está com fome não pede hambúrguer.

Ela olhou em seus profundos olhos azuis, observando a maneira como a pele franzia nos cantos, de uma vida inteira de sorrisos. Sua pele ainda estava bronzeada apesar do clima frio da região, o cabelo loiro o emoldurando com perfeição.

— Estou economizando — ela finalmente admitiu, com a voz baixa por vergonha. — O divórcio está demorando muito mais do que eu imaginei.

Já paguei alguns milhares de dólares à minha advogada. — Umedeceu os lábios. — O Thomas está sendo difícil.

— Posso imaginar que sim.

— Vamos nos encontrar no tribunal para a mediação na próxima semana. As coisas devem melhorar depois que concordarmos com os termos da separação.

— Se ele concordar com qualquer coisa.

— Claro que ele vai concordar. — Ela não pareceu convincente. — Nós dois queremos o que é melhor para a Poppy.

Ryan abriu a boca para dizer alguma coisa, depois a fechou novamente, esfregando as têmporas com os dedos, como se quisesse se acalmar.

— Então acho que temos duas opções. Ou você me deixa pagar o filé, ou vamos embora e comemos em outro lugar. Você decide.

— Não seja bobo. Fico feliz em comer hambúrguer, e você está morrendo de vontade de comer filé. Podemos ficar aqui e comer.

— Não vou me sentar aqui e comer um filé enquanto você come um hambúrguer porque é o que pode pagar. Esse deveria ser um encontro, e eu gostaria de te mimar. Então, o que vai ser? O filé ou saímos e compramos algo para viagem?

— Mas você passou o dia todo com desejo de comer filé. Você mesmo disse isso.

— Londres, estou com desejo de estar com você. Eu comeria um sanduíche se isso significasse que poderíamos nos sentar juntos. Filé ou outro tipo de comida, não me importo. Só quero te fazer feliz.

Lá estava seu coração novamente, galopando como um cavalo de corrida fora de controle. Ela podia dizer, pelo jeito como Ryan a olhava — de forma sexy e intensa —, que ele estava falando de coração. A força do seu desejo a deixou sem fôlego.

Estava na ponta da língua dizer que poderiam comprar comida para viagem e depois arrastá-lo para a cama. Mas ele a tinha trazido para comer filé, não? Era como se ela o estivesse decepcionando se não ficassem para jantar.

— Acho que eu posso comer um filé pequeno — ela falou.

— E um bolinho de caranguejo?

Um sorriso surgiu em seu rosto.

— Isso também.

Depois de pedir a comida, Ryan estendeu a mão e segurou a dela com um enorme sorriso.

— Vai precisar de energia para o que planejei para mais tarde.

— E o que é? — ela perguntou, olhando para ele. — Vamos correr uma maratona ou algo assim?

— Não, Londres, vou te levar para a cama e te amar de todas as maneiras possíveis até domingo de manhã. — Estendendo a mão por cima da mesa, ele segurou a dela e a levou aos lábios. Mas franziu a testa, o sorriso se dissolvendo enquanto olhava por cima do ombro dela. Uma onda de inquietação deslizou pela coluna de Juliet, fazendo-a se sentar ereta. Ela se virou para ver o casal que olhava para ela e Ryan com os olhos semicerrados.

— Ah, merda, é Susan Stanhope. — Ela engoliu em seco. — E o marido dela, Richard. Ele é amigo de golfe do Thomas.

— Eu sei. Eu os conheci, lembra?

Claro. O filho de Susan estava na classe de Charlie e Poppy. No entanto, isso não fez Juliet se sentir melhor.

— Você acha que eles viram você beijar a minha mão? — ela perguntou, o medo a fazendo congelar. — Acha que vão contar para o Thomas? — Puxou os dedos do seu toque e colocou as mãos embaixo da mesa, apertando-as com força.

— Não sei — ele respondeu com honestidade.

— Dois bolinhos de caranguejo de Maryland — o garçom anunciou, deslizando os pratos na frente deles. — Aproveitem os aperitivos.

Respirando fundo, ela pegou os talheres, usando o garfo para espetar o bolinho. Ele desmoronou ao seu toque. E, embora tivesse uma cara e um cheiro deliciosos, ela não achava que poderia comer alguma coisa.

Seu apetite havia desaparecido.

Eles fizeram o caminho de volta em silêncio, passando por casas iluminadas com decorações de Natal, Papais Noéis acenando e renas com a cabeça aninhada entre sempre-vivas iluminadas. Juliet olhou para fora do para-brisa parcialmente embaçado, tentando acalmar a torrente de pensamentos que continuavam a invadir sua mente.

— Você está bem? — Ryan perguntou, finalmente quebrando o silêncio. Parou em um semáforo a cerca de vinte minutos de casa.

— Não sei — ela admitiu. As luzes ficaram verdes, e ele pisou no acelerador, virando lentamente para a esquerda em direção a Shaw Haven. — Não esperava ver ninguém conhecido.

— Era apenas uma mãe da escola — ele disse ,com a voz tranquilizadora. — Talvez tenha um pouco de fofoca, mas podemos viver com isso, não podemos?

— Você faz parecer muito fácil.

— Porque é.

Seu estômago roncou, lembrando-a de que não comera quase nada.

— Não é — ela disse, com a voz firme. — Não é nada fácil. Mal pararam de falar da minha separação e já têm algo novo para comentar. É provável que a Susan esteja enviando mensagens de texto para todas as outras mães neste momento.

— E daí? Deixe-as fofocar.

Ela suspirou.

— Você não entende. O Thomas só está procurando munição para usar contra mim. Temos uma audiência na próxima semana, e, se ele descobrir sobre nós... — Ela parou, apertando os olhos. Nem queria pensar nessa possibilidade. — É ruim. Muito ruim.

— Ele só pode te machucar se você permitir — Ryan falou, com a voz baixa.

— O quê? — Juliet franziu a testa. — Você está dizendo que é minha culpa?

— Não estou dizendo que é culpa de ninguém. — Foi a vez de Ryan suspirar. — Estou apenas apontando que você não pode controlar o que ele faz com você, mas pode controlar sua resposta.

— E como você acha que eu posso fazer isso quando ele está dificultando tudo? Acha que eu queria ser mãe solteira? Nada disso foi escolha minha, Ryan. — Ela mordeu o lábio, tentando impedir que as lágrimas se formassem em seus olhos. Não que ela se sentisse triste, ah, não. Ela estava furiosa.

— Não, não foi sua escolha. Mas o que você preferiria que acontecesse? Quer voltar com ele? É por isso que está preocupada que ele descubra? — Havia uma dureza em sua voz que ela não tinha ouvido antes.

— Claro que eu não quero voltar com ele.

— Então por que importa se você escolheu isso ou não? — Ryan estava batucando o volante. — Se você está onde quer estar?

Havia uma tensão na mandíbula dele que parecia estar no ritmo do seu pulso acelerado. Os olhos estavam semicerrados, a testa franzida. Sua reação às palavras dela parecia exagerada. Como se ele estivesse...

Com ciúme?

A boca de Juliet estava seca, seus lábios, rachados. Seria realmente possível que ele estivesse com ciúme de Thomas? Nenhum dos dois havia falado muito sobre o relacionamento deles, estavam ocupados demais para manter as coisas de forma mais leve. Eles não estavam namorando, não eram exclusivos nem nada.

E, no entanto, pensar que ele estava com ciúme provocou uma onda de excitação que dissolveu sua raiva no ar.

— Acho que não importa — ela disse, se acalmando. — E eu estou onde quero estar. Odeio a incerteza disso tudo. Saber que o Thomas pode usar a Poppy para me machucar.

— Eu não o deixaria te machucar. Você deve saber disso agora.

— Não preciso de um cavaleiro de armadura brilhante — ela lembrou a ele.

Ryan assentiu com a cabeça, a expressão séria.

— Sim, bem, existem diferentes maneiras de ser um cavaleiro. Talvez eu possa ser do tipo que está ao seu lado para te apoiar, dizendo que estarei aqui para você.

A respiração dela ficou presa na garganta.

— Talvez você possa.

Ele virou à direita e entrou na garagem, os faróis piscando contra as pedras brancas de sua casa. Quando pararam, puxou o freio de mão, mas, em vez de desligar o motor, se virou para olhá-la.

— Você é muito mais forte do que pensa, Londres. E, além disso, é uma pessoa boa e gentil. Eu acredito em carma e que o idiota do seu marido vai ter tudo o que merece. Mas às vezes você precisa ajudar o carma também.

— Então, o que eu deveria fazer?
— Acreditar em si mesma como eu acredito.

Lá estava ele, com sua doçura, deixando as palavras saírem e se enredarem no coração dela. O que havia naquele homem? Ele parecia saber exatamente o que dizer para fazê-la derreter.

E estava funcionando.

21

> É essa a genealogia do amor? Sangue quente,
> pensamentos quentes e ações quentes?
> — *Tróilo e Créssida*

Havia algo prazeroso no modo como ela se encaixava na curva de seu braço, a cabeça aninhada entre o bíceps e o ombro. O cabelo ruivo comprido estava espalhado por sua pele, as mechas fazendo cócegas em seu peito quando ela se movia. Eles passaram o resto da noite conversando, até nenhum dos dois ter mais energia para falar. Na cama, fizeram amor de um jeito doce — bem diferente da transa que ele imaginou e muito mais prazeroso também.

Um raio de luar encontrou seu caminho através de uma abertura nas cortinas, dando um brilho pálido à parede pintada de cinza em frente à cama. Bateu no vidro que cobria as molduras que ele havia fixado com prego e, por um momento, ele olhou para as cenas em preto e branco, se lembrando de onde estava quando tirou aquelas fotos.

Manila foi o primeiro lugar que visitou após sair da cidade, pegando um voo de Washington para Seul e depois para a movimentada cidade nas Filipinas. Era chamada de Pérola do Oriente por boas razões. Foi a dualidade de Manila que o atingiu assim que ele chegou. A extrema pobreza misturada com a riqueza ostensiva, de uma forma que ele nunca havia encontrado nos Estados Unidos. E, no entanto, não havia inveja em relação a ele, como era de se esperar, nem o tipo de animosidade que tal divisão provocaria no Ocidente. Em vez disso, encontrou um grupo de pessoas que amavam a vida, festejavam intensamente e o receberam de braços abertos. Ele passou seus dias tirando fotos, perambulando por Intramuros, a antiga cidade murada, montando o tripé e esperando até que a luz estivesse perfeita. E à noite se encontrava com amigos, ia a restaurantes, dançava com garotas sensuais que pareciam muito dispostas a passar um tempo com um cara bonito.

Foi lá também que vendeu suas primeiras fotos antes de conseguir um contrato com a *National Geographic*. Ele se tornou amigo de um influente repórter da região, e pela primeira vez percebeu que poderia ser pago para fazer algo que amava.

Afastando o olhar das fotografias, contemplou a mulher deitada em seus braços, observando a pele perolada e o modo como os lábios rosados e macios formavam um "o" enquanto ela dormia. Parecia tranquila, despreocupada e muito mais relaxada do que quando se encontraram naquela noite. Eles concordaram em não conversar ou pensar sobre o que acontecera no restaurante, afinal não havia nada que pudessem fazer a respeito. Em vez disso, fecharam a porta e as cortinas, bloqueando o mundo até serem apenas os dois enquanto ele a levava para o quarto.

Ele a abraçou quando deslizou para dentro dela, mantendo os olhos abertos, apesar do modo como sua umidade quente o dominava. E ela o encarou de volta, os olhos arregalados, os gemidos baixos, as pernas envolvendo seus quadris quando o puxou para mais perto até ele não conseguir descobrir onde ela terminava e ele começava.

O sexo com ela o fazia se sentir primitivo, quase dolorido em sua vulnerabilidade, e isso o abalou de uma forma que não acontecia havia muito tempo.

O acontecimento mais próximo a que ele podia comparar era o momento em que Charlie viera ao mundo, todo vermelho, chorando e gritando, anunciando sua chegada da maneira mais estridente possível.

Parecia um começo, mas também um final. Se ele fosse romântico, diria que parecia amor.

A luz do luar se moveu, deslizando lentamente através das tábuas do assoalho de madeira. Em menos de uma hora, provavelmente, bateria na cama, acordando-a. Com calma, ele tirou o braço de baixo dela, deitando sua cabeça no travesseiro enquanto ela continuava a dormir, então apoiou os pés no chão, se levantando para pegar o short que havia tirado mais cedo naquela noite.

Puxando a cortina para cobrir a abertura, ele se virou e a viu ali deitada na escuridão. Seu corpo nu estava enrolado nos lençóis brancos. Comparada à cama enorme, ela parecia pequena. E ainda assim tinha força. Uma força que ela desconhecia. Um núcleo de aço sob aquela pele macia, que lutaria até a morte para proteger a filha.

Hipnotizante.

Era estranho pensar que, quando a conhecera, tinha feito tantas suposições erradas. Ele tinha se deixado levar pela sua beleza, pelo seu nome, e a associara a uma esposa da alta sociedade. Mas ela era muito mais que isso. E, enquanto a observava dormindo, sentiu vontade de protegê-la da mesma forma que ela protegia a filha. Quis subir em um cavalo de batalha, pegar sua espada e lutar com Thomas Marshall por ela.

Ele voltou para a cama e ela se mexeu por um momento antes de se virar para o outro lado. Ela não precisava da sua proteção nem do seu apoio. Podia cuidar de si mesma, como sua mãe nunca pôde. E, embora estivesse contente com isso, uma parte dele — a mesma que o tinha incentivado a sair da cidade anos antes — sussurrava em seu ouvido, dizendo que ele não era necessário. Que tudo entre eles era tão frágil quanto o velho pergaminho egípcio pendurado sobre a cama.

Ele se deitou ao lado dela, puxando seu corpo quente contra o dele. Talvez ela não precisasse de proteção, mas ele ainda podia abraçá-la. Pelo menos naquela noite.

Mesmo que não parecesse o suficiente.

— Alguém parece estar feliz. — Ryan piscou, esperando a cena diante de si entrar em foco. Juliet estava de pé, usando apenas sua camisa branca, as pernas longas e magras à vista. Ela segurava uma bandeja com café, suco de laranja e doces, com um grande sorriso estampado no rosto.

— Bem, talvez minha noite tenha sido boa — ela brincou. — Um cara me levou para jantar, prometeu que ia me amar de todas as maneiras possíveis até a manhã de domingo e depois me abraçou a noite inteira enquanto eu dormia. Então, sim, não estou nada mal.

Ele inclinou a cabeça para o lado, tentando detectar qualquer ironia oculta nas palavras dela. Mas pareciam muito simples e honestas para isso.

— Acho que você vai descobrir que eu só fiz amor com você de duas maneiras. Temos muitas outras para fazer.

Ela levantou uma sobrancelha.

— Mas já é domingo de manhã.

— Correção: já é *um* domingo de manhã. Há muitas outras manhãs de domingo por vir. — Ele se sentou, pegou a bandeja e a colocou na mesa ao lado da cama. Então se virou para ela, segurando-a pela cintura e puxando-a para o colchão até sentá-la em seus quadris. Ela só havia abotoado a camisa até a metade, e dali ele podia ver os seios sob o algodão fino. Seus mamilos estavam intumescidos, apontando para cima, rosados e prontos para seus lábios. — Você fica bem com a minha camisa.

Ela sorriu.

— Obrigada. Pensei em trazer o café da manhã nua, mas estava muito frio para tentar.

— É sempre melhor se manter coberta ao servir o café também — Ryan apontou.

— Saúde e segurança antes do sexo — Juliet concordou, séria. — Afinal somos adultos responsáveis.

Ele deslizou a mão por toda a sua coxa nua, deixando os dedos traçarem a pele macia.

— Nem tão responsável, baby.

— Tem razão. Você não é responsável. É repreensível.

— Eu sou o quê?

— Repreensível. Como um libertino.

Ele começou a rir, o polegar ainda acariciando a pele macia.

— Quando eu acho que você é normal, você age desse jeito londrino comigo. O que é um libertino repreensível?

— Você sabe, um mulherengo. Um homem mau. Alguém que só está atrás de uma coisa.

Ele levantou uma sobrancelha.

— Que tipo de coisa?

Ela se inclinou na direção dele, dando a visão perfeita dos seus seios.

— O tipo de coisa que parece estar na sua cabeça agora. O tipo obsceno.

Ele podia sentir a diversão aumentando. Às vezes, quando não estava pensando demais, ela dizia coisas muito engraçadas. Extremamente inglesas e apropriadas. Era sexy demais.

— Diga obsceno de novo.

Ela revirou os olhos.

— Sério?

Ele assentiu.

— Sim, muito sério. Fale coisas obscenas para mim. Me deixe ouvir sua boca suja.

— Fale você primeiro.

Ryan riu.

— Você sabe que eu sei falar obscenidades. Faço isso sempre que transamos. Mas não te ouvi falar. Vamos lá, me fale. — Os olhos dele brilharam. — Ou você é recatada demais para isso?

Ela semicerrou os olhos, inclinando a cabeça para o lado enquanto o encarava.

— Você está implicando comigo, sr. Sutherland?

— De jeito nenhum. Só quero ouvir quanto você pode ser safada.

Ela se inclinou ainda mais, até o cabelo se arrastar pelo peito dele e a respiração soprar em seu rosto. Um sorrisinho se curvou nos lábios dela enquanto sussurrava em uma voz sexy contra sua boca.

— Lama. — Ela se afastou, o sorriso mais largo. — Isso é sujo, não é?

— Sim, muito sujo. — Ele sorriu.

— Absolutamente imundo — ela concordou, lhe dando uma piscadela. — Eu me choco às vezes.

Rindo, ele a puxou para si, beijando-a com suavidade enquanto envolvia as mãos em sua cintura.

— Não sabia que você tinha uma boca tão suja.

— Bem, provavelmente há muita coisa que você não sabe sobre mim — ela apontou.

— Eu gostaria de descobrir tudo. — Ele não estava brincando. Havia algo fascinante nela. Ele queria fazer todas as perguntas.

— Eu como filé, tenho a boca suja e posso jogar uma âncora como uma profissional. Sou praticamente a sua versão feminina. — Sorriu. — O que mais há para saber?

Ele deslizou as mãos por baixo da camisa, deixando as palmas apoiadas em seus quadris. Sua pele era quente e macia, o corpo, esbelto. O corpo dele doía de desejo por ela.

— Eu gostaria de saber o que está acontecendo embaixo dessa camisa.

— Basicamente o que seria de esperar. — Ela balançou as sobrancelhas. — O habitual.

— O habitual — ele repetiu, passando a ponta dos polegares na barriga dela. — Eu gosto do habitual.

— É mesmo?

— Com você, sim. — E isso não era inesperado? Ele passou a maior parte da vida adulta em busca de novas experiências, mas agora queria ter a mesma várias vezes.

Desde que fosse com ela.

22

> Acautelai-vos, senhor, do ciúme; é um monstro de
> olhos verdes, que zomba do alimento de que vive.
> — *Otelo*

— O que acham? — Cesca deu uma volta, o vestido branco se espalhando no chão na parte de trás. Ela estava em uma loja de noivas com Kitty, que segurava a câmera para que Lucy e Juliet pudessem assistir enquanto experimentava vestido após vestido. — É muito grande, não é?

— Gostei mais do último — Lucy falou —, mas você continua linda. Você poderia usar um saco e ainda deixaria todo mundo de queixo caído.

— Mas preciso encontrar o certo — Cesca falou quando a vendedora abriu o zíper. — Elegante, mas chamativo. Discreto, mas sexy.

— Só isso? — Kitty perguntou por trás da câmera, e Juliet deu risada. Era uma sensação agridoce ver a irmã mais nova experimentando vestidos de noiva pela tela do laptop. Ela não podia deixar de desejar estar com Cesca e Kitty, e Lucy também, com taças de champanhe nas mãos, fofocando sobre homens, casamentos e tudo o mais que pudessem imaginar.

Juliet morria de saudade delas. O pensamento de perder o casamento de Cesca era como uma facada em seu coração.

A vendedora pegou outro vestido.

— Guardei este para o final. Chegou na semana passada. — Ela o passou sobre a cabeça de Cesca, tomando cuidado para não enroscar no cabelo. — É um pouco diferente dos outros. — Deu a volta por trás quando Cesca vestiu as mangas e em seguida fechou o zíper. O tremor de Kitty ao ver a cena diante de si fez a câmera balançar. Juliet teve que se inclinar perto da tela para tentar ver o vestido.

— É este — Kitty falou com firmeza. — Sem dúvida.
— Não consigo ver — Lucy protestou. — Pode erguer o celular, Kitty?

Quando ela acertou a câmera, a visão roubou o ar de Juliet. A vendedora estava certa: aquele vestido era diferente dos outros, mas de um jeito perfeito. O vestido em si era simples, uma camada transparente de tule sobre uma combinação nude, as mangas compridas e o corpete justo, formando um decote em V na altura dos seios. O tule era enfeitado com flores brancas de seda, que caíam em cascata no corpete e sobre os quadris. Em algumas pessoas poderia parecer demais, mas era perfeito para Cesca. Era extravagante e ao mesmo tempo moderno e se agarrava às curvas dela sem parecer sexy demais.

— Ela tem razão — Lucy falou. — Definitivamente é este.

A garganta de Juliet se apertou. Sentiu as lágrimas arderem em seus olhos. Estava muito feliz por poder compartilhar esse momento com as irmãs, encantada por ver Cesca tão bonita. Mas veio aquele pensamento incômodo de novo, que ela não conseguia afastar.

E se não pudesse ir ao casamento?

Cesca foi até o espelho grande da loja e olhou para si mesma enquanto se movia de um lado para o outro. Mesmo de costas, era possível perceber como ela estava se sentindo especial, o vestido fazendo-a elevar os ombros e endireitar a coluna.

— É perfeito — disse baixinho. Então, se virando para Kitty e para a câmera, sorriu. — Muito obrigada por fazerem isso comigo. Eu não gostaria de estar aqui sem as minhas irmãs.

— Tenho alguns vestidos de madrinha incríveis para combinar com ele — a vendedora falou, sorrindo para elas. — Vou trazer para vocês darem uma olhada.

— Tem vestido para daminhas também? — Cesca perguntou. — A minha sobrinha tem seis anos.

Juliet enrijeceu. Ela realmente precisava daquela taça de champanhe, mesmo que ainda fosse de tarde. Ouviu enquanto as irmãs conversavam sobre os planos do casamento, o traje que Sam usaria e onde estavam planejando passar a lua de mel. Ficou em silêncio, sem querer estragar a empolgação da irmã. Mas aquele gosto amargo ainda estava em sua boca, não importando quantas vezes tentasse engoli-lo.

— Você está bem, Jules? — Lucy perguntou. — Ficou um pouco quieta.

— Estou. — Ela assentiu com firmeza.

— Não está, não — Kitty rebateu, virando a câmera para si. Ela estava franzindo a testa. — Qual é o problema?

Juliet mordiscou o lábio inferior.

— Ainda não sei se a Poppy e eu vamos poder ir — ela admitiu, odiando o jeito como sua voz soava. — O Thomas ainda está sendo teimoso.

Na tela, podê ver Lucy se inclinar para a frente.

— Mas a mediação vai acontecer, não é? — ela perguntou. — Então você vai poder estabelecer os termos do divórcio.

Juliet assentiu.

— Sim. — Suas irmãs estavam tão frustradas com as leis de divórcio de Maryland quanto ela. Ter que viver separada de Thomas por um ano antes de finalizar o divórcio parecia um tipo especial de purgatório. Ela esperava já terem concordado com os termos muito tempo antes, mas Thomas tinha outras ideias. Ele havia cancelado a sessão final de mediação três vezes. Era como se não quisesse dar fim às coisas entre eles.

— A mediação final vai ser na quarta-feira. Espero que possamos concordar com a guarda e a pensão. Mas nada disso vai ser implementado até o ano que vem, quando vamos poder provar que estamos separados há um ano.

— E depois disso você vai poder viajar? — Cesca perguntou, parecendo esperançosa.

— Eu, sim. — Juliet assentiu. — Mas só vou poder levar a Poppy para fora do país com a autorização do Thomas. — Ela remexeu as mãos com frustração. — E vocês conhecem o cara. Com ele não existe almoço grátis.

Lucy lhe deu um sorriso solidário.

— Está tudo bem com a mediação? — ela perguntou. — E quanto à guarda e à pensão?

— Minha advogada acha que eles vão concordar com setenta por cento da guarda para mim e trinta para ele — Juliet afirmou. — Isso é tudo que eu quero. Todo o resto é negociável. A maioria dos bens do Thomas ele já possuía antes de nos casarmos, e a minha empresa deve ter lucro no próximo trimestre. Espero não ser dependente dele para nada além das mensalidades escolares e extras da Poppy até o fim do ano que vem. — Ela abriu a boca para falar sobre Ryan e ter sido vista com ele durante o jantar, mas a fechou com firmeza. Havia prometido a si mesma que não pensaria nisso, não até a reunião na quarta-feira.

— Os negócios estão indo bem? — Kitty perguntou. — Ah, estou muito feliz por você. A Cesca me enviou algumas fotos. Seus arranjos de flores são lindos.

— São mesmo — Cesca concordou. — Quero que ela faça a decoração do casamento. Vamos levar você e a Poppy para a Escócia de alguma forma.

— A Cesca está certa, você está indo muito bem. Você é mãe solteira, começou seu próprio negócio e está dando o fora no seu ex idiota. Um dia ele vai acordar e perceber o que jogou fora, e eu gostaria de estar lá para testemunhar. — Lucy sorriu. — Porque, a essa altura, você não vai dar a mínima.

— Porque ela vai estar nos braços de um cara legal — Kitty acrescentou, sempre romântica. — Que sabe exatamente como cuidar de uma mulher.

— Ela já esteve nos braços de um deles — Cesca apontou, em seguida cobriu a boca com horror. — Ah, merda. Me desculpe, Jules.

— O quê? — Kitty perguntou em voz alta. — De quem?

— Tem alguma coisa que você não nos contou? — Lucy perguntou, se inclinando para a frente com interesse. — Ou sobre alguém?

— Não é nada. — Juliet balançou a cabeça. — A Cesca está exagerando.

— A Cesca não exagera. — Os olhos de Lucy estavam semicerrados. — Quem é ele?

Essa pergunta a atingiu mais do que Lucy percebeu. Porque, na verdade, quem era Ryan? Um vizinho? Um amigo? Um homem que podia fazê-la rir, gritar e desmaiar de prazer?

Um homem por quem ela se apaixonara sem nem perceber?

O problema era que ele era todas essas coisas, e, no entanto, nenhuma delas realmente importava. Ele partiria no ano seguinte, quando o ano letivo terminasse, e ela ficaria em Shaw Haven, lidando com tudo do jeito que sempre fez.

— Ninguém.

— Ah, fala sério. Ele não se pareceu muito com *ninguém* para mim — Cesca protestou. — A menos que "ninguém" signifique um cara alto, gostoso e com uma queda enorme por você.

— Ele é só um amigo. — Juliet deu de ombros. — É meu vizinho.

Kitty sorriu.

— O garoto da casa ao lado? Estou intrigada agora. Qual o nome dele?

— Definitivamente, ele não é um garoto — Cesca falou. — Ele era todo homem quando o conheci. Eu achava que o Sam era alto e musculoso, mas o Ryan meio que o superou. É errado dizer que eu queria lamber o bíceps dele?

— Não sei com quem ficar mais chateada por manterem isso em segredo — Lucy reclamou. — Jules, por que você não disse nada? E, Cesca, você está sendo discreta demais. Sou a mais velha, vocês deviam me contar tudo.

— Não tem nada para contar — Juliet falou em voz baixa. — Honestamente, ele é um cara incrível, mas vai embora no próximo verão. Somos amigos, não podemos ser mais do que isso. — Ela não soou muito convincente. E por que deveria? Era óbvio que não havia futuro a longo prazo, mas não significava que ela estivesse bem com isso.

— E se ele não for? — Lucy perguntou. — E se ele decidir ficar? Como você vai se sentir a respeito?

Juliet esfregou os olhos com a palma das mãos, a pressão fazendo flashes de luz espocarem por trás das pálpebras fechadas. Quando ela os abriu novamente, os flashes permaneceram em sua visão por um momento, um véu cintilante que obscurecia o rosto das irmãs.

— Não sei — respondeu, o foco finalmente retornando. — Porque isso não vai acontecer. Ele vai mudar para Nova York, e eu vou estar aqui, dividindo a guarda com o Thomas. — Respirou fundo, tentando ignorar o aperto dentro de si que sempre parecia vir quando pensava na partida de Ryan. — É uma aventura, só isso. — Mais uma vez ela não soou convincente.

As irmãs sorriram com simpatia. Elas tinham crescido desde aqueles dias em que vagavam pela casa enquanto o pai se escondia no escritório, resmungando sobre ter que redigir um documento ou fazer alguma pesquisa, mas ainda eram um grupo unido. Estavam espalhadas por toda parte, mas eram uma família e isso contava muito.

— Você estaria disposto a concordar com uma divisão da guarda de setenta por cento para a mãe e trinta para você? — Mary Reynolds, a mediadora do divórcio, virou-se de Juliet para olhar para Thomas. Ele estava sentado na ponta da mesa, com os braços cruzados.

— Desde que o acordo financeiro seja baseado em uma divisão meio a meio, sim — o advogado interveio. O rosto de Thomas não demonstrou nenhuma emoção. — Não vejo por que ele deveria ser penalizado por ser generoso. — Thomas usava um terno novo. Ou, pelo menos, havia sido comprado depois que Juliet se mudara. Outro lembrete de como suas vidas estavam mudando. — Gostaríamos que qualquer propriedade pessoal que existia antes do casamento permanecesse fora do acordo.

Desde que Juliet havia saído da propriedade dos Marshall, cada um deles se encontrara com a mediadora quatro vezes. Essa reunião final era a primeira em que todos estavam juntos na sala, com o objetivo de concordar com os termos da separação. Uma vez que esses termos fizessem parte do acordo de divórcio, estariam juridicamente comprometidos.

— Gostaria de um tempo para pensar sobre isso? — a mediadora se dirigiu a Juliet.

Juliet olhou de relance para sua advogada. Elas discutiram aquilo antes, e a mulher fora veemente em orientá-la que pedisse mais. Mas o acordo ainda seria generoso — o suficiente para ela não ter que se preocupar em pagar o aluguel ou comprar comida para a filha, e isso era tudo de que precisava.

— Não preciso de tempo — Juliet declarou. — Posso concordar agora.

Ela não tinha certeza de quem parecia mais chocado: Thomas, sua advogada ou a mediadora. Os três estavam olhando para ela com a testa franzida.

— Tudo bem, então — a mediadora finalmente disse, rabiscando no bloco a sua frente. — Acho que temos um acordo para todos os pontos.

— Eu gostaria de discutir uma última questão — Thomas falou. Foi o tom de sua voz que a alertou, ela o reconheceu muito bem. O mesmo tom que ele usava quando achava que estava em vantagem sobre ela.

A mediadora não teve escolha a não ser deixá-lo falar. Esse era o problema da mediação: os termos só seriam obrigatórios se as duas partes concordassem. Qualquer um deles poderia se levantar agora e sair, e todos os meses de negociação não teriam servido para nada.

Juliet ficou ansiosa durante toda a reunião, seu corpo em alerta máximo para qualquer coisa que Thomas pudesse usar para tentar se aproveitar. Toda vez que ele abria a boca, ela esperava que ele mencionasse ter encontrado Richard Stanhope no clube de golfe no domingo e perguntasse a ela sobre Ryan e o que ele significava para ela. O fato de ele ter passado uma hora na audiência de mediação sem falar sobre nada disso lhe deu uma falsa sensação de conforto. Talvez os Stanhope tivessem ficado calados.

Suas próximas palavras lhe disseram que ainda não havia terminado.

— Quero ter poder de veto sobre qualquer parceiro que ela possa ter até que o divórcio esteja terminado.

— O quê? — A palavra escapou de sua boca antes que ela pudesse se interromper.

— Bem, isso é muito incomum — a mediadora disse. — Não tenho certeza se devemos fazer isso.

Juliet inspirou profundamente. Será que ele tinha guardado isso o tempo todo, esperando para dar o bote quando ela menos esperasse? Era algo que ele faria, não era?

— Se vamos discutir sobre esse assunto, que é algo com o qual não concordamos — Gloria Erkhart, a advogada de Juliet, falou —, então tem que valer para as duas partes. A sra. Marshall também deveria ter poder de veto.

Thomas chamou a atenção de Juliet.

— Estou em um relacionamento sério, e a minha filha já conhece a minha parceira. Acho que o tempo que ela passa com a Nicole não é perturbador. No entanto, a situação da minha esposa é mais... — ele fez uma pausa dramática — instável. E, se ela vai ficar com a Poppy durante setenta por cento do tempo, acho que é justo eu ter o direito de opinar sobre quem ela leva para casa.

— Isso é um absurdo — Juliet exclamou. — Você sabe que eu nunca faria nada para prejudicar a Poppy.

Thomas manteve o olhar no dela, inabalável.

— Não sei o que você faria, Juliet. Eu nunca pensei que você bateria em alguém também, mas você bateu. Depois que nos separamos, percebi quanto você estava com problemas. Talvez outra condição deva ser fazer terapia de controle da raiva.

Estava na ponta da língua mandá-lo à merda. Talvez, se ela não amasse tanto a filha, essa fosse uma opção. Mas, como todo mundo dizia, enquanto Poppy fosse menor, Juliet teria que lidar com esse idiota sentado do outro lado da mesa, e, por mais delicioso que fosse chutar o balde, não resolveria nada.

Só o deixaria satisfeito.

— Não posso concordar com isso. — Ela manteve a resposta concisa.

— Por que não?

— Porque não é razoável. Deixei você tomar decisões por mim nos últimos sete anos. E me recuso a continuar fazendo isso.

— Então você prefere colocar a nossa filha em perigo?

Ela odiava o jeito como ele mantinha a voz tão racional. Ele tinha esse jeito de se fazer parecer o mocinho, mesmo quando estava completamente errado. O problema era que ela o tinha deixado se tornar mais forte, e agora ele achava que era invencível.

Mesmo que tivesse sido ele o traidor, e quem apresentara a filha para a outra mulher sem sequer consultar Juliet, ainda estava tentando virar isso contra ela.

Bem, ele poderia tentar quanto quisesse. Ela não o deixaria escapar dessa vez.

— Nunca coloquei nossa filha em perigo — disse a ele. — Tudo que faço é focado nos melhores interesses dela. Não fui eu quem terminou este casamento e não fui eu quem trouxe outra mulher para casa e fez sexo com ela na nossa cama. Se quiser falar sobre instabilidade, vamos falar sobre moral também. E se você ou a Nicole realmente tem alguma.

— Eu não acho que isso esteja ajudando...

Thomas acenou para a mediadora.

— Quer falar sobre moral, querida? Por que não falamos sobre como você *acidentalmente* engravidou e me obrigou a casar com você? Ou como agrediu fisicamente minha nova parceira? Não brinque comigo, porque você vai perder. — Ele se inclinou sobre a mesa, o rosto contorcido de fúria. — Se eu não confio em você com a nossa filha, é porque você não ganhou a minha confiança. Eu te peço coisas razoáveis e você faz tudo o que pode para colocar obstáculos.

— É disso que se trata? — ela perguntou. — Você está me punindo porque eu não concordei que você ficasse com a Poppy no Natal?

Thomas riu.

— Você está fazendo tudo parecer se referir a você de novo. Eu só quero o que é do interesse da minha filha.

— Ela é *nossa* filha, e eu também quero o que é melhor para ela. Mas isso não inclui você ter qualquer controle da minha vida pessoal. Não vou concordar com nada que lhe dê controle sobre mim. — Ela se sentiu fortalecida, como se um peso caísse de seus ombros e se despedaçasse no chão. Thomas olhou para ela, parecendo surpreso com sua veemência. Ele não estava acostumado a ser contrariado.

— Então vamos concordar que você não leve nenhum homem para sua casa — ele falou. — E que não os apresente à nossa filha. Isso inclui o babaca que mora ao seu lado.

Juliet congelou na cadeira. Estava esperando que ele mencionasse Ryan. Sua boca ficou seca quando olhou para ele, tentando descobrir o que ele sabia.

Mas o que importava se ele soubesse sobre ela e Ryan ou não? Sempre haveria algo que ele poderia fazer contra ela se quisesse controlá-la de alguma forma e a qualquer reação que ela pudesse ter. Enquanto ela sentisse medo dele, ele continuaria ganhando.

A única maneira de Thomas ter poder sobre Juliet seria se ela permitisse. A escolha era sua e só sua. Poderia passar os próximos doze anos encolhida, com medo dele, ou poderia se defender, ser orgulhosa, mostrar a ele que não ia mais tolerar esse tipo de coisa.

— Ryan Sutherland é um bom homem e uma boa influência para a Poppy. — Ela se endireitou na cadeira. — E também é um amigo muito próximo. É sempre bem-vindo na minha casa.

Pela primeira vez, Thomas pareceu perturbado. Seus olhos se semicerraram.

— Você está trepando com ele?

A mediadora ofegou. Juliet se virou para olhar para seu rosto horrorizado. Mesmo os dois advogados — normalmente tão impassíveis — pareciam chocados.

Por um momento, ninguém disse uma palavra. O silêncio se instalou na sala, pesando no ar como uma nuvem de chuva. Juliet podia ouvir a própria respiração — um pouco rápida, mas ainda firme — enquanto tentava assimilar as palavras do ex.

— Sua pergunta não merece resposta — ela disse, com o coração batendo forte no peito. — Mas vou responder mesmo assim. Não, eu não estou trepando com ele, porque, ao contrário de você, eu não trepo com ninguém. Quando Ryan e eu estamos juntos, fazemos amor.

Ela se levantou, colocando a bolsa no ombro enquanto chamava a atenção da advogada.

— Acho que a mediação acabou, não é?

23

> Lutas de amor não são para mulheres,
> no entanto a corte me fazer não queres.
> — *Sonho de uma noite de verão*

A euforia de Juliet por finalmente ter enfrentado Thomas durou toda a sua volta para casa. Ela encostou o carro na calçada de cascalho e estacionou, inclinando a cabeça no encosto do banco, fechando os olhos enquanto respirava fundo. Realmente tinha acabado de fazer isso?

Sim, parecia que tinha. Ela reagiu, tirando o controle de Thomas, se recusando a continuar em silêncio. Abrindo os olhos, teve um vislumbre de si mesma no reflexo do espelho e não pôde deixar de sorrir. Olhando para ela estava uma mulher fodona que não ia mais engolir sapo.

Ela era mais forte que isso.

Estava cansada de ouvir dizerem o que ela devia fazer. Em algum momento nas últimas semanas, tinha parado de ter medo de Thomas e do que ele poderia decidir. Havia percebido algo importante: ele só poderia machucá-la se ela permitisse. E, nesse ponto, ela tinha todo o poder.

Ela olhou para a casa de Ryan e seu sorriso se alargou. Ele podia não saber, mas sua nova força tinha muito a ver com ele. Teria enfrentado Thomas sem ele? Talvez, mas não teria se sentido tão bem com isso.

O mais leve pó de neve havia caído durante a noite, fazendo o chão brilhar como um tapete de diamantes. Teria derretido antes do fim das aulas, deixando apenas algumas poças para trás, mas naquele momento fazia tudo parecer mágico.

No entanto, ela não podia ficar ali o dia todo. Tinha coisas a fazer — uma troca rápida de roupa e depois iria para a loja, onde a pobre Lily estava cuidando de tudo. Teria algumas horas de trabalho antes que precisasse pegar Poppy na escola. Não havia tempo para pensar nisso agora. Talvez ela comprasse uma garrafa de espumante a caminho de casa e convidasse Ryan para celebrar mais tarde. Eles poderiam brindar à sua nova liberdade e desfrutar da companhia um do outro.

Tirando as chaves da ignição, se virou para abrir a porta quando um lampejo do sol de inverno passou pelos seus olhos. Vinha do carro atrás do seu. Aquele que estava estacionando na entrada da garagem para bloqueá-la.

O carro de Thomas.

Ele seguiu com o sedã preto até que o para-lama estivesse tocando a traseira do seu pequeno Ford.

Ele estava tentando intimidá-la? Seu coração acelerou. Abrindo a porta com a mão trêmula, colocou os pés na calçada, o salto fino dos sapatos deslizando na superfície escorregadia.

Quase imediatamente, Thomas abriu a porta também, seus pés esmagando o cascalho enquanto cobria a distância entre eles. Parecia tão furioso quanto no escritório da advogada.

— Precisamos conversar. — Ele agarrou seu braço. Os dedos se fecharam com facilidade ao redor do pulso fino.

— Não temos nada para falar. — Ela puxou o braço para trás. — Se quiser alguma coisa de mim, pode passar para a minha advogada. — Caminhou com cuidado para a casa, tentando se manter em pé com seus melhores sapatos. O que estava pensando ao calçá-los nas condições de hoje? Outra maneira de mostrar que estava ótima sem ele. Podia se vestir bem, e não era mais para ele.

Era por ela.

— Temos muito a conversar. — Ele estava logo atrás dela, seus passos acompanhando-a. — Quando você ia me contar que está dormindo com aquele idiota?

— Que tal nunca? — ela respondeu. — Estamos quase divorciados, Thomas. Com quem eu passo meu tempo não tem nada a ver com você. Quanto mais cedo você colocar isso na cabeça, melhor.

— Tem tudo a ver comigo.

Ela virou a cabeça para encará-lo. Embora seus saltos tivessem acrescentado alguns centímetros, ele ainda era mais alto que ela. Intimidante pra caramba. Mas ela não o deixaria saber disso de jeito algum.

— Enquanto a Poppy estiver saudável e segura, não tem. E, caso você não tenha notado, ela está feliz. Está indo muito bem. Então, se eu escolher passar um tempo com outro cara, você não tem nada com isso, está bem?

Ele balançou a cabeça, franzindo a testa.

— Não, não está bem. Não está nada bem. — Ele a alcançou novamente, e ela recuou, vacilando. Quando olhou para Thomas, a expressão dele era muito estranha. Uma mistura de confusão e outra coisa. Seria pânico?

Ela suspirou.

— Olha, eu sei que as coisas estão mudando. Levei muito tempo para aceitar sua relação com outra pessoa. Mas você também vai aceitar. Não espero que você goste dos caras com quem eu venha a namorar, nem que os tolere. Mas espero que você respeite o meu direito de passar o tempo com quem eu quiser.

Ele balançou a cabeça novamente.

— Não, não posso fazer isso.

Os músculos do seu estômago se apertaram.

— Por que não?

— Porque você é minha esposa.

— Sou quase sua ex-esposa — ela corrigiu. — E não se esqueça: era isso o que você queria. Você escolheu a Nicole, quis ficar com ela. Não somos fantoches. Você não pode ficar mudando de ideia.

Havia uma guerra acontecendo no fundo dos olhos de Thomas. Ele estendeu a mão para esfregar o pescoço, levantando o paletó com o movimento.

— Não pensei... — Parou, franzindo a testa. — Não achei que você ia seguir em frente. Não assim tão rápido. Não gosto disso.

A pele de Juliet estava fria, e não tinha nada a ver com o ar que os rodeava.

— Não estou entendendo.

Ele parou de esfregar o pescoço e estendeu a mão para o rosto dela, segurando seu queixo com a mão macia.

— Não é isso o que eu quero. Não quero que você saia com outros caras. Não quero que passe tempo com eles. Você é minha, Juliet. Você é *minha* esposa.

— Não. — Ela balançou a cabeça. — Não, você não pode fazer isso. Não pode. — Ele estava fazendo um joguinho com ela. Justo agora que ela conseguira forças para se libertar, ele estava tentando arrastá-la de volta. — Você não pode mais dizer essas coisas. Não sou sua e não vou ser sua esposa por muito mais tempo.

— Mas você não vê que pode ser? Podemos tentar de novo. — O rosto dele se iluminou, como se tivesse uma epifania. — Você e a Poppy podem voltar para casa e podemos ser uma família outra vez. Não é isso que você quer? Que ela cresça com os dois pais? — A voz dele se suavizou. — Nós fomos felizes, não fomos? Sinto saudade de vocês duas. Quero vocês em casa comigo.

Por um momento, seus pensamentos foram para aquela grande mansão perto do rio. Lembranças felizes surgiram — as que ela tinha esquecido na escuridão do ano anterior: Poppy pequena, correndo para os braços de Thomas quando ele chegava em casa do trabalho todas as noites.

— Eu era feliz — Juliet falou —, mas não foi o suficiente para você. — A imagem de Thomas segurando Poppy desapareceu, seguida pela memória de Nicole no quarto, usando apenas um lençol. — Quando você planeja contar à Nicole sobre isso? — perguntou, seca. — Ou você quer nós duas na sua cama?

— A Nicole não significa nada.

— Ela significa o suficiente para você ter jogado fora o seu casamento. — Juliet nem sabia por que estava discutindo com ele. Talvez houvesse certa satisfação em ouvi-lo descartar Nicole, mas, na realidade, isso não mudava nada.

— Não é tarde demais. Podemos tentar de novo. — Thomas estava se repetindo. — Vou falar com a Nicole. Você pode voltar na próxima semana.

Ela podia imaginar tudo. Voltariam ao que era, com Juliet cuidando de Poppy e da casa, sendo voluntária em instituições de caridade e dando atenção aos pais de Thomas. Ele iria para o trabalho, voltaria para casa à noite e esperaria que ela cuidasse dele. E o tempo todo ela estaria esperando que outra Nicole aparecesse.

— Não quero tentar de novo. — Sua voz era forte, mesmo que ela se sentisse como uma criança por dentro. — Não sou a mesma mulher com quem você se casou. E sabe de uma coisa, Thomas? Estou muito feliz assim. Porque eu não quero ser sua esposa, nem morar na sua casa, e não quero acordar e me perguntar se você vai ser fiel a mim hoje. Quero muito mais do que isso, e eu consegui. Sem você.

A expressão dele endureceu. Ele se inclinou para mais perto, semicerrando os olhos enquanto a observava. Ela sentiu um calafrio.

— Você não vai ter oferta melhor — ele declarou. — Quanto mais velha ficar, mais difícil vai ser para você encontrar alguém. Você está passando do auge. — Ele deu de ombros. — Mulher solteira com filho... Que cara vai ficar com você com essa bagagem? Enquanto isso, vou ter um monte de mulheres se jogando em cima de mim.

— É mesmo, Thomas? — Ela revirou os olhos. — Pelo que eu saiba, são necessários dois para fazer um bebê, e, pelo que me lembro, você foi um participante mais que disposto. Você também é pai solteiro.

Ele abriu a boca para responder quando o estrondo de um motor ecoou na estrada. Os dois se viraram e viram Ryan estacionar na garagem de sua casa. A caminhonete preta parou e a porta se abriu. Ele saiu do carro, passando a mão pelo cabelo, sem saber que estava sendo examinado.

— Sutherland? — Thomas falou em voz baixa. Por um momento ela esqueceu que ele estava lá. — Que idiota.

— Você precisa ir agora, Thomas. — Uma sensação de urgência tomou conta dela. Os dois homens estarem no mesmo lugar era uma péssima ideia. Especialmente porque Ryan não fazia ideia de que ela tinha contado tudo sobre eles para Thomas. — Conversamos mais tarde, quando estivermos um pouco mais calmos.

Ele balançou a cabeça.

— Não vou a lugar nenhum.

Ryan se virou e olhou para eles. Ela queria que ele se afastasse, subisse os degraus até a casa e os ignorasse. Se pudesse manter os dois homens separados, todos teriam uma chance de sair ilesos.

— Você está bem, Londres? — Ryan gritou para ela.

Droga.

— Ela está bem. Agora dê o fora daqui, porque isso não é da sua conta. — A resposta de Thomas veio antes que ela pudesse responder. A agressividade fez sua coluna formigar. Ryan congelou no lugar, franzindo a testa enquanto absorvia as palavras.

Então ele se virou e caminhou na direção deles.

Merda.

— Vá embora agora, Thomas — ela sussurrou com os dentes cerrados. Ele a ignorou, os olhos focados firmemente na aproximação de Ryan. Quando ele chegou perto, ela quase pôde sentir a testosterona no ar. Emanava deles, tensa e furiosa, deixando-a desconfortável demais.

— Precisa de ajuda? — Embora o rosto de Ryan estivesse tenso, seus olhos eram gentis quando captaram os dela. Mesmo em pé ao lado do futuro ex-marido, ela podia sentir a atração desse homem, incapaz de resistir a sua energia magnética. Havia algo sobre os dois juntos que parecia se encaixar.

— O Thomas já estava indo embora — ela respondeu. — Terminamos a mediação hoje.

Com seu um metro e oitenta e sete de altura, Ryan superava Thomas. Era mais musculoso também. Mas altura e peso não eram nada quando comparados à determinação, e ela podia sentir a antipatia no olhar de Thomas.

— Vou embora quando quiser. — A rejeição de Thomas pareceu muito familiar. — Enquanto isso, acho que temos algo a discutir, Sutherland.

— Thomas, não. — Ela segurou o braço dele, mas ele a afastou, dando de ombros. Ryan deu um passo em direção a eles, os olhos passando de Juliet para o ex-marido, como se tentasse avaliar a situação.

— Não tenho nada para discutir com você — Ryan declarou.

— Exceto o fato de você ter trepado com a minha mulher — Thomas grunhiu.

Juliet queria gritar. Dividida entre se atirar entre eles, fugir e se esconder, ela se viu presa no lugar. Congelada como em um daqueles momentos pouco antes de um acidente, podia antecipar tudo o que ia acontecer, mas estava impotente para impedi-lo.

— Ela tem razão. Melhor ir embora. Antes que você diga algo de que possa se arrepender. — O olhar de Ryan não vacilou.

— Ah, isso é uma ameaça? — Thomas ergueu as sobrancelhas. — Não tenho medo de você, Sutherland. Eu te desprezo.

— O sentimento é mútuo. Então por que você não senta essa bunda no carro e dá o fora daqui?

— Ah, estou interrompendo alguma coisa? — Thomas riu. — Os dois tinham algo planejado? Talvez eu deva ir para te deixar transar com a minha mulher, como você tem feito sabe-se lá há quanto tempo. — Ele balançou a cabeça, o sorriso maldoso ainda nos lábios. — Ela é uma vadia na cama com você, do mesmo jeito que era comigo?

A mandíbula de Ryan se tensionou.

— Se chamá-la de vadia de novo, vai se arrepender.

— Vou? — Outra risada. Desta vez, mais curta e dura. — Você não seria capaz de machucar a porcaria de uma mosca. — Thomas se virou para Juliet. — É isso o que você quer? Ele largou a família sem uma palavra. Você sabe que ele não vai ficar por perto para você. Quando menos esperar, ele vai embora e te deixar sozinha. Você escolheria isso para a sua família? Talvez eu devesse solicitar uma avaliação psiquiátrica como parte do divórcio.

— Não há nada de errado comigo — ela falou. — Minha mente está mais sadia do que nunca.

— Pelo que estou vendo, você só pode ser louca para dormir com esse imbecil. — Ele apontou o polegar para Ryan. — Ou ele é só mais um em uma longa fila?

Pelo canto do olho, ela viu as mãos de Ryan se fecharem com força.

— Thomas, você realmente precisa ir agora. — A voz dela era urgente.

— Não fale assim com ela — Ryan disse lentamente. — Ela é uma mulher bonita, divertida e inteligente que você deixou escapar, seu idiota. — Deu mais um passo, até ficar cara a cara com Thomas. O ritmo cardíaco de Juliet acelerou.

De alguma forma, ela conseguiu se colocar entre os dois. De costas para Thomas, deslizou as mãos no peito de Ryan, tentando segurá-lo.

— Por favor, não piore as coisas. — Olhou para ele, desejando que ele retribuísse o olhar. Por fim, foi o que ele fez. — Por favor — ela implorou novamente. — Vá para casa e me deixe esfriar a situação. Isso não está ajudando.

Ele ficou em silêncio por um momento. Em suas costas, ela podia ouvir Thomas andando pela varanda. Talvez ele tivesse percebido que esse confronto não era uma boa ideia.

— Não quero te deixar sozinha com ele — Ryan disse a ela.

— Ele vai embora — ela respondeu com firmeza. — E, de qualquer forma, eu sou durona, lembra? Não preciso de um salvador. Posso cuidar de mim.

Ryan estava hesitante; ela podia ver pela maneira como ele a olhava. Ele precisava da confirmação de que ela estava bem, que poderia lidar com as coisas. Ela assentiu levemente, como se dissesse que estava no controle.

— Sim, eu vou embora — Thomas falou. — Mas isso não está terminado, nem de longe. Se acha que é bem-vindo perto da minha filha, você está louco, Sutherland. Você pode ter a minha esposa, mas, no que depender de mim, é tudo que terá.

Juliet se virou para olhá-lo e se certificar de que ele estava indo.

— Vou ligar para o meu advogado assim que chegar em casa — Thomas disse. — Vou pedir a guarda total da Poppy. — Ele parou, olhando para ela por um momento. — A menos que você queira reconsiderar minha oferta, é isso que vou fazer.

— Que oferta? — Ryan perguntou, com a voz tensa. Ela podia sentir a tensão no corpo dele a seu lado. Ele era como um arco, apenas esperando para lançar a flecha.

— Não importa — Juliet disse.

— Claro que importa. — Thomas olhou para Ryan. — Se quer saber, pedi à Juliet para voltar para casa. Para acabarmos com esse absurdo, e ela e a Poppy voltarem para o lugar a que pertencem.

— É verdade? — Ryan perguntou a ela, com a voz perigosamente baixa.

— Sim, ele pediu, mas eu não concordei. — Ela lançou um olhar para Thomas, que estava no meio da escada, desejando que ele desse o fora dali.

— Mas ela vai concordar — Thomas declarou, soando mais confiante do que alguns minutos atrás. — Vai perceber que você é só um babaca fraco que nem consegue se defender. — Seus lábios se curvaram em uma careta. — Espero que você tenha gostado de transar com a minha mulher, Sutherland. Mas lembre-se de quem a teve primeiro.

Ryan desceu os degraus antes que processasse as palavras e seu punho voou. Houve um estalo quando o soco acertou o queixo de Thomas, e Juliet cobriu a boca para não gritar.

Que merda Ryan tinha feito?

24

Meu coração já se tornou de pedra;
ao golpeá-lo, sinto que me dói a mão.
—*Otelo*

Dar um soco no queixo de Thomas Marshall fora um erro. Ryan soube disso antes mesmo de seu punho bater na cara do idiota presunçoso. Thomas estava se aproveitando de sua falha, se fazendo de mártir na frente da mulher. Mas, caramba, aquilo foi bom por um minuto.

Thomas recuou, a mão cobrindo o queixo. Juliet estava parada ao lado dele, olhando de um para o outro com os olhos arregalados. O horror no rosto dela foi um pontapé no seu estômago. Ela parecia tão distante, como se o lapso de julgamento tivesse construído um muro entre eles.

Sua mão latejava demais também. Ele a segurou enquanto se afastava, os olhos procurando por Juliet, embora ela tentasse evitar seu olhar.

— Seu filho da puta. — Thomas esfregou o queixo. — Você vai pagar por isso. Viu isso, Juliet? Você é testemunha, certo? Ele me acertou. Jesus Cristo. — Ele soltou a mandíbula e correu em busca do telefone. — Vou chamar a polícia. Ninguém se mexe. — O sangue escorria do canto da boca, onde seus dentes deviam ter cortado a pele sensível do interior da bochecha.

— Por favor, não... — Juliet segurou Thomas, mas ele se afastou. Ryan ficou no mesmo lugar, observando os dois e tentando descobrir o que poderia dizer para consertar as coisas.

Ele tinha prometido a ela que não ia se envolver. Ela sempre dissera que podia se defender sozinha. A última vez que ele tentara defender uma mulher — sua mãe —, ela ficara contra ele. O pensamento de Juliet fazer o mesmo o fez sentir vontade de vomitar.

— Mande-os para minha casa quando chegarem aqui — Ryan falou. — A polícia provavelmente tem uma lista de crimes de verdade para resolver, não acho que vir correndo.

— Tenho amigos na polícia. Tenho certeza que vão chegar aqui rapidamente.

Claro que ele tinha. Homens como Thomas Marshall tinham amigos em todos os lugares. Do tipo que se pagava com dinheiro ou favores. O tipo de amigo que Ryan passou a vida evitando — embora fosse bom ter um agora.

— Thomas, desligue o telefone. Com certeza nós podemos resolver isso. — Juliet estendeu a mão para ele.

Ele a ignorou, virando as costas para os dois enquanto falava rapidamente pelo telefone. Ryan não conseguia distinguir as palavras com o som do sangue correndo em seus ouvidos, mas, pela expressão de Juliet, não era boa coisa.

Ela o encarou novamente, e isso o fez querer correr e tomá-la nos braços. Parecia chocada e com raiva. Como se não acreditasse no que ele havia feito.

Ele também não conseguia acreditar.

— Desculpe — murmurou para ela.

Ela balançou a cabeça. Quando desviou o olhar, ele pôde ver as lágrimas brilhando em seus olhos.

— Você devia ir para casa, Ryan — ela falou, ainda sem olhar para ele.

— Vou mandar a polícia ir até lá quando chegarem aqui. Não vamos deixar que os vizinhos vejam isso.

— E o Marshall? — Ele inclinou a cabeça na direção de Thomas.

— Acho que vou estar segura com ele. Dificilmente ele vai fazer qualquer coisa se a polícia vier, não é? Vou levá-lo para dentro e limpá-lo.

O pensamento de ela fazer qualquer coisa com aquele idiota era o suficiente para seu sangue ferver. Ele queria que ela mandasse Marshall embora, que pedisse a Ryan para protegê-la. Queria que ela olhasse para ele do jeito que tinha feito na noite passada.

Não desse jeito. Nunca desse jeito.

— Londres, eu...

— Vá embora, está bem? — ela o interrompeu. — Não torne as coisas piores do que já estão.

O peito de Ryan doía por causa de todas as emoções conflitantes dentro dele, aquelas que ele não conseguia nomear, mas estavam fazendo seu coração bater forte como o de um maratonista. Ele não tinha certeza se queria socar Marshall de novo ou apenas gritar de frustração.

— Se ele tocar em um fio do seu cabelo, vou estar aqui num piscar de olhos. É só me ligar.

— Eu posso me cuidar — ela repetiu. — Não preciso da sua ajuda.

E isso não era verdade? Em qualquer outro momento, ele estaria torcendo por ela, feliz por ela poder se defender. Mas, agora, queria que ela precisasse dele da mesma maneira que ele precisava dela.

Não havia mais nada a dizer. Ele deu uma última olhada em Juliet. Ela procurava freneticamente as chaves na bolsa. Ela não o queria lá e, com certeza, ele não ia ficar para vê-la deixar Marshall entrar em sua casa.

Então ele se virou e começou a subir as escadas. Mal havia chegado à entrada antes de Thomas chamá-lo de novo.

— Melhor arranjar uma babá, Sutherland. Você vai estar na cadeia antes de escurecer.

— Cale a boca, Thomas. Entre na casa. — A voz de Juliet era tão séria com Thomas quanto tinha sido com Ryan, mas, de alguma forma, isso não lhe dava satisfação. Ele endireitou os ombros e cruzou os cem metros entre as duas casas com passos longos e pesados. Embora o ar ao seu redor estivesse gelado, parecia tão opressivo quanto um dia quente e úmido. Árduo e tenso, assim como seus pensamentos.

A porta da caminhonete ainda estava aberta, já que Ryan havia corrido para verificar se ela estava bem. Ele foi até lá, pegou as chaves, a carteira e os papéis espalhados no banco do passageiro.

Os papéis que ele havia acabado de assinar para vender suas ações, com a proposta de compra do cais. Ele poderia apenas pegar o dinheiro e fugir. Pegar Charlie e ir embora. Não devia nada a Shaw Haven. Nem a sua família. E, quanto a Juliet, não tinha ideia de quem devia a quem.

A primeira coisa que fez quando entrou em casa foi ligar para o advogado. A segunda, depois de jogar água fria no rosto e bater a palma da mão nos azulejos da parede até doer, foi uma ligação totalmente diferente. Aquela que fez da sala de estar, olhando pela janela que dava para o quintal de Juliet. Olhou sem rumo enquanto esperava a chamada se conectar, coçando o queixo e se perguntando como as coisas tinham ficado tão loucas e com tanta rapidez.

— Alô?
— Sheridan, é o Ryan. Preciso da sua ajuda.

25

> Levai-nos para o cárcere. Nós dois, sozinhos,
> cantaremos como pássaros na gaiola.
> — *Rei Lear*

— Então você admite que bateu nele? — O policial se inclinou para trás, franzindo a testa. — Por que fez isso?

— Não responda. — Frank já estava irritado. Principalmente porque Ryan admitiu ter dado um soco em Thomas Marshall. O que ele deveria dizer? Sem dúvida, o rosto de Thomas estava machucado, assim como a mão de Ryan. Além disso, havia pelo menos uma testemunha, que Ryan não pretendia que fosse chamada em uma possível audiência. Ele não planejava lutar contra isso. Só queria sair dali.

Os policiais o buscaram logo depois da hora do almoço. A viatura parou na frente da casa de Juliet, dois caras uniformizados entraram e passaram cerca de uma hora fazendo sabe-se lá o quê. Depois disso, seguiram o mesmo caminho que Ryan havia feito antes, cruzando os pátios das duas casas até chegarem à sua porta. Ele abriu assim que bateram.

Eles o levaram para a delegacia imediatamente e o colocaram em uma cela até Frank chegar, no fim da tarde. E, na última hora, estava sentado em uma salinha, seu corpo quase grande demais para a cadeira de plástico laranja que deram a ele, respondendo às mesmas perguntas várias vezes até que começou a ficar entediado com a própria voz.

— Bati porque ele foi rude com a Juliet.

— Com a mulher dele? — O policial pareceu surpreso. — A sra. Marshall?

— Logo vai ser ex-mulher — Ryan corrigiu, sem saber por que queria deixar isso bem claro.

— Certo... — O policial pareceu desconfortável de repente. — E qual é o seu relacionamento com a sra. Marshall?

— Estou apaixonado por ela.

E não era esse o problema? Baixou a guarda novamente, e ali estava ele. Sentado em uma delegacia respondendo a perguntas enquanto segurava a mão dolorida. Seu peito doía ainda mais que a mão. Não conseguia parar de pensar no rosto dela quando ele socou seu futuro ex-marido. Ela o odiava por isso? Ele não tinha certeza.

Fizeram uma série de outras perguntas a ele.

Qual era o relacionamento entre eles?

Por que ele tinha feito isso?

Ele percebia que aquilo era uma agressão séria?

Ele nunca deveria ter voltado.

— Ela sabe que você está apaixonado por ela?

Ryan riu, embora não houvesse humor.

— Não tenho certeza do que você está perguntando. Se eu já disse a ela que estou apaixonado? Não. Se ela sabe disso? Bem, deveria saber.

— Vocês têm um relacionamento?

— Acho que sim. — Ele se sentiu estúpido por não ser capaz de dizer mais.

— Sr. Sutherland, você não está facilitando as coisas. Estamos apenas tentando obter os fatos aqui. Por favor, pode declarar sua relação com a sra. Marshall?

Ryan se sentiu encurralado.

— A Juliet e eu somos amigos. Ou éramos.

Só Deus sabia o que eram um para o outro agora. Ele tinha conseguido bagunçar tudo.

— Então você é um amigo que está apaixonado por ela?

— Podemos seguir em frente? — Frank revirou os olhos. — Meu cliente tem um registro impecável. Ele é pai solteiro com um filho que depende dele. Gostaríamos de levá-lo para casa o mais rápido possível.

— Só estamos tentando estabelecer os fatos. Assim que o fizermos, vamos seguir o procedimento. O sr. Marshall declarou que tem muito medo de mais ataques. No momento, precisamos manter a reivindicação da vítima em mente.

— Ele acha que eu vou bater nele de novo? — Ryan parecia incrédulo. — Eu não lhe daria essa satisfação.

O interrogatório continuou por mais uma hora. Através da pequena janela coberta de gelo perto do telhado, ele podia ver o sol lentamente se pondo, sendo substituído pela escuridão do início da noite. Por fim, levaram-no de volta à cela enquanto Frank ia para casa.

Eles tinham o direito de mantê-lo ali por vinte e quatro horas, então Ryan sabia que passaria a noite na cadeia. Frank prometeu dar uma olhada em Charlie, que estaria na casa de um amigo da escola durante a noite, longe de qualquer fofoca que pudesse atingi-lo. Ryan queria ele mesmo contar ao filho sobre o confronto.

Algumas horas depois, lhe deram comida: um sanduíche de creme de amendoim e geleia embrulhado em filme plástico e uma garrafa de água. Abriu a garrafa, engoliu o líquido, colocou o sanduíche no banco de concreto em que estava sentado e se deitou, usando o pão como travesseiro.

Os truques que se aprendia como viajante.

Ele não tinha ideia de que horas eram. Pegaram seu relógio, o celular e a carteira, além dos cadarços de seus sapatos. Poderiam ser sete ou onze horas. Aquela sala, que mais parecia um quadrado cinza, tinha um fuso horário diferente de qualquer outro. Minutos pareciam horas, e a única coisa a preencher o espaço vazio eram seus pensamentos. Não podia escapar deles, não importava quanto quisesse.

Também não conseguiu escapar da lembrança da expressão de Juliet. O jeito que ela o olhou quando o mandou ir para casa. Havia choque em seus olhos, mas algo mais também. Desprezo, talvez até desgosto. Tudo misturado com uma raiva que fez seu coração doer.

Aquela cidade não era boa para ele. Estava deixando-o louco. Estava partindo a porcaria do seu coração.

Ele precisava saber onde estavam. Se ela se sentia da mesma maneira que ele. Se ser jogado na cadeia tinha sido um ato tolo ou um gesto nobre pela mulher que amava.

Ele precisava que ela o amasse. Caso contrário... o que manteria a ele e Charlie ali?

As batidas da porta de metal o acordaram. Ryan esfregou os olhos, procurando a figura de pé na entrada iluminada.

— Venha comigo.

Ainda meio adormecido, Ryan seguiu o policial pelo corredor silencioso, os tênis escorregando dos pés enquanto caminhava. O policial digitou um código no teclado próximo à porta, depois o levou até uma sala e se dirigiu à mesa. Sobre o balcão estavam sua carteira, o celular, os cadarços e o relógio. O sargento entregou a ele alguns formulários para assinar.

— Estou sendo liberado? — ele perguntou.

— Sob fiança. Alguém acordou cedo e falou com o juiz. Ele definiu a fiança, e você está livre para ir agora.

— Minha fiança foi paga? — Ryan franziu a testa.

— Sim, por aquela senhora ali. — O sargento fez um gesto com a cabeça indicando alguém atrás de Ryan.

Uma senhora? Seu coração começou a bater muito forte contra o peito. Lentamente, ele se virou, cada movimento duro e cheio de esforço. Ele tinha passado a noite pensando nela, imaginando se ela também estava pensando nele. E ali estava ela, esperando por ele, resgatando-o e o deixando saber exatamente de que lado estava.

Um segundo depois, suas esperanças se despedaçaram. A senhora em questão se levantou, erguendo a mão em um meio aceno. Seu rosto estava sério, mas gentil.

— Ryan. — Aquela voz familiar. Envolveu-o como um cobertor e o perfurou como uma faca. Ele não tinha certeza do que mais doía.

— Mãe? Você pagou minha fiança?

— Recebi um telefonema a noite passada para me dizer que você estava na cadeia. Liguei para o Frank para descobrir como poderia ajudar. Parece que ele precisava que o juiz estabelecesse a fiança, então eu cobrei alguns favores.

Era incrível como o mundo girava com base no dinheiro. Embora isso o beneficiasse naquele momento, não pôde deixar de pensar que era injusto.

— Obrigado.

Ela balançou a cabeça.

— Não me agradeça. É o que uma mãe deve fazer pelo filho. Eu deveria ter te apoiado quando você era mais jovem e lamento não ter feito isso. Estou apenas tentando fazer as pazes.

Ele não sabia o que dizer. Uma vida inteira de pensamentos girou em sua cabeça, mas nenhum traduziu aquilo em palavras. Uma mistura de ser acordado no meio da noite e não ter que lidar com a mãe por todos aqueles anos.

Que horas eram mesmo? Olhou no relógio: quase sete e meia da manhã. Pegou seu telefone — havia bateria suficiente para checar as mensagens.

Uma de Charlie, que estava se divertindo. Nada de Juliet.

Ele segurou a porta para a mãe, depois a seguiu para fora da delegacia. O ar matutino continha uma névoa congelada. Ele podia ver sua respiração nublando toda vez que exalava.

— Meu pai sabe que você está aqui? — perguntou.

Ela balançou a cabeça.

— Achei que não era da conta dele. Paguei a fiança com meu próprio dinheiro. — Ela umedeceu os lábios. Apesar de ser muito cedo, já estava com o rosto coberto de maquiagem. As aparências ainda vinham em primeiro lugar. — Queria que você soubesse... — Pela primeira vez sua voz vacilou. — Queria que você soubesse que sinto muito.

Ryan a olhou, franzindo a testa.

— Por quê?

— Por tudo o que aconteceu. A maneira como eu te tratei. — Ela balançou a cabeça. — Eu estou velha, Ryan, e não vou mudar as coisas agora. Seu pai e eu temos um acordo. As coisas não são mais como costumavam ser. Ele me deixa em paz.

Ryan não sabia por que ela estava dizendo aquilo.

— Seu filho é lindo — ela continuou, com a voz ainda baixa. — E uma das consequências das escolhas que fiz é que eu nunca vou ser uma avó para ele. — O mais fraco dos sorrisos cruzou seus lábios. — Mas pelo menos posso levar o pai dele para casa. Isso é algo que eu posso fazer.

Ryan a encarou por um momento. Ela realmente parecia ter envelhecido. O que havia acontecido com aquela mulher linda que ele tentara — e não conseguira — proteger?

Ela tinha desprezado sua ajuda. E acabara assim.

Deus, ele precisava falar com Juliet. Ela era a única pessoa que poderia fazê-lo se sentir melhor naquele momento. Ergueu o telefone novamente, olhando para a tela.

— Se importa se eu fizer uma ligação rápida?

— Vá em frente. E, depois disso, vamos tomar café da manhã e eu vou te levar para casa. Imagino que você esteja desesperado para dormir um pouco.

— Pelo menos um banho seria bom — Ryan assentiu.

Ele deixou a mãe na entrada e foi em direção à parede de tijolos, passando por uma lata de lixo de metal e desviando de pontas de cigarro. Desbloqueou o telefone, selecionou o número dela e apertou o botão de chamada.

Mas a última pessoa que ele esperava atendeu a ligação.

— Sutherland? O que você quer?

— Marshall? Onde está a Juliet?

— Está aqui, é claro.

Ele ouviu alguns resmungos, então o som da respiração de Thomas desapareceu.

— Ryan? Você está bem? Ainda está na delegacia? — Juliet estava sem fôlego.

— Você está com ele? — Ryan perguntou, com a voz baixa.

— Ryan, eu...

— O papai disse que está na hora do café da manhã. — A voz de Poppy cortou a linha. — Temos waffles e suco de laranja natural.

— Você está em casa?

— Não, estou na casa do Thomas.

Parecia que alguém estava arrancando suas entranhas, centímetro por centímetro.

— Você passou a noite com ele? — Não queria saber. Mas na verdade queria. Sua cabeça estava confusa. Tudo o que ele podia ver era névoa vermelha se formando em sua cabeça, deixando-o louco.

— Passei. Mas não é o que você está pensando. A polícia já te soltou?

Não queria responder às perguntas dela. Não quando as dele estavam explodindo em sua cabeça.

— Fui liberado sob fiança — ele disse, com a voz inexpressiva. — Posso te ver?

Houve uma breve pausa. Tempo suficiente para ele olhar para cima e ver um cardeal vermelho voando de uma das árvores sem folhas.

— Não é um bom momento.

Isso era tudo que ele precisava ouvir. Deveria saber o tempo todo, afinal as pistas estavam lá desde o início. Não importava como era bom quando estavam juntos. Nem como se sentia em relação a ela. Thomas pedira para ela voltar para casa, e ela saíra correndo. Ela o escolhera.

Enquanto ele passava a noite em uma cela, preso por tentar salvar a mulher por quem se apaixonara, ela se atirava nos braços do homem que a tratara como lixo. Ele queria socar algo de novo. Queria fazer alguém sofrer como estava sofrendo.

Que idiota havia sido.

26

> Oh! A esquecer-me ensina o pensamento.
> — *Romeu e Julieta*

— O que o Sutherland queria? — Thomas colocou a xícara de café com cuidado sobre a mesa, sem afastar os olhos do rosto dela. — Já o liberaram?

Juliet olhou para os waffles à sua frente. Poppy havia derramado meia garrafa de xarope de bordo sobre eles. O líquido melado estava fazendo seu estômago revirar. Ela respirou fundo, decidindo ignorar a pergunta.

— Eu e a Poppy precisamos ir para casa. Tenho que cuidar da loja, e ela está perdendo aula.

— Não até saber que vocês estão seguras.

Ele soava muito razoável e racional, mas, ainda assim, pensar em ter que ficar na casa dele a fazia sentir uma prisioneira.

— Claro que estamos seguras. O Ryan não é violento, você só o irritou. — Ela olhou para Poppy, sem querer dizer mais nada. A pobre garota já tinha escutado o suficiente.

— O homem é uma ameaça a todos nós. Ele me bateu, Juliet, é um animal. Não estou disposto a arriscar com a minha família. Você precisa ficar aqui até eu conseguir uma ordem de restrição.

Ela empurrou o prato, incapaz de continuar olhando. Por alguma razão, o tom calmo de Thomas parecia mais ameaçador do que qualquer grito que ele pudesse ter dado.

— Fiz tudo o que pude. Você me pediu para ficar aqui ontem à noite e eu fiquei. Me pediu para não deixar a Poppy ir à aula hoje e eu atendi. Mas temos coisas a fazer. O Ryan não vai machucar ninguém, nós dois sabemos disso. E nenhum juiz vai emitir uma ordem de restrição depois que souber o que realmente aconteceu.

Ela deu outra olhada para Poppy, que fazia desenhos com seu próprio xarope de bordo.

— Querida, por que não vai escovar os dentes? Depois disso, vamos para casa.

— Não. — A expressão de Thomas era implacável. — Vocês não vão a lugar nenhum.

Ela ergueu os olhos para ele.

— Vou, sim. Estou indo para casa. — Sentindo a atmosfera tensa, Poppy não disse uma palavra. Em vez disso, correu para as escadas, deixando o café da manhã para trás. Juliet não podia culpá-la por querer escapar da discussão. Ela ouvira o suficiente para uma vida inteira.

— Não vá assim. Pense no que eu disse. Sei que você tem uma queda pelo Sutherland, mas você mesma falou que ele vai embora em breve. Não vire as costas para mim por algo que não vai durar. — Ele estremeceu. — Eu cometi um erro e me arrependo desde então.

Sua voz soou sincera. O peito dela se apertou com as palavras. E, por um momento, ela considerou a oferta, pensou em ficar ali com Poppy, que claramente estava satisfeita por passar a noite com os pais naquela casa. Mas a lembrança de Ryan voltou aos seus pensamentos, e ela soube que isso nunca daria certo.

— Não estou mais apaixonada por você, Thomas — ela declarou, embora dizer aquilo doesse. — Não posso ficar com você, não depois de tudo que passamos.

A expressão dele endureceu.

— Então você vai levar a minha filha para casa para ficar perto dele, mesmo que ele seja violento?

Juliet revirou os olhos.

— Ah, pelo amor de Deus, desde quando ela se tornou *sua* filha? Ela é nossa, Thomas, e nós vamos decidir juntos o que é melhor para ela. Eu sei que você está bravo com o Ryan e concordo que ele não devia ter te dado um soco. Mas talvez você não devesse ter dito o que disse também. Você devia se desculpar por isso.

Thomas vociferou:

— Por que é que eu deveria pedir desculpas? Te pedi para voltar para casa, para voltarmos a ser uma família, e você jogou isso na minha cara. Você disse muitas coisas que eu tive que ignorar, Juliet, e fez muitas coisas terríveis também. Até consegui persuadir a Nicole a não dar queixa quando você bateu nela. E, depois de tudo isso, você ainda não vai fazer o que eu pedi.

Juliet empurrou a cadeira para trás e apoiou as mãos sobre a mesa.

— Eu bati na Nicole porque a encontrei na nossa cama, se você não se lembra. Foi você que me enganou, que trouxe outra mulher para o nosso relacionamento, e é o único responsável pelo fim do nosso casamento. Eu te ofereci um acordo justo e você o rejeitou. — Bateu a palma das mãos na superfície de madeira, como se para enfatizar suas palavras. — E agora eu vou pegar a nossa filha e levá-la para casa. Nos vemos quando você for buscá-la neste fim de semana.

— Então é isso? Vai ignorar o que eu quero?

Ela balançou a cabeça.

— Não, Thomas, eu ouvi o que você quer em alto e bom som. Mas decidi que as minhas necessidades, e as da nossa filha, são sempre mais importantes.

Ele se levantou, o rosto vermelho.

— Mantenha esse cretino longe da minha filha, ou eu vou...

— O quê? — ela o interrompeu. Não precisava ouvir a resposta. Não se importava com qual era. Thomas não podia mais magoá-la, a menos que ela permitisse.

Ele ia deixar de ajudá-la financeiramente? Bem, ela podia se sustentar sozinha.

Ia ameaçá-la, dizendo que ficaria com a guarda da Poppy? Bem, ele a estava ameaçando havia meses e nada tinha acontecido. Ele falava muito, mas não agia. Sempre foi assim.

Como não tinha visto isso antes?

Essa noção parecia um peso saindo de seus ombros. Por todo aquele tempo, estava seguindo a cartilha dele, quando tudo o que tinha que fazer era recusar. Ela se sentia como Dorothy batendo os saltos dos sapatos um no outro e percebendo que o tempo todo ela tinha o poder. Ela simplesmente não sabia disso.

Mas agora sabia. Via tudo com muita clareza. Ele estava tentando controlá-la, mesmo depois de ter estragado tudo. Ao acusá-la de não corresponder a suas expectativas, ao culpá-la por sua traição, ao dizer que ela não era boa mãe, quando colocava Poppy em primeiro lugar em tudo o que fazia.

— Se for embora, não ache que vai voltar. — A voz dele era baixa. Ameaçadora. — E não espere que eu facilite as coisas para você.

Ela balançou a cabeça.

— Aprendi a ter zero expectativa quando se trata de você. Dessa forma, nunca fico desapontada. Agora me desculpe, tenho uma vida para viver. Nos vemos no fim de semana.

Quando voltaram para casa, já era quase hora do almoço. Em vez de levar Poppy para a escola, Juliet decidiu que a agitação das últimas vinte e quatro horas era o suficiente para que tivessem um dia de folga. Então, depois de Lily concordar em cuidar da loja, mãe e filha vestiram pijamas e assistiram a um filme antigo na TV, se aconchegando debaixo do cobertor enquanto dividiam uma tigela de pipoca.

Mal haviam se passado vinte minutos e Poppy adormeceu. O cabelo caiu sobre as bochechas rosadas quando a respiração se tornou leve e regular. Puxando o celular do bolso com cuidado, Juliet digitou uma mensagem para Ryan.

> Você está bem? Desculpe por não ter conseguido conversar mais cedo. Explico tudo mais tarde, se você puder vir aqui.

Ela mal podia esperar para contar a ele que finalmente havia enfrentado Thomas. Que havia compreendido que era ela quem tinha todas as cartas nas mãos. E, mesmo que ainda estivesse zangada com o fato de Ryan ter batido no marido, sabia que eles poderiam resolver tudo.

> Estou bem. Não vou poder ir.
> Tenho muita coisa para fazer.

Suas palavras pareceram um tapa no rosto dela. Ela piscou algumas vezes, lendo de novo. Ele também estava com raiva dela?

Poppy roncava baixinho, as pernas dobradas contra a barriga. Levantando o cobertor, Juliet se afastou da filha e foi para a cozinha. Olhou pela janela para a casa de Ryan, na tentativa de vê-lo.

Não havia sinal dele.

Escreveu outra mensagem.

> Estou livre agora, se for um bom momento para você. Gostaria muito de te ver.

Pressionou "enviar" antes que pudesse se convencer do contrário. Escrever essas palavras a fez se sentir desconfortável, como se estivesse se colocando em risco.

> Sinto muito, tenho muita coisa para encaixotar. Vou embora amanhã.

Suas pernas amoleceram. Ela se debruçou na bancada, tentando absorver a resposta. Estava indo embora? Ele não havia mencionado nada disso antes. Ela piscou, tentando se lembrar da última vez que estiveram juntos, na cama dele. Em momento algum ele falou em ir a qualquer lugar. Não até que o ano letivo acabasse e o verão chegasse. Com certeza ele não ficaria longe por muito tempo, não é?

Mordiscando o lábio, apertou o ícone de ligação ao lado do nome dele. Ryan atendeu quase que imediatamente.

— Oi.

— Para onde você vai? — ela deixou escapar.

Ryan pigarreou. Ela podia ouvir música tocando ao fundo. Uma espécie de música country lenta.

— Para Nova York. Surgiu uma coisa.

— Que coisa? — Juliet se sentiu quase envergonhada de perguntar. Como se estivesse tomando liberdades que não tinha o direito de ter.

— Algo a ver com o meu contrato. — Sua voz era tão ríspida quanto a resposta.

— Por quanto tempo vai ficar lá? O Charlie vai com você? — Sentia como se um grilhão de ferro apertasse seu peito. A cada segundo, ficava mais justo e doloroso.

— Não. A Sheridan vai cuidar dele enquanto eu estiver fora.

A mãe de Charlie estava lá? Juliet inspirou, mas o ar não chegou aos pulmões.

— Você não tem um tempinho agora? — Ela mordiscou o lábio inferior. — Precisamos conversar. — Podia ouvir as passadas rítmicas, como se ele estivesse andando de um lado para o outro. Ela o imaginou no corredor com os pés descalços batendo nas tábuas de madeira quentes. Tão perto, a poucos metros de distância.

E, ainda assim, tão longe.

— Lond... — Ele tossiu. — Juliet, olhe, nós dois sabíamos que isso era uma coisa passageira, certo? Você tem coisas a resolver, e eu tenho um trabalho a fazer. Nunca seríamos compatíveis e estávamos bem com isso. Te desejo tudo de melhor, desejo mesmo. Mas não posso mais ser aquele em quem você se apoia.

A compressão em seu peito subiu pela garganta, formando um grande nó que a impediu de inspirar. Podia sentir os olhos começarem a doer, e, embora tenha piscado para afastar as lágrimas, novas as substituíram imediatamente.

— Nunca te pedi para fazer isso — ela disse baixinho. — Nunca pedi para você fazer nada.

Outro silêncio. Ela quase podia imaginá-lo olhando para o chão e balançando a cabeça. Tudo entre eles parecia carregado, como se o ar estivesse denso, abafando a comunicação como um nevoeiro.

— Não sei o que você quer que eu diga.

Ela fechou os olhos, mas o pânico a seguiu.

— É isso? — perguntou. — Sem explicações, sem promessas, apenas um rápido adeus pelo telefone? Você não pôde nem vir até aqui e me dizer isso pessoalmente?

— Te dizer o quê? Que eu vou para Nova York? — Ryan parecia confuso. — Eu não sabia até hoje de manhã.

Ela não estava falando disso. Mas o que ela queria dizer — o que queria que ele ouvisse — era impossível de colocar em palavras. Ele não estava apenas indo para Nova York; parecia que a estava deixando. Em todos os sentidos possíveis.

Como poderia dizer isso a ele?

— Acho que te vejo quando voltar — ele acrescentou quando ela não respondeu.

— Acho que sim.

— Lon... Juliet?

Ela engoliu a saliva, embora sua boca estivesse seca.

— Sim?

— É melhor assim, certo? — Ele estava realmente perguntando isso a ela? — Nós não temos um relacionamento sério ou algo parecido. E você tem muito com que lidar. A última coisa que precisa é que eu fique por perto. Você esteve ao meu lado quando precisei e espero estar ao seu também. Ainda somos amigos, não somos?

Um brilho de lágrimas se formou por trás de suas pálpebras. Ela piscou para deixá-las escaparem. Então fechou os olhos novamente, sentindo as gotas quentes escorrerem pelas bochechas e caírem do queixo.

Ainda eram amigos? Ela nem sabia mais o que isso significava. Não sabia se era possível sofrer assim por causa de uma amizade.

Olhando pela cozinha, se viu refletida na porta de vidro do micro-ondas. Estava debruçada, uma das mãos segurando o telefone no ouvido, a outra espalmada na bancada, o braço tenso sustentando o peso do corpo. No reflexo, viu uma mulher arrasada.

E odiava isso.

— Não, não acho que podemos ser amigos — ela disse, tentando esconder a dor em sua voz. A necessidade de correr e enterrar a cabeça em algum lugar quente e escuro era quase esmagadora. — Adeus, Ryan.

— Espere. Londres, eu...

Mas ela não podia esperar. Não se isso significasse deixar a pressão no peito aumentar até parecer que ia explodir. Em vez disso, encerrou a ligação, jogando o celular no balcão antes de correr para o banheiro, onde trancou a porta e caiu no chão de ladrilhos, as lágrimas rolando pelas bochechas como se nunca fossem parar.

Ryan jogou o celular no colchão e bateu na colcha de algodão com o punho ainda machucado. A dor subiu por seu braço, mas ele a ignorou, franzindo a testa enquanto olhava para a mala aberta na cama. Estava cheia de roupas leves, pronta para o voo do dia seguinte.

— Ry, a que horas temos que buscar o Charlie na escola? — Sheridan enfiou a cabeça pela porta do quarto. Seu cabelo estava preso, revelando a pele bronzeada e viçosa. Desde que chegara, naquela manhã, estivera dormindo no quarto de hóspedes e ainda estava usando a calça amarrada na cintura e um suéter branco de malha canelada. Se olhasse perto o suficiente, era possível ver uma leve ondulação em seu ventre. Três meses de gravidez — foi o que ela disse a Ryan. O pai do bebê, Carl, era membro da banda que tocava com ela. Os dois estavam planejando encontrar um lugar para alugar perto de Ryan e Charlie, assim que a turnê terminasse. Ela não queria que Charlie se sentisse desprezado pela chegada do bebê. Ela o amava demais para isso.

Sheridan estava tão animada em unir sua família, justo no momento em que Ryan estava desmoronando.

— Às três — ele respondeu sem levantar os olhos da mala. — Vou levá-lo para a sorveteria e explicar que vou ficar fora por alguns dias. Não quero sobrecarregá-lo de uma vez. — Suspirou. — Talvez eu devesse levá-lo comigo. Ele não vai perder muita aula.

Quando ergueu a cabeça, ela o observava com simpatia.

— Você mesmo disse que é só por alguns dias. E sabe que ele não vai querer deixar de ir à escola. Começaram os ensaios para a apresentação de Natal. Ele estava muito empolgado quando nos falamos por telefone.

Ryan assentiu.

— Você está certa. Não quero que ele perca isso.

— E, pela sua aparência, pode ser bom ficar sozinho por alguns dias. A sua cara está péssima desde que eu cheguei.

Tudo ao redor dele parecia raso. Estava se sentindo assim desde que entrara em casa, depois que a mãe o deixara. Toda a sua vida parecia uma série de linhas desfiadas. Nada levava a lugar nenhum, nada se encaixava. Ele estava cheio de buracos.

Finalmente levantou o olhar para encontrar o de Sheridan. Ela ainda parecia preocupada, com a testa franzida. Ele se sentiu grato por ela ter vindo tão rápido, pegando o voo seguinte em Baltimore depois de seu pedido urgente. Talvez ela estivesse planejando vir de qualquer maneira, com a gravidez e tudo o mais, mas tinha funcionado bem para os dois.

— Tem certeza de que quer fazer isso? — ela perguntou, inclinando a cabeça para o lado.

— Fazer o quê?

— Partir tão de repente. Esse problema no contrato é realmente tão importante?

Ele deu de ombros.

— É só uma coisa que eu preciso regularizar. Melhor fazer isso agora, já que posso estar preso em janeiro.

Sheridan sorriu.

— Acho que nós dois sabemos que isso não vai acontecer. O seu advogado não disse que, na pior das hipóteses, você teria que pagar uma multa? Se achassem que você era algum tipo de maníaco violento, não te deixariam sair do estado.

Isso era verdade. A primeira coisa que fez foi verificar com o advogado se havia problema em viajar, mesmo que estivesse solto sob fiança. De acordo com Frank, não havia problema, desde que aparecesse para a audiência.

Se houvesse uma.

Ele olhou para cima.

— Agradeço muito você ter vindo tão rápido. Espero que não tenha problemas demais com a banda.

— Ainda bem que eu estou dormindo com o vocalista — ela disse, esfregando o ventre. — E a turnê não está tão divertida quanto costumava ser. Não sei se estou ficando velha, mas comecei a desejar vir para cá para passar um tempo com o Charlie. Acredita que estou realmente ansiosa para poder levá-lo e buscá-lo na escola?

Seu olhar arregalado de espanto fez Ryan rir.

— O que aconteceu com aquela garota descolada que não podia ficar no mesmo lugar por mais de uma semana?

Ela baixou a voz, como se estivesse contando um segredo.

— Acho que ela cresceu. Mas não conte a ninguém.

Ele balançou a cabeça.

— Você está crescendo e eu estou regredindo. Me sinto como um adolescente agora.

Ela inclinou a cabeça para o lado.

— Ela te pegou de jeito mesmo, hein?

Ele fechou os olhos por um segundo, mas tudo o que podia ver era Juliet. Abrindo-os novamente, olhou para Sheridan.

— Não é culpa dela. — E, no fim das contas, isso realmente não importava. Estava sangrando, independentemente de quem segurasse a faca.

— Eu sabia. Sabia que tinha mulher envolvida. — Ela bateu palmas. — Vamos lá, quem é? Deve ser alguém especial para fazer você fugir assim.

— Não tem ninguém.

— Mentira. — Ela cruzou os braços. — Você está com medo, Ryan. É óbvio. É aquela mulher de quem o Charlie não para de falar? A vizinha de vocês?

— Não quero falar sobre isso.

O rosto dela se suavizou.

— Você nunca quer. E, embora isso me deixe louca, também é uma das coisas de que gosto em você. Você é um homem forte, Ry, e estou feliz que o nosso filho tenha você como pai.

As palavras simples o tocaram profundamente na alma. Sua voz estava rouca quando respondeu:

— Não tão feliz quanto eu por tê-lo como filho.

O canto do lábio dela se curvou.

— Então vá e faça o que precisa. Contanto que esteja indo pelos motivos certos. Porque não há nada pior que fugir só para descobrir que seus problemas compraram uma passagem e decidiram viajar com você.

27

Em tempo algum teve um tranquilo curso o verdadeiro amor.
—*Sonho de uma noite de verão*

Juliet ajeitou os joelhos embaixo do queixo, abraçando as pernas enquanto se sentava na cadeira perto da janela do quarto, olhando para o outro lado do pátio e para a construção de estuque branco do lado oposto. Ele estava lá em algum lugar, arrumando a mala ou imprimindo a passagem. Talvez estivesse acomodando o equipamento fotográfico nas caixas, embalando a câmera e as lentes para transportá-las com cuidado sabe-se lá para onde.

A pressão no peito não aliviou em momento algum desde que ele dissera que ia viajar. Na verdade, havia ficado ainda mais forte enquanto ela olhava para o celular, imaginando se ele ligaria de volta e prometeria logo estar em casa. Será que ia mandar uma mensagem para dizer que sentia tanto a falta dela quanto ela a dele?

Só precisava fechar os olhos para se lembrar do jeito dele na última vez que estiveram juntos. Quando ele lentamente deslizara para dentro dela, os olhos capturando os seus com intensidade, a respiração suave, os beijos gentis. Ela se sentira segura nos braços dele. Houve um momento — logo depois de atingirem o clímax — em que não conseguiam tirar os olhos um do outro. Foi como se ela tivesse encontrado tudo o que sempre havia procurado bem ali, acima dela.

Agora estava terminado e doía demais.

Poppy se deitou na cama sem reclamar, caindo direto no sono, apesar de ter cochilado mais cedo. A casa estava quieta e escura. O silêncio ricocheteava nas paredes, lembrando-a de como estava sozinha. Que não valia a pena lutar por ela.

Juliet seguiu sua rotina da hora de dormir no piloto automático. Lavou o rosto, escovou os dentes e vestiu o pijama felpudo. Embora tivesse aumentado o aquecedor, ainda sentia frio. Ela se deitou na cama, puxando a colcha com firmeza, mas seu corpo ainda tremia embaixo dos cobertores. Alguns momentos depois, ouviu o barulho de pés descalços nas tábuas do piso do lado de fora do quarto. Poppy abriu a porta e cruzou a curta distância até a cama sem dizer nada, se aconchegando e abraçando Juliet.

Quando foi a última vez que a filha havia dormido em sua cama? Juliet não conseguia nem se lembrar. Talvez quando era bem pequena, com medo do escuro e procurando conforto onde quer que pudesse encontrá-lo.

Juliet a abraçou, acariciando o cabelo da menina enquanto Poppy se aconchegava nela, fechando os olhos com força. Talvez outro dia ela a tivesse levado de volta para a cama e ficado lá até Poppy adormecer. Mas não nesta noite.

Porque esta noite ela precisava de conforto tanto quanto a filha.

Na manhã seguinte, Poppy acordou antes de Juliet. A primeira coisa que Juliet ouviu foi o piso do banheiro rangendo quando a menina foi até lá. Um minuto depois, o som da descarga seguida de água corrente deixou claro para Juliet que seu dia havia começado. Olhou na porta espelhada do armário, vendo as marcas vermelhas reveladoras ao redor dos olhos. Sua pele estava pálida, as bochechas, finas, e seu cabelo ruivo — geralmente tão ondulado — caía sem jeito sobre os ombros.

Estava péssima.

De alguma forma, conseguiu preparar Poppy para a escola. O cabelo foi penteado, o almoço embalado e, como de costume, teve que lembrá-la três vezes de escovar os dentes antes que ela finalmente cedesse, indo até o banheiro enquanto revirava os olhos. A carência da noite anterior havia desaparecido, substituída por sua força característica. Mesmo que isso significasse mais trabalho para Juliet, ela estava feliz em ver que o espírito de luta da filha havia voltado.

Estavam apenas alguns minutos atrasadas quando chegaram à escola. Juliet parou em uma pequena vaga nos fundos do estacionamento, estremecendo com os modelos caros estacionados ao lado do seu veículo.

— Abra a porta com cuidado — pediu a Poppy.

— Eu sei. — Outro revirar de olhos. Só Deus sabia como ela seria quando chegasse à adolescência. Juliet se espremeu pela abertura estreita da porta, observando Poppy fazer o mesmo com cuidado. Elas seguiram o caminho pintado pelo estacionamento, em direção aos altos prédios de arenito em meio a um parque arborizado. Era isso que oito mil dólares por semestre ofereciam: a melhor educação, no melhor ambiente.

— Ah, Juliet, eu ia te ligar. Estamos procurando voluntários que ajudem a decorar a sala de aula no próximo fim de semana — Susan Stanhope falou. Ela estava de pé em um círculo com outras três mães da turma. Juliet reconheceu Emily e Marsha — ela as conhecia havia três anos —, mas a terceira mulher era nova para ela. Linda também, mesmo com o cabelo preso em um coque bagunçado e sem maquiagem. A mulher se virou para olhá-la com uma expressão curiosa no rosto.

— Tenho que trabalhar no sábado — Juliet falou, parada a um metro e meio das mulheres. — A que horas vocês planejam chegar?

— Ah, esqueci. — Susan franziu o nariz. — Deve ser péssimo ter que abrir mão dos seus fins de semana.

Ao ver os amigos entrarem na sala de aula, Poppy deu um abraço rápido em Juliet e correu na direção deles, sua trança balançando. Dessa vez Juliet deixou que seu sorriso brilhasse — estava muito feliz em ver o alto-astral da filha.

— Isso garante que tenhamos onde morar. — Juliet tentou manter a voz firme. — De toda forma, posso doar alguns arranjos florais, se ajudar. Vou pedir para a minha assistente entregar.

— Você trabalha em uma floricultura? — a mulher ao lado de Susan perguntou. — Que legal.

— Sou a dona — Juliet declarou. — É pequena, mas é minha.

Ao contrário das outras, a morena não pareceu perturbada com a admissão de Juliet de que realmente precisava ganhar o próprio sustento.

— A propósito, eu sou Sheridan. A mãe do Charlie Sutherland. — Ela ofereceu a mão fina para Juliet. Dando um passo à frente, Juliet a apertou brevemente, tentando não parecer muito curiosa.

— Sou Juliet Marshall. A mãe da Poppy.

As sobrancelhas de Sheridan se elevaram.

— Poppy, da casa ao lado?

Ela assentiu.

— Somos nós. Se fizermos muito barulho, sinta-se livre para reclamar.

— Eu adoro a sua casa. O jardim é tão lindo. Vocês devem se divertir muito lá.

Sheridan claramente não havia recebido o memorando das garotas malvadas de que deveria ser rude com Juliet. E, por mais que quisesse se ressentir com essa mulher, a única que tinha uma ligação inquebrável com Ryan, Juliet simpatizou com ela.

— A Sheridan não é adorável? — Susan interveio com sua voz alta. — O Ryan é um homem de sorte, não é? Eu contei a ela que muitas mães têm se agarrado a cada palavra dele, mas foi ela quem o agarrou. — E deu a Juliet um olhar significativo.

— Ah, nós não moramos juntos — Sheridan respondeu. — Na verdade, nem estamos juntos. Dividimos a responsabilidade pela criação do Charlie, embora o Ryan tenha a guarda.

Susan não se impressionaria tanto se Sheridan dissesse que praticava culto satânico. Ela franziu o nariz, olhando a moça de cima a baixo, os olhos desviando de um lado para o outro enquanto tentava pensar em algo para dizer.

— De qualquer forma, acho que o Ryan não está mais no mercado. Pelo que sei, ele se apaixonou por alguém. — Sheridan sorriu, chamando a atenção de Juliet. — Mas ele é como todos os homens, meio teimoso, se você entende o que eu quero dizer.

— Bem, preciso ir. Tenho pedicure marcada para as nove e meia. — Susan se virou para olhar para Marsha e Emily. — Café na minha casa mais tarde, meninas?

— Claro. Nos vemos lá.

As três se afastaram sem se dar o trabalho de se despedir, deixando Juliet e Sheridan ali de pé.

— Tenho que ir também. Preciso abrir a loja — Juliet falou.

— É uma pena. Eu ia te convidar para um café — Sheridan respondeu. — Não conheço ninguém aqui; imaginei que você pudesse me colocar por dentro de tudo.

— O Ryan não fez isso?

Sheridan riu.

— Você conhece o Ryan, ele não enxerga algo nem se balançar bem diante do nariz dele. Essas mulheres, por exemplo. Ele acharia que elas estavam sendo simpáticas. Mas você sabe, assim como eu, que são umas vacas tentando te colocar para baixo. Ele é cego para esse tipo de coisa.

— E todos os homens não são assim?

— Pode crer! — Sheridan assentiu. — Tem certeza que não pode ir a minha casa para tomar um café?

Juliet olhou para o relógio.

— Talvez na hora do almoço. Minha assistente chega às onze, e ela pode cuidar da loja por um tempo. — Juliet se lembrou de dar um bônus de Natal generoso a Lily. Ela merecia.

O rosto de Sheridan se iluminou.

— Que bom.

— Tem certeza que o Ryan não se importa? — Juliet mordiscou o lábio inferior. — Você pode vir até a minha casa se ele se importar.

— Até lá o Ryan já vai estar no aeroporto. O voo dele parte ao meio-dia. Vamos ser só nós duas.

Juliet assentiu, tentando ignorar o aperto no coração. Ele estava seguindo em frente. Talvez isso fosse uma coisa boa. Assim que ele partisse, ela conseguiria respirar novamente, porque, agora, só o pensamento de inspirar já tomava toda a sua energia.

※

— Me desculpe pela bagagem. Ainda não consegui desfazer as malas. — Sheridan liderou o caminho, passando pelas malas de couro vermelho no corredor. — Eu só vou ficar alguns dias. Com certeza, trouxe coisa demais.

— Elas chegaram à cozinha, onde Sheridan pegou a cafeteira e a encheu de água. — Pode ser descafeinado?

— Claro.

— Sente-se — Sheridan falou, apontando para a bancada. — Tem pão se quiser fazer um sanduíche. Aposto que você não teve tempo de almoçar.

Juliet se sentou no banquinho de plástico branco.

— Não estou com fome.

— Ah, também queria não estar. Tenho comido igual a um cavalo. Juro que essa coisa dentro de mim é um canibal. — Esfregou o ventre. — É bem estranho, porque nos três primeiros meses a gente coloca tudo para fora e nos três seguintes come tudo que vê pela frente. Sou escrava dos meus hormônios.

— Você está grávida? — Juliet perguntou, hipnotizada pelos movimentos lentos e circulares que a mão de Sheridan fazia na barriga.

— Sim, de quase quatro meses. Já estou do tamanho de uma casa.

Juliet riu. Não havia nada ali.

— Você está em forma.

— Estou usando calça folgada. — Ela apontou para a calça preta. — Principalmente porque nenhum dos meus jeans está servindo. Não paro de perder roupas, por isso todas as malas.

A máquina de café começou a funcionar. Sheridan abriu a porta do armário e a fechou imediatamente, abrindo a seguinte antes de coçar a cabeça.

— As canecas ficam no canto — Juliet indicou.

Sheridan se virou para olhá-la, colocando as mãos nos quadris.

— E como você sabe? — perguntou, com a voz divertida.

Juliet fingiu dar de ombros.

— Sou vizinha. Já tomei café aqui.

Sentando no banquinho do outro lado do balcão, Sheridan empurrou uma caneca fumegante de descafeinado para Juliet.

— Só café? — perguntou baixinho.

Juliet se inclinou para a frente.

— Às vezes ele me dá um biscoito também — ela sussurrou.

Sheridan soltou uma risada.

— Você é muito engraçadinha. Eu sei que algo está acontecendo entre vocês. Não sou burra, posso somar dois mais dois. Primeiro o Charlie só fala de você e da Poppy, depois recebo um telefonema do Ryan me dizendo que deu um soco no queixo do seu marido e que vai para a cadeia. E então o jeito carrancudo como ele ficou andando pela casa desde que eu cheguei, parecendo uma noite tempestuosa de novembro.

Juliet se sentiu estranhamente animada pela descrição que Sheridan fez de Ryan. Pelo menos ela não era a única deprimida.

— Não há nada acontecendo entre nós. Não mais.

— Mentira. — Sheridan olhou para ela enquanto levava a xícara aos lábios. — Eu sei que tem. O que não sei é por que ele está fugindo.

— Ele não está fugindo. Tem que resolver algo do novo trabalho. É importante para ele. — Juliet baixou a caneca, esfregando a língua no lábio inferior para pegar uma gota de café ali. — Ele nunca me prometeu nada.

— Então estava acontecendo alguma coisa?

Juliet passou o dedo pela borda da xícara, a ponta rangendo ao completar o círculo. Como ela tinha ido parar ali, sentada em frente à ex do seu ex — o que já era bem estranho —, tentando explicar o que havia acontecido entre ela e Ryan? Ele e Sheridan tinham, na melhor das hipóteses, um relacionamento não convencional. Ela parecia muito confortável interrogando-a sobre os dois enquanto estava na casa dele. Mas ela realmente queria ouvir os detalhes do que havia acontecido?

Mais importante: Juliet estava à vontade para falar sobre isso? Ela se remexeu na cadeira, se sentindo desconfortável.

— Nem sei por onde começar. Não sei explicar o que estava acontecendo entre nós. Tudo o que sei é que acabou. Ele foi bem claro quanto a isso.

— O que faz você pensar que acabou?

Uma meia risada reverberou em seu peito.

— Ah, eu não sei. Talvez o fato de que ele disse que havia acabado. Sem mencionar o pequeno detalhe de sair correndo da cidade como se a vida dele dependesse disso.

— Ah, mas ele é homem. Eles são idiotas, lembra?

Ela encontrou o olhar divertido de Sheridan.

— Sim, você tem razão. — Juliet não podia acreditar como era fácil falar com aquela mulher. Isso a lembrava das noites de sábado na cozinha, cercada pelas irmãs enquanto riam dos garotos. — Posso te fazer uma pergunta?

— Claro. — Sheridan deu de ombros. — Não posso recusar, né? Estou te enchendo de perguntas há dez minutos.

— Por que você e o Ryan se separaram?

— Você acha que nós éramos um casal? — Sheridan ergueu as sobrancelhas. — Ele te disse isso?

Juliet piscou rapidamente, tentando se lembrar do que Ryan havia dito sobre a mãe de Charlie. Eles mal falaram sobre ela, além do fato de que estava em turnê com a banda enquanto Ryan cuidava do filho.

— Na verdade, não. Ele disse que te conheceu enquanto viajava pela Ásia. Acho que preenchi as lacunas por conta própria.

— E de forma errada, pelo que parece. — Sheridan sorriu para tirar a rispidez das palavras. — Nós nunca fomos um casal. Não me entenda mal. Eu amo o Ry, mas ele também me deixa louca. E, mesmo que não deixasse, ele não faz o meu tipo. Tão avesso ao rock'n roll. — Ela estremeceu. — Já o Carl é totalmente o meu tipo.

— Carl é o seu namorado? — Juliet perguntou, confusa.

— Meu noivo — Sheridan respondeu, levantando a mão e acenando até que o diamante em seu dedo captasse a luz. — E o pai desse monstrinho.

— Vou parecer boba — Juliet falou, tentando descobrir o que estava deixando passar, porque aquilo não fazia sentido algum. — Mas, se você e o Ryan eram apenas amigos, como o Charlie aconteceu?

— Tequila — Sheridan respondeu, arregalando os olhos como se quisesse enfatizar as palavras. — E pura idiotice. Éramos bons amigos e decidimos viajar para Koh Samui juntos. Até agimos como cupidos um do outro. Mas uma noite nós bebemos demais e tudo virou um apagão. Quando acordamos de manhã, olhamos um para o outro e juramos nunca mais tocar no assunto. Mas minha menstruação atrasou, a seguinte também, até que fui ao médico e fiz o exame. E, quando o Charlie nasceu, fizemos o exame de DNA, só para ter certeza de que ele era do Ry.

— Ele me disse que não gosta de ser chamado de Ry — Juliet comentou, tentando entender tudo. Sempre achara que Sheridan era um amor perdido, mas o fato de ela não ser uma rival, no passado ou no presente, deixava Juliet mais feliz do que poderia dizer. Porque ela realmente gostava daquela mulher.

— Eu sei. — Sheridan assentiu com alegria. — É por isso que eu o chamo assim. Ele fica louco da vida.

Juliet não pôde deixar de rir.

— E como você chama o Carl?

— Idiota, na maior parte das vezes. Querido, se eu estiver de bom humor, o que não tem acontecido muito nos últimos três meses.

Juliet inclinou a cabeça para o lado.

— Você vai continuar em turnê quando o Ryan voltar? — Se ele voltasse. Juliet ainda não podia deixar de sentir que ele estava indo embora para sempre, apesar do que ele e Sheridan disseram.

E, no fim, não importava. De toda forma, ele não a queria.

— Não sei — Sheridan admitiu. — Estamos procurando um apartamento para alugar em Nova York. O Carl planeja vir para o Natal, então eu espero ter algo até lá. Seria bom estar perto do Charlie. Sinto falta do meu filho, sabe? Mesmo que o pai dele me enlouqueça. Sem querer ofender.

— Você realmente acha que o Ryan vai voltar? — Juliet perguntou, incapaz de se segurar.

— Vai, sim. Não tenho dúvidas quanto a isso.

— Porque ele vai ter uma audiência no tribunal? — Juliet questionou. — Ou por outro motivo?

— Audiência? Não fazia ideia. — Sheridan deu de ombros. — Bom, de qualquer maneira, é claro que ele vai voltar. Nunca o vi tão mal. O Ryan Shaw Sutherland legal, calmo e controlado está nervoso e balançado. E, se ele acha que pode fugir de todos esses sentimentos, vai ter uma grande surpresa.

— Talvez ele não esteja tão balançado quanto você pensa.

— Ah, com certeza ele está balançado por você. — Sheridan assentiu. — Quer ver como eu sei disso?

Juliet deu um meio sorriso.

— Você não vai abrir a gaveta de cuecas dele, vai?

— De jeito nenhum. Até eu tenho limites para algumas coisas. — A moça saltou do banquinho. — Venha comigo, quero te mostrar uma coisa.

Intrigada, Juliet a seguiu para fora da cozinha e pelo corredor, onde Sheridan estancou diante do porão. Ela abriu a porta, acendendo a luz para iluminar a escada. Depois desceu os degraus depressa, com Juliet atrás, até chegarem à câmara escura de Ryan nos fundos.

— Será que a gente devia ter vindo aqui? — Juliet perguntou. Uma imagem repentina surgiu em sua mente. — Não vamos encontrar cadáveres ou algo assim, vamos?

— Ele não é o Barba Azul — Sheridan falou. — Não é assustador o suficiente para isso. — Empurrando a porta, ela se virou para olhar para Juliet. — Mas você devia se preparar. Porque, com certeza, há sinais de uma obsessão aqui.

Elas entraram na pequena sala, a luz da escada brilhando atrás delas. Juliet olhou ao redor, os olhos se acostumando à luz fraca, vendo as fotos fixadas nas paredes, penduradas nos varais de secagem e empilhadas nas bancadas.

Algumas eram de Charlie. Outras, de barcos. Mas a maioria — umas vinte, pelo menos — tinham um único tema.

Juliet.

Ela engoliu em seco enquanto andava pelo lugar, olhando de um lado para o outro. Imagens dela ajoelhada, arrancando ervas daninhas dos canteiros de flores, de pé no convés do barco, o cabelo voando enquanto navegavam pela baía. Havia outra que a mostrava olhando ao longe, um sorrisinho aparecendo nos lábios, e uma ajoelhada, conversando com Charlie e Poppy enquanto apontava algo.

Era estranho estar rodeada por tantas fotografias de si mesma. E, ainda assim, eram lindas. De alguma forma, ele havia capturado algo mundano e transformado em extraordinário. A curva de seu braço, o brilho de seu cabelo, a suavidade de sua pele foram todos explorados em detalhes incríveis.

— Me diga que não foram tiradas por um homem obcecado.

Julie se virou para olhar para Sheridan. Por um momento, havia esquecido que não estava sozinha.

— Não notei que ele estava tirando fotos minhas.

— Claro que não. Mas são lindas, não são?

Ela assentiu.

— São mesmo. — Onde havia apenas vazio, Juliet pôde sentir uma pressão crescendo dentro de si, uma mistura de emoções. — Por que ele tirou tantas? — ela se perguntou.

— Porque ele está apaixonado por você.

Ela queria acreditar, queria mesmo.

— Mas ele me disse que estava tudo acabado. Ele não diria isso se me amasse.

— Eu te falei que ele é idiota. Ele é homem, afinal de contas.

Juliet olhou novamente para as fotografias em preto e branco, tentando descobrir o que tudo aquilo significava. Sheridan poderia estar certa ou não, mas naquele momento não fazia muita diferença. Porque Ryan estava em Nova York, e ela estava bem aqui.

Teria que esperar para ver o que aconteceria, mesmo que o suspense a matasse.

28

> **Sob o pesado fardo do amor eu afundo.**
> — *Romeu e Julieta*

Ryan calçou os sapatos e colocou a bolsa por cima do ombro, olhando para as informações do voo enquanto saía do saguão. Os portões de embarque estavam lotados, como de costume, e ele abriu caminho entre as famílias e homens de negócios, indo para o lounge executivo.

Mostrou a passagem para a atendente na bancada e seguiu para o bar. Depois da ansiedade dos últimos dois dias, não havia nada que desejasse mais do que uma cerveja gelada antes do voo.

— O que deseja? — o barman o cumprimentou antes mesmo de ele chegar ao balcão.

Ryan tirou a bolsa do ombro e a colocou no banquinho ao lado.

— Uma cerveja Yuengling, por favor.

— É para já.

Um momento depois já estava com a bebida, a névoa fria no vidro marrom se transformando em água gelada, as gotas se juntando na palma da mão. Ao olhar ao redor, observou as pessoas sentadas no local. Dois empresários no canto bebiam destilado e riam ruidosamente. Na outra ponta, uma senhora gentil tricotava e tomava algo de uma caneca fumegante. Café, Ryan assumiu. Mas a maioria dos passageiros estava na área de escritório, digitando furiosamente no laptop, imprimindo documentos e mexendo no celular. Alguns deles, tudo ao mesmo tempo.

Mas Ryan não queria olhar para o celular. Também não queria mexer no laptop, embora estivesse guardado com segurança em sua bagagem de mão. Em vez disso, se apoiou no balcão e fez uma careta para seu próprio reflexo no espelho da parede, sem gostar do que via.

Suspirando, tomou um gole grande de cerveja. Depois outro. Em poucos minutos, a garrafa estava vazia. Ele a colocou de volta no balcão, usando o dedo para deslizá-la até o barman. O homem a pegou e a colocou na lata de lixo debaixo da bancada.

— Quer outra? — perguntou.

Ryan olhou para o relógio. Faltava uma hora para embarcar. Ele se lembrava de um tempo — não muito distante — quando chegava para o check-in trinta minutos antes de o voo decolar. Isso não era possível agora, nesses dias de segurança estrita.

— Sim, claro. Me veja mais uma.

O barman pegou uma garrafa do refrigerador e abriu.

— Deseja algo mais?

— Não, obrigado, estou bem. — O pensamento de tentar comer alguma coisa fez sua garganta se fechar. Ele não conseguiu comer mais do que uma tigela de cereais durante o dia todo. Aquela confusão estava arruinando seu apetite.

— Vai viajar a negócios? — O garçom limpou o balcão com um pano amarelo macio. Ryan não sabia por que, já que estava brilhando.

— Sim, algo do tipo. — Ergueu as sobrancelhas para o homem.

— Não precisa parecer tão feliz com isso. — O barman sorriu para ele. Ryan se inclinou para a frente para verificar seu nome.

— Desculpe, Mike. Estou com muita coisa na cabeça.

— Eu sei. — Mike dobrou o pano e o escondeu embaixo do balcão. — Você tem aquele olhar no rosto.

— Que olhar? — Ryan franziu a testa e se olhou novamente no espelho atrás do bar.

— Aquele. — O barman acenou para ele. — Não se preocupe, vejo muito disso.

— É mesmo? — A carranca de Ryan se aprofundou. O que ele estava querendo dizer?

Um casal se sentou em duas cadeiras na extremidade do balcão. Mike caminhou até eles para anotar o pedido e depois serviu duas taças de vinho tinto. Quando voltou, Ryan havia terminado a segunda cerveja. Recusou a oferta de uma terceira.

— Você deve ver muita gente passando por aqui — Ryan falou. — Deve ser ótimo para observar as pessoas. — Ele não sabia por que ainda estava falando com o cara. Só sabia que era melhor que ouvir os próprios pensamentos.

— Claro que sim. Uma série delas. — Ele deu de ombros. — Mas, no fundo, só existem dois tipos de pessoas.

— É? — Ryan apoiou os cotovelos no balcão, intrigado. — Quais são?

O barman também se apoiou no balcão, imitando a posição de Ryan.

— Há pessoas indo para um lugar melhor e outras fugindo.

Ryan riu.

— Só isso? E as pessoas que estão apenas saindo de férias? Elas não estão fazendo um pouco dos dois?

— Não pela minha experiência. — Mike deu de ombros. — Neste emprego, querendo ou não, ouço muitas conversas e ainda não ouvi uma que não se encaixe em uma categoria ou outra. Aquele cara ali, por exemplo. — Acenou para um homem sentado no canto do bar, com o telefone no ouvido enquanto digitava no teclado. — Eu o vejo toda semana. Às vezes ele traz a esposa, em outras viaja sozinho. Quando viaja sozinho, arranja companhia para passar a noite.

— Como você sabe disso?

— Ele me contou. Você ficaria surpreso com quanto as pessoas costumam me falar. Não é como se eu fosse dizer a alguém, certo? — O homem deu um sorriso irônico. — Além de você, é claro. De toda forma, ele está constantemente à procura de algo melhor, mas o fato é que o seu algo melhor está em casa o tempo todo. O que ele não percebe é que a única pessoa de quem está tentando fugir é de si mesmo.

— E quanto a mim? Em que grupo eu estou? — Ryan olhou para ele com interesse.

O barman o olhou de cima a baixo com os olhos apertados, como se o analisasse.

— Você não falou muito, o que dificulta a leitura. Mas, a julgar pelas veias vermelhas nos seus olhos e pela expressão deprimida, eu diria que você é um fugitivo também.

— É aí que você se engana. Estou viajando para Nova York a negócios.

— Com certeza está.

— Tenho uma vida totalmente nova pela frente. — Ryan não tinha ideia do motivo pelo qual estava tentando se justificar. — E vai ser ótima. O que é melhor do que viver na Big Apple?

Pegando um copo da pia, o barman começou a secá-lo.

— Se esse é realmente o caso, então me diga... o que você está fazendo por aqui parecendo deprimido? Se estivesse mesmo empolgado com o seu futuro, não sentiria necessidade de se justificar. — Deu de ombros. — Desculpe, cara, mas, quando olho para você, vejo um fugitivo.

Ryan se olhou no espelho novamente, não gostando do que viu refletido. Pela primeira vez, pôde ver a si mesmo como o garçom descreveu.

Ele era um fugitivo.

Um fugitivo.

E estava fugindo da melhor coisa que já acontecera com ele.

🍁

Vinte minutos depois, estava na calçada do lado de fora do aeroporto, batendo o pé no piso enquanto esperava na fila por um táxi. Abriu a agenda do celular para selecionar o número dela. Assim que a ligação completou, foi direto para o correio de voz. Ele segurou o telefone no ouvido enquanto sua voz doce ecoava através do aparelho. Ela não estava disponível para atender a ligação. Poderia deixar uma mensagem?

Ele engoliu em seco. Que mensagem deixaria? Não conseguia juntar as frases pelo modo como estava se sentindo naquele momento. Ele era um idiota, talvez devesse dizer isso a ela. Mas era provável que ela já soubesse.

— Londres, pode me ligar quando receber esta mensagem? — Estremeceu com as palavras antes de pressionar a tela para desligar. Claro que ela não ia retornar sua ligação. Da última vez que se falaram, ele disse que ela não significava nada para ele.

Era mentira, mas sem dúvida ela acreditou. Afinal ele também quase acreditou.

Quando fechava os olhos, podia ver o jeito como ela o olhou quando ele deu um soco no rosto de Thomas. O choque em seu olhar, o pânico, o lábio trêmulo, todas essas reações ele tomou como rejeição. Ficou furioso com Juliet por ela ter jogado na cara dele o apoio que dera a ela, mas na verdade ela só havia tentado acalmar a situação.

Que idiota machão ele tinha sido.

Suas mãos latejavam com a necessidade de tocá-la, de abraçá-la. Ele queria sentir seus cabelos macios, entrelaçar os dedos neles. Não sabia o que era tranquilidade desde a última vez que estivera com ela. Sem Juliet, tudo parecia quieto e triste.

Um táxi parou, e, quando a primeira pessoa entrou, a fila se arrastou. Ele bateu o pé no chão novamente, incapaz de ficar ali esperando. Era como se estivesse na linha de partida com o corpo preparado, os músculos tensos, mas sem ter para onde ir. Se não estivesse a oitenta quilômetros de Shaw Haven, consideraria correr até lá.

Ele tinha que fazer as coisas direito, mesmo que ela nunca mais quisesse falar com ele. Precisava dizer a ela que era um tolo, que não quisera dizer nada daquilo para ela e que a queria em sua vida.

Que, sem ela, um recomeço não significava nada.

Talvez o tempo todo fosse ele que precisava de um cavaleiro de armadura brilhante.

Para ele, o táxi não o levaria lá rápido o suficiente.

※

— Mamãe, seu telefone está vibrando.

— Tudo bem. Quem quer que seja pode deixar uma mensagem. Venha aqui e segure isso para mim. Quero torcer a hera em volta da armação. — Poppy pulou para ajudar, colocando os dedinhos na ponta do galho enquanto Juliet passava as folhas pelo arame. Era a terceira guirlanda de Natal que faziam naquele dia. Quase não estavam dando conta dos pedidos e, se fosse honesta, era uma ótima desculpa para não ir para casa e pensar muito em tudo o que estava acontecendo.

— Esta é a minha sala de aula? — Poppy perguntou enquanto Juliet amarrava o fio e cortava as extremidades com a tesoura.

— É, sim. Vou fazer um festão também. Podemos entregar na sexta-feira, todos prontos para pendurar no fim de semana.

— A sra. Mason vai adorar. — O rosto de Poppy brilhava de orgulho. — Aposto que ela vai contar para todo mundo que foi a minha mãe que fez.

Juliet sorriu para a filha. A culpa que estava sentindo por não ajudar a decorar a sala de aula no sábado desapareceu. Nunca iria ganhar o troféu de mãe do ano da classe, mas o fato de fazer a filha feliz parecia suficiente.

— Vou para casa, tá? — Lily falou ao sair do escritório, colocando um gorro de lã vermelha por cima do cabelo loiro. — Vou começar o pedido dos Devereaux amanhã.

— Perfeito. Obrigada por toda a sua ajuda hoje. E por ter cuidado de tudo para mim.

— Sempre que quiser. Fico feliz em ajudar. — Lily pegou a bolsa debaixo do balcão. — A propósito, estão ótimas. — Inclinou a cabeça para as guirlandas. — Recebi pedidos para mais dez esta tarde.

— Parece que vamos ter semanas ocupadas. — Juliet não pôde deixar de se sentir aliviada. Seu negócio estava florescendo, no sentido literal e figurado. Era um peso a menos nos ombros.

— Bem, não trabalhe até muito tarde. Até mais, Poppy.

— Tchau, Lily. — Poppy acenou enquanto Lily virava a placa na porta e saía em seguida, fechando-a atrás de si. Juliet olhou para o relógio. Eram mais de cinco horas.

Do lado de fora, já estava escuro, somente o brilho alaranjado das lâmpadas da rua e os fios das luzes decorativas que a livraria em frente à sua loja tinha afixado nas janelas iluminavam o local.

— Vamos terminar esta aqui e ir embora — falou para Poppy. — O que acha de parar na lanchonete para tomar um chá? — Ainda estava evitando voltar para casa.

— Posso comer um cachorro-quente? — Poppy bateu palmas. — E tomar um sundae de chocolate?

— Por que não? — Juliet bagunçou seu cabelo. — Desde que prometa escovar muito bem os dentes hoje à noite.

Poppy assentiu, com a expressão séria.

— Claro que sim. Os dentes são muito importantes. Eu ficaria horrível sem eles.

Foi difícil não rir. Juliet mordeu o lábio para impedir que a risada saísse.

— É verdade, querida.

Levaram mais meia hora para terminar e depois limpar a sujeira. Juliet verificou o nível de água nos vasos de flores antes de desligar as luzes principais e ir em direção aos controles de alarme.

— Pegou tudo, querida? — perguntou à filha. — A mochila e os lápis de cor?

— Sim.

— Tudo bem, vamos lá. — Ela levantou a mão para digitar o código do alarme quando o telefone tocou novamente. Havia se esquecido de verificar as mensagens. Suspirando, pressionou o polegar contra o botão para destravá-lo e o aparelho ganhou vida. Assim que a foto de Poppy apareceu na tela, as notificações começaram a piscar. Mensagens de texto, WhatsApp, e-mails e correios de voz.

Sua boca ficou seca. Thomas a bombardeava com mensagens desde que ela deixara a casa dele, mas havia conseguido ignorar cada uma delas. Se quisesse falar com ela, ele poderia fazê-lo através de seus advogados.

Mas desta vez a mensagem de voz não era de Thomas. Seu pulso acelerou quando viu que era de Ryan. Pela hora, ele devia ter deixado a mensagem antes de embarcar para Nova York.

— Mamãe, podemos ir agora?

— Claro. — Ela colocou o celular de volta no bolso. Guardaria esse fragmento particular de masoquismo para mais tarde. Seu coração já estava em pedaços, não havia necessidade de parti-lo ainda mais.

A lanchonete estava meio vazia quando chegaram, e elas entraram em uma cabine e fizeram o pedido ao garçom. Um cachorro-quente e batatas fritas para Poppy, um café e salada para Juliet. Não se incomodou em pedir mais nada, só remexeu o prato. Quando terminaram e Juliet colocou vinte dólares sobre a conta, a neve tinha começado a cair suavemente do lado de fora. Poppy correu para a calçada deserta, deslizando sobre o concreto molhado, e levantou a mão para pegar um floco.

— Olha isso! — gritou de emoção. — Peguei um, peguei um. Sabia que são todos diferentes? A sra. Mason nos contou. — Ela estendeu a mão e seu rosto pareceu decepcionado. O floco derreteu com o contato da palma da mão quente. — Para onde foi?

— Há muito mais para pegar — Juliet falou. — Olhe, ainda estão caindo.

— Mas não aquele. Ele se foi pra sempre. Não posso recuperar aquele floco.

Juliet procurou as palavras certas para consolar a filha. Para explicar que, embora cada floco de neve fosse especial, eram apenas momentos fugazes, congelados no tempo e impossíveis de capturar. Coisas a serem admiradas, não guardadas.

Claro, isso a fez pensar em Ryan. Ele era muito mais do que um floco de neve e no entanto era impossível mantê-lo também. Um instante no tempo que ela nunca poderia recriar.

Isso fez seu coração se despedaçar.

Quando chegaram em casa, a mais leve camada de pó branco havia se instalado na calçada, sendo esmagada com o cascalho quando pararam na frente da porta. Juliet pegou as bolsas e apressou Poppy a subir os degraus. Estava frio demais do lado de fora.

Estavam prestes a entrar quando ela viu. Inclinou-se para olhar mais de perto, franzindo a testa ao pegá-la do capacho.

Uma flor amarela.

— Que bonita. — Poppy estendeu a mão para tocar o miolo laranja. — O que é isso?

— Um narciso. — Juliet o segurou com cuidado pela haste comprida.

— O que significa? — Poppy estava acostumada a ouvi-la dizer o significado das flores. Rosas vermelhas, paixão, margaridas brancas, inocência.

— Significa renascimento e cavalheirismo.

— O que *isso* significa? — Os dentes de Poppy bateram uns contra os outros quando ela perguntou. Percebendo o frio que estava lá fora, Juliet rapidamente abriu a porta e a conduziu para dentro.

Colocou a flor com gentileza na mesa do corredor, tomando cuidado para não machucar as pétalas.

— Está meio fora de moda. É um código que as pessoas costumavam usar nos velhos tempos. Quando lindas donzelas eram cortejadas por cavaleiros.

— Ah.

Ah.

Ela olhou para a flor novamente. Sua mão tremia quando a estendeu para tocá-la.

— Por que estava na nossa varanda?

— Não sei. Talvez alguém tenha deixado lá.

— Mas por quê? — Poppy insistiu.

Juliet não disse nada, ainda encarando o narciso. E se perguntando exatamente a mesma coisa.

29

As formosas flores são lentas,
e as ervas ruins apressadas.
— *Ricardo III*

— O que você acha que isso quer dizer? — Juliet segurava o celular. O rosto de Lucy enchia a tela. Ela estava tomando café da manhã em seu apartamento em Edimburgo. Em Maryland era o meio da noite, mas Juliet não conseguia dormir.

— Não tenho ideia. — A irmã riu. — Sou advogada, não leitora de mentes. O que *você* acha que significa?

— Não sei — Juliet admitiu. — Nem sei se foi o Ryan que deixou a flor. Tudo o que sei é que ele tentou me ligar hoje à tarde e, quando chegamos em casa, encontrei o narciso na escada. Vamos, Lucy, você é boa com essas coisas. Me diga o que fazer.

— Você está me pedindo conselhos sobre homens? — Lucy sorriu. — Depois que fiz quase tudo errado nos primeiros dias com o Lachlan? Está perguntando à pessoa errada.

— Mas você é a mulher mais inteligente que eu conheço.

Lucy afastou o cabelo dos olhos e tomou um gole de café.

— O que ele disse quando você retornou o telefonema?

— Não retornei — Juliet admitiu.

Lucy quase cuspiu o café.

— Caramba, tem razão. Você precisa sim do meu conselho. Em vez de ficarmos aqui a noite toda especulando, por que não liga para o cara?

— E se não foi ele? — Juliet perguntou. — E se ele disser adeus de novo e esfregar isso na minha cara?

— Então você vai saber que ele não é o homem certo para você.

Mas ele era o homem certo para ela. Era o único. O homem que ela via quando apagava as luzes. Aquele que cintilava em seus pensamentos pela manhã antes mesmo de conseguir desvendá-los.

— Jules? — Lucy a chamou.

— Sim? — Ela balançou a cabeça, tentando tirá-lo dos pensamentos. E falhando.

— Vá dormir. Você parece exausta.

— Você também.

Lucy sorriu.

— Obrigada pelo elogio gentil.

— Boa noite, Luce.

— Boa noite, querida. Ah, Jules?

— Sim?

— *Ligue para ele.*

🍁

— Mamãe, tem outra! — Poppy gritou da cozinha. Juliet prendeu o cabelo em um rabo de cavalo apertado e se apressou pelo corredor, murmurando enquanto seus pés batiam no chão. Estavam atrasadas. *De novo*. Graças à bateria do celular, que ela gastou ao ouvir a mensagem dele repetidas vezes, o alarme não tocou.

No momento em que chegou à cozinha, Poppy tentava encaixar a chave na fechadura da porta dos fundos, o metal raspando na madeira.

— Você sabe muito bem que não deve abrir a porta sem que eu esteja aqui — Juliet a repreendeu. — Mas o que você está fazendo? Está congelando lá fora.

Embora a neve não tivesse durado muito depois de chegarem em casa na noite anterior, a temperatura ainda estava gelada. Ela podia ouvir o aquecedor trabalhando na tentativa de neutralizar o frio.

— Eu queria ver a flor.

— Que flor? — Juliet perguntou. Ela foi até onde Poppy estava, olhando pela janela da cozinha.

Havia uma única rosa vermelha no capacho, exatamente onde encontrara o narciso na noite anterior. O broto havia acabado de florescer, as pétalas se aninhavam juntas, como se quisessem se aquecer.

— Outra — Juliet murmurou, pressionando a testa no vidro.

— É linda — Poppy falou. — De onde você acha que veio?

— Não sei. — Era mentira. Dita com a intenção de ganhar tempo. Seu telefone parecia pesado no bolso do jeans, uma lembrança da mensagem dele. Juliet deu um tapinha, mas não o pegou. Devia ligar para Ryan, sabia disso. Mas e se as flores não fossem dele?

Esse pensamento a fez querer rir. Não era como se tivesse uma série de admiradores fazendo fila em sua porta. Era Ryan ou Thomas, e, como ela sabia que o ex-marido não tinha sequer um osso romântico no corpo, só havia uma resposta.

Ele estava fazendo tudo isso de Nova York?

Olhou para o relógio e soltou um suspiro. Não tinha tempo para pensar nisso agora.

— Certo, precisamos ir. Você vai se atrasar novamente.

— Não posso ficar em casa pra ver se chegam mais flores? — Poppy franziu o nariz. — Quero arrumar todas de um jeito bonito, como você faz.

— Não, não pode. Você precisa ir à escola, e eu preciso trabalhar.

Meia hora depois, Juliet estacionou o carro na vaga em frente à floricultura. Como de costume, Lily abriu a loja e Juliet entrou correndo, acenando rapidamente antes de tirar o casaco dos ombros.

— Tudo bem?

— Tudo. Recebemos alguns pedidos esta manhã. Pode prepará-los enquanto eu trabalho nos arranjos de mesa dos Devereaux?

Juliet assentiu, pegou o avental e o amarrou na cintura.

— Ah, Lily, alguém comprou alguma rosa ou narciso ontem?

Lily franziu a testa, olhando por cima do arranjo em que estava trabalhando.

— Não faço ideia. Talvez? — Deu de ombros. — Posso dar uma olhada nas vendas de ontem para ver se saiu alguma, se você quiser.

— Não, tudo bem — Juliet falou, ignorando o fato de Lily a encarar como se ela tivesse ficado meio louca. — Só estava imaginando.

O velho sino de bronze pendurado sobre a porta da loja ecoou quando alguém a abriu. Um rapaz de uns vinte anos entrou. Ele segurava um enorme buquê de gladíolos, com florezinhas roxas desabrochando nos longos caules verdes. Olhou pela loja e franziu a testa, estendendo a mão para coçar a cabeça.

— Podemos ajudá-lo? — Juliet perguntou.

— É uma floricultura? — Ele balançou a cabeça, como se tentasse compreender o que estava acontecendo ali.

Ela reprimiu uma risada.

— Sim. Está procurando algo em particular?

— Estou procurando uma pessoa chamada... — Ele parou, depois olhou para o cartão aninhado entre as flores embrulhadas em plástico. — Juliet.

— Sou eu.

— Tenho uma entrega para você. — Ele estendeu o buquê. — Não faço ideia de por que alguém mandaria flores para uma floricultura. É maluquice. — Seu olhar de choque era engraçado. Juliet quase queria tirar uma foto com o celular para a posteridade.

— São para mim?

— Sim. Aqui é a Lower Street, 1981, certo?

— Sim, somos nós.

— E você é a Juliet?

Ela sorriu.

— Desde que nasci.

— Está bem, então. Vou deixar isso com você. — Ele esticou o braço, oferecendo-lhe as flores como se estivesse com medo de chegar mais perto. Talvez achasse que a loucura pegava. Pelo canto do olho, ela pôde ver Lily observando com interesse.

Assim que Juliet pegou o buquê, o rapaz se virou e foi para a porta. Ela o ouviu resmungar baixinho:

— Quem manda flores para uma floricultura? — No momento em que ele abriu a porta, ela estava quase gargalhando.

— O que foi isso? — Lily perguntou, saindo de trás da mesa onde estava montando um arranjo.

— Não faço ideia. Mas você devia ter visto a cara dele. — Juliet ainda sorria. — Parecia que tinham atropelado seu cachorro de estimação.

— De quem são? — Lily perguntou, apontando para os gladíolos. — Por que não ligaram pra cá e pediram as flores?

Juliet deu de ombros.

— Não faço ideia.

— Abra o cartão.

Pegando o envelopinho branco de dentro do buquê, Juliet passou o dedo pelo papel, abrindo a aba. Dentro, havia o cartão de uma floricultura — a Simeon's — com quatro palavras simples escritas em tinta azul.

Porque você é forte.

— Sem nome — Lily murmurou, lendo sobre o ombro de Juliet. — Ainda assim, aposto que, se eu ligar para lá, vão me dizer quem enviou.

— Não, não — Juliet falou apressada. — Não quero saber.

— Por que não? — A pergunta de Lily a fez lembrar de Poppy. Eram palavras simples, e, no entanto, a resposta era muito complicada. Mas havia algo maravilhoso sobre tudo o que acontecera desde que elas chegaram em casa na noite anterior. Algo milagroso nas flores e nos significados por trás delas. Ela não queria estragar nada confirmando suas suspeitas.

Ela ia fazer as coisas do jeito dele.

— Porque eu não quero saber.

— Se você diz. — Lily deu de ombros, os olhos ainda semicerrados com suspeita. — Mas eu quero.

Juliet sorriu, olhando para as flores. Eram realmente lindas. Fortes, vibrantes, o tipo de flor estrutural que ela usaria para construir um buquê. Sozinhas, porém, eram magníficas.

Ela pegou um vaso de vidro alto e o encheu com água e solução de açúcar, cortando a ponta do caule dos gladíolos para que ficassem frescos. Em seguida os arrumou no vaso, colocando-o no balcão a sua frente, feliz por ter algo adorável para olhar enquanto trabalhavam nos pedidos.

No fim das contas, os gladíolos não foram as únicas flores que ela recebeu naquele dia. Elas chegaram de forma rápida e constante — no intervalo de uma hora cada —, de sete floriculturas diferentes em Shaw Haven e nas cidades vizinhas. A cada entrega ela preparava outro vaso, até os oito estarem arrumados diante dela, cobrindo o balcão por completo.

Gladíolos roxos por sua força. Hibiscos cor-de-rosa e brancos para beleza. Papoulas vermelhas para prazer. Flores de laranjeira brancas para fertilidade. Cravos cor-de-rosa para gratidão. Miosótis azuis para lembranças, e camélias cor-de-rosa para admiração. Os dois últimos, trazidos pouco antes de a loja fechar, estavam cheios de tulipas vermelhas e ainda mais rosas vermelhas — que significavam amor verdadeiro e eterno. Ela olhou para os vasos, para aquelas flores que deviam ter custado uma pequena fortuna — muitas delas estavam fora de época —, e seu coração ficou repleto com a mensagem que ele estava tentando transmitir.

— Você já deve saber de quem são — Lily falou. — Não são do Thomas, né? Vocês dois estão voltando?

— Ah, com certeza não são do Thomas. Ele não reconheceria uma flor de laranjeira nem se ela batesse na cara dele.

— Mas você sabe de quem são? — Lily perguntou.

— Tenho minhas suspeitas.

Sua assistente se animou.

— Vamos lá, você precisa matar a minha curiosidade. Estou tentando descobrir o dia todo. Ei, não são do Fred Simpson, da floricultura em Mayweather, né? Ele sempre teve uma queda por você.

— Não, definitivamente não são do Fred — Juliet falou. — Ele é muito mão de vaca para comprar de qualquer outra loja. Se fosse ele, todos os arranjos teriam vindo da Simpson's.

— Verdade — Lily concordou. — Você realmente não vai me dizer quem acha que é?

Juliet teve pena da assistente.

— Olha, assim que eu confirmar minhas suspeitas, você vai ser a primeira a saber. Prometo.

— Tudo bem. Mas é melhor me contar logo, porque eu sei que vou perder o sono por causa disso.

— Eu também, Lily. Eu também.

Juliet desligou o carro e soltou o cinto de segurança, se recostando no banco enquanto olhava pela janela. A casa estava vazia — Thomas sabiamente concordara em buscar Poppy na escola para passar o fim de semana, evitando um encontro entre os dois. E, graças a Deus, ele tinha sido sensato o suficiente para saber que ela não queria vê-lo por um tempo.

Subindo os degraus da varanda, seus olhos foram atraídos para o tapete, e ela não ficou desapontada. Sobre ele havia um pequeno bule de porcelana com uma imagem de Londres pintada, retratando o Big Ben e a Tower Bridge, além dos ônibus e das cabines telefônicas vermelhas. E enfiadas no topo estavam delicadas flores rosas e roxas. *Silene viscaria.*

Um convite para dançar.

Ela pegou o bule pela alça, erguendo-o para olhar as flores delicadas. Não eram caras — Juliet costumava usá-las como enchimento de arranjos na loja, mas eram lindas.

E significavam tudo.

— Elas me fizeram lembrar de você.

Juliet se virou. Ryan estava de pé na varanda atrás dela. Usava um suéter grosso azul e jeans, o cabelo molhado e o rosto recém-barbeado. Mas foram seus olhos que fizeram o coração de Juliet inchar. Aqueles olhos azuis profundos, olhando diretamente para ela e dizendo tudo o que ela queria saber.

— Achei que você estivesse em Nova York — ela disse baixinho. Seus dedos se apertaram na alça. Não deixaria o bule cair, mesmo que todo o seu corpo estivesse tremendo com a chegada repentina dele.

— Eu decidi não ir. — Ele ainda estava olhando para ela, o olhar suave como lã. Ela o olhava também. Quanto tempo tinha se passado desde que o vira pela última vez, alguns dias? Parecia muito mais tempo. Tinha fome dele, uma fome que retumbava profundamente dentro de si. Como um trem distante que corria para a estação. Isso fez seu sangue esquentar.

— Por que não? — Seus pés estavam colados ao chão. Ela não ousou diminuir o espaço entre eles, não quando ele a olhava daquele jeito.

No fim não importava, porque ele deu um passo na direção dela. Estendendo a mão, afastou uma mecha de cabelo ruivo de seu rosto, colocando-a atrás da orelha.

— Eu estava sentado no bar do aeroporto — ele disse —, cercado de pessoas que viajavam para um lugar ou outro. E percebi que poderia ir a qualquer lugar do mundo e ainda não seria suficiente. Não sem você.

— Você não pode dizer coisas assim. — Sua voz estava rouca.

— Por que não? — Ele passou os dedos por sua bochecha, deixando um rastro de fogo e gelo em sua pele. — Por que não posso?

— Porque... — Ela estava sem palavras. Ele passou o polegar em sua boca, provocando um arrepio em sua coluna. — Ryan, eu...

Ele era lindo. Ela o analisou, tentando absorver cada traço de seu rosto. Seu olhar era pesado e profundo. Ele a puxou sem pedir permissão. Ela podia sentir todo o corpo começar a tremer ao toque dele.

— Eu já estive em lugares incríveis — ele continuou, deslizando a mão para a parte de trás do pescoço dela. — Vi muitas coisas bonitas. Mas nada se compara a você quando me olha assim. — Pressionou a mão em sua nuca, puxando-a para mais perto. Ela avançou sem hesitar.

Estavam a apenas alguns centímetros de distância agora. Perto o suficiente para que Juliet sentisse o cheiro dele. Ela fechou os olhos por um momento, absorvendo seu calor, sua força, enquanto os peitos roçavam um no outro. Era impossível não ser dominada por ele.

Eles eram mais do que a soma de duas partes. Muito mais.

— Você me deixou — ela sussurrou. — Foi embora quando as coisas ficaram difíceis.

Juliet abriu os olhos e o viu olhando para ela, o olhar preenchido com uma intensidade que fez seu coração acelerar.

— Sim, e me odeio por isso. Aquele foi um comportamento antigo, Londres. Respostas antigas e arraigadas ao sentimento de rejeição. Mas eu te prometo, se você concordar em me aceitar de volta na sua vida, que não vou me afastar de novo.

Ela estendeu a mão para alisar o queixo dele. O calor em seus olhos se aprofundou.

— Mas eu não rejeitei você — ela falou. — Eu pedi para te ver, lembra?

— A essa altura, a minha cabeça já estava confusa — ele admitiu. — Eu liguei para você assim que saí da delegacia. Passei a noite toda sentado naquela cela, olhando para as paredes, sem parar de pensar em você. Então, quando descobri que você estava com o Thomas, fiquei louco.

Ela podia sentir os músculos na mandíbula de Ryan se apertando.

— Eu estava com ele porque queria convencê-lo a retirar a queixa. Não confiei que ele não faria nada estúpido e pensei que, se eu ficasse de olho nele, poderia impedi-lo. Honestamente, Ryan, a última coisa que eu quero fazer é voltar com o Thomas.

Ele expirou ar quente, que tocou seus dedos.

— Eu sei que você não voltaria. Acho até que eu sabia disso naquele momento. Mas me senti um garoto novamente. Sendo rejeitado pela minha mãe... — ele disse. Olhou para baixo, balançando a cabeça. — Vou falar sobre isso algum dia.

Ela sabia que não deveria pressionar. Ele já estava se abrindo mais do que ela esperava. A vulnerabilidade estava estampada em seu rosto, fazendo-o parecer jovem, quase assustado.

— E todas aquelas flores — ela falou, tentando mudar de assunto. — São lindas. Obrigada.

Um meio sorriso se formou em seus lábios.

— Eu estava com medo de que você não fosse gostar. Enviar flores para uma florista.

— Eu adoro flores. É por isso que trabalho com elas. E ninguém nunca pensa em enviá-las para mim.

— Vou te mandar flores todos os dias se isso fizer você perceber.

— Perceber o quê?

— Que você vale a pena. Que você vale tudo. Mais do que toda a porcaria com a qual você tem lidado há anos. Você é um prêmio, Londres, e eu vou lutar com tudo o que tenho até te conquistar.

Ah, Deus, esse homem. *Esse homem*. Ele sabia como seduzi-la com algumas palavras e o olhar. Seu corpo formigava com a proximidade.

— E se você já tiver me conquistado? — ela sussurrou.

— Então vou lutar para manter você ao meu lado. Eu sei que isso não é algo para se fazer uma vez só. Vou fazer o que for preciso todas as manhãs para que você saiba quanto eu sou sortudo por ter você na minha vida.

Ela piscou para afastar as lágrimas.

— Parece uma boa maneira de acordar todos os dias.

Ele abaixou a cabeça até seus lábios estarem perto dos dela.

— Também posso pensar em outras boas maneiras de te acordar.

O canto do lábio dela se curvou.

— Ah, é? Quais?

O sorriso dele era profundo. Ela podia ver nos olhos dele, sentir na maneira como ele a tocava. Podia ouvir no modo como a respiração dele acelerou quando a beijou. Foi um beijo suave e lento, mas ela já podia senti-lo tocá-la por completo. Ele estendeu a mão para emoldurar o rosto dela, inclinando-a para aprofundar o beijo, sua língua deslizando lentamente pelos lábios de Juliet até que, com um pequeno suspiro, ela os separou.

Eles eram uma confusão de lábios, mãos e calor. Os dedos dele se entrelaçaram no cabelo dela enquanto Juliet o abraçava, pressionando seu corpo contra o dele para sentir o desejo pulsando contra si. O corpo dela pulsava também, os mamilos intumescidos, dolorida entre as pernas. A cada beijo, ele fazia com que ela precisasse mais dele.

Ele se virou, empurrando-a até suas costas se colarem na porta da frente, se aproximando cada vez mais, até ela não saber onde ele terminava e ela começava. Deslizando as mãos pelas costas dela, ele a segurou por trás, levantando-a até as pernas dela se enrolarem em seus quadris, sua virilha pressionada na dela.

Ela gemeu suavemente em sua boca. Ele empurrou novamente os quadris até ela ofegar. Ainda segurando-a com força, deslizou os lábios pelo rosto dela, descendo pelo pescoço e encontrando aquele ponto sensível na garganta.

— Ryan...

— Humm? — ele murmurou contra o pescoço dela.

— Quer entrar?

Ele levantou a cabeça com um brilho malicioso no olhar. Um sorriso lento e sexy se formou em seus lábios, fazendo o coração dela bater mais rápido pela intenção que ela podia ver ali.

— Baby — ele disse, ainda com ela no colo. — Você não tem ideia de quanto eu quero entrar.

30

Cupido é assim; às vezes na armadilha,
sem usar seta, a melhor presa pilha.
— *Muito barulho por nada*

Comparado ao de Ryan, o quarto de Juliet mais parecia uma casa de boneca do que qualquer outra coisa. Era pequeno, e o espaço era preenchido com uma cama de casal e um armário. Mas, diferentemente do dele, ela fazia com que parecesse um lar. Havia uma colcha a seus pés e as almofadas estavam espalhadas no carpete, onde as jogaram na necessidade de se deitarem o mais rápido que podiam. Havia imagens na parede — algumas fotos de Poppy e pinturas de flores e seus significados. Ele sorriu de novo, ainda incapaz de acreditar em sua sorte.

Porque ele *tinha* sorte. Não havia dúvidas disso.

— De qual flor você mais gostou? — ele perguntou enquanto ela estava nua, aninhada na curva de seu braço.

Ela se virou, colocando as mãos em seu peito e encostando o queixo nelas. Olhou para ele e um sorriso se formou em seu rosto.

— Amei todas. Cada uma delas. Mas, se eu tivesse que escolher uma, seria o narciso que você deixou na minha porta ontem à noite.

— Por quê? — Ele não ficou surpreso por ela ter escolhido algo tão simples.

— Porque me fez questionar tudo o que eu pensava. Até ver o narciso no chão, eu pensava que tínhamos terminado e que eu não significava nada para você. Mas, quando vi e percebi o significado...

— Qual é o significado? — ele a interrompeu. De todas as pessoas, Juliet teria compreendido o gesto. Mas ele queria ter certeza.

— Os narcisos têm muitos significados diferentes — ela respondeu com os olhos suaves enquanto o encarava. — Mas o mais comum é o cavalheirismo. Então, acho que tomei como um sinal de que você queria ser meu cavaleiro em um cavalo branco.

O coração dele estava batendo forte no peito, e ele se perguntou se ela podia sentir. Tê-la tão perto — depois de tudo o que passaram — era esmagador. Mas havia outra coisa também. Uma honestidade, uma vulnerabilidade que ele não sentia antes. Se quisesse essa mulher, sabia que teria que lutar por ela, mas a pessoa que ele precisava derrotar era ele mesmo.

Seu antigo eu, de qualquer maneira.

— Chegou perto — ele sussurrou, a voz cheia de emoção. — Mas, enquanto eu estava no aeroporto, percebi que não sou eu o cavaleiro. É você. Você me salvou, Londres, quer você saiba ou não. Me salvou de viver uma vida superficial e de desistir da melhor coisa que já me aconteceu. — Passou a mão ao longo do cabelo cor de fogo. — Você é a heroína aqui.

Ela piscou algumas vezes, mordiscando o lábio. Caramba, ela era sexy. Ele podia se sentir excitado novamente, apesar do curto espaço desde que se uniram, com os membros entrelaçados. Ela sabia o que fazia com ele?

— Você também me salvou — ela sussurrou. — Me fez perceber que a força só pode vir de dentro. Sem você, eu nunca teria coragem de enfrentar o Thomas.

— Era só questão de tempo. Você teria chegado lá sem mim.

— Não quero chegar a lugar algum sem você. — Sua expressão era tão sincera que o atingiu diretamente no estômago. Ele a puxou para mais perto, precisando senti-la, inspirá-la. Os lábios dele encontraram os seus quase que imediatamente, os beijos necessitados e exigentes quando ele deslizou as mãos pelas suas costas.

— Desculpe — ele disse contra sua boca. — Desculpe por ter ido embora quando você precisou de mim. Por acreditar que você seria capaz de ficar com aquele imbecil.

Eles interromperam o beijo, e ela inclinou a cabeça para o lado, com um olhar preocupado.

— O que te fez pensar que eu faria isso?

— A minha mãe ficou com o meu pai, embora ele a tratasse como lixo.

— É isso que você estava tentando me dizer mais cedo? Que a sua reação teve algo a ver com seus pais?

Um nó se formou na garganta dele.

— Sim. — Ele havia prometido contar a ela mais tarde, mas supôs que aquele fosse um momento tão bom quanto qualquer outro. — Eu te falei sobre os meus pais, não é? A maneira como eles brigavam sem parar. E o meu pai costumava criticá-la o tempo todo, na minha frente. — Tentou afastar as lembranças, mas elas eram insistentes. Imagens fugazes do escárnio do pai enquanto a atacava. Suas acusações de que a esposa flertava demais, que seu vestido era muito curto, que seu sorriso era muito largo. Qualquer coisa que ela fizesse era como jogar combustível em uma fogueira acesa, e explodia dentro do pai como uma bomba nuclear.

— Com que frequência ele a tratava assim? — Juliet perguntou.

Ele deu de ombros.

— Era constante. Não me lembro de uma época em que ele não a criticasse por alguma coisa.

— E ela nunca tentou ir embora?

Ryan fechou os olhos por um momento, depois abriu de novo. O brilho surgiu rapidamente, trazendo memórias indesejáveis.

— Acho que ela sentia muito medo. Ou talvez tivesse passado por uma lavagem cerebral. Ela me dizia que estava tudo bem, que a culpa por ele ficar tão bravo era dela. Que casamentos eram exatamente assim. E eu acreditei. Quando você é criança, não tem ideia de nada. Você só quer estar com a sua mãe e o seu pai, não importa quanto as coisas entre eles sejam confusas.

Ele estava segurando o lençol com firmeza. Seu corpo inteiro estava tenso e dolorido.

— E então, quando fiz dezoito anos, meu avô morreu. Naquele época eu já estava há anos elaborando um plano de fuga. Eu iria para a faculdade, arranjaria um bom emprego e economizaria o suficiente para comprar um lugar para onde ela pudesse fugir. Qualquer coisa, assim ela não teria que ficar com o meu pai. Quando recebi minha herança, não precisei esperar até me formar.

Ela ainda estava deitada sobre ele, o rosto demonstrando preocupação.

— Ah, Ryan...

— O dinheiro foi deixado em custódia, mas eu poderia solicitar acesso ao fundo. Falei com meu advogado e solicitei dinheiro suficiente para comprar uma casinha em Annapolis. Era um empreendimento novo, nem precisava de obras. Perto de Shaw Haven, mas longe o suficiente para estabelecer uma distância entre eles. O que eu não sabia era que o meu advogado havia decidido que meu pai deveria estar ciente do que estava acontecendo. E, assim que paguei a porcaria do lugar, o homem ligou para ele e contou tudo.

Era como se estivesse revivendo aquele momento. O garoto que achou que poderia salvar o mundo.

— A essa altura eu estava em casa, contando à minha mãe que ela tinha a chance de finalmente ser livre. Eu disse a ela para arrumar algumas coisas e que voltaríamos para buscar o restante quando ela estivesse instalada. — Olhou para Juliet e viu sua dor refletida. — Londres, eu acreditava mesmo que ela viria comigo. Sinceramente, pensei que seria fácil. Esperei por aquele momento durante toda a minha vida, o instante em que eu poderia salvá-la. E, quando pedi a ela para vir comigo, ela se virou e me disse para não ser estúpido, que ela nunca deixaria o meu pai.

Juliet piscou para afastar as lágrimas.

— O que aconteceu depois?

Ele engoliu em seco.

— Eu ainda estava tentando argumentar com ela quando o meu pai chegou em casa. E, assim que ele entrou, quis saber o que eu estava fazendo ao comprar um apartamento em Annapolis sem falar com ele antes. — Umedeceu os lábios, que estavam secos de tanto falar. — Eu disse a ele exatamente por que tinha comprado o apartamento e que a minha mãe se mudaria para lá para ficar longe dele. Falei que ele perderia tudo o que amava, que eu me certificaria disso.

— E depois? — A voz dela estava trêmula.

— Ele começou a rir. Como se eu tivesse contado uma piada hilária. Me disse para ir para o quarto e deixar de ser infantil. Olhei para a minha mãe, pedi que ela fosse embora comigo. Mas ela nem me olhou, Londres. Ela virou de costas para mim.

Juliet sentiu seu coração partir pelo jovem que ele havia sido.

— E percebi algo naquela noite. Que você pode estar rodeado pela família e ainda assim estar sozinho. Meus pais costumavam falar sobre o meu legado, sobre os Shaw e os Sutherland que construíram esta cidade, mas todos os dias eles se afastavam mais. Isso estava me matando. — Esfregou a palma das mãos nos olhos. — Não pude salvá-la. Ela não permitiu.

Uma lágrima deslizou pelo rosto de Juliet.

— Não era seu papel salvá-la, Ryan. Era ela quem deveria salvar você. Ela é a sua mãe, nunca deveria ter te deixado passar por isso. Você era só um garoto.

— Desde então, só ouvia falar daqui quando recebia meus dividendos. Todo o tempo em que estive fora, eles não tentaram me contatar. Foi como se estivessem satisfeitos por eu ter ido embora.

Ela acariciou sua bochecha.

— Todos eles são uns cretinos. Não te merecem. Não me admira que você tenha ficado tão arrasado depois que bateu no Thomas. Deve ter pensado que eu era como eles.

— Mas você não era — ele falou. — Porque você nunca me rejeitou. Eu que não esperei para descobrir como você se sentia.

— É compreensível — ela disse. — Você achou que eu tinha voltado para o Thomas, assim como a sua mãe voltou para o seu pai. Deve ter parecido um chute no estômago.

— Mas, ainda assim, eu deveria saber que você não faria isso. Você não é ela. Não é nada parecida com ela. Você é boa, forte e sempre coloca sua filha em primeiro lugar. Sempre.

— E você também. Essa é uma das coisas que eu amo em você.

— Uma das coisas? — ele sussurrou. Parecia que seu peito estava aberto, expondo seu coração a ela de uma maneira que nunca havia feito. Ela tinha a capacidade de salvá-lo ou condená-lo, e se sentir tão exposto doía muito. Mas ele sabia que tinha que fazê-lo se quisesse provar que era digno dela.

— Uma das muitas coisas — ela respondeu. — Quer ouvir as outras?

— Sim, quero.

Ela segurou seu queixo, pressionando os lábios no canto da sua boca.

— Eu amo o fato de você ser tão bom com as mãos. Ver você construir aquela casa na árvore foi como ter minha própria fantasia de lenhador.

Ele riu. Parecia que seus problemas estavam se dissolvendo no ar.

— E eu amo saber que você vê as coisas de um jeito diferente. A forma como você pode tirar uma foto que ninguém mais consegue. Você vê beleza em tudo.

— Continue — ele sussurrou.

Ela sorriu.

— Eu adoro o fato de você querer me salvar, mas, ainda assim, sabe que o único jeito de fazer isso é deixar que eu me salve. — Ela o beijou mais uma vez. — E eu amo o jeito como você dança. É como fazer amor completamente vestido.

Ele sentiu a esperança envolvê-lo e a puxou com firmeza para si, até seus corpos se alinharem. A pele dela era quente e sedutora, provocando cada nervo dele.

— E eu amo o jeito como você me abraça, como se eu fosse delicada, mas quando faz amor você é forte e intenso, e eu me sinto inquebrável.

— Também amo isso — ele disse. — Muito.

— Não há nada que eu não ame em você, Ryan Sutherland. Desde o jeito como você lida com um barco até o jeito como lida com uma criança. Tudo em você é sexy, forte e perfeito para mim. Eu não poderia deixar de te amar nem se tentasse.

Ele não precisava ouvir mais nada. Em vez disso, emoldurou o rosto dela e a beijou com uma necessidade desesperada, até que quaisquer palavras que ela fosse dizer estivessem dissolvidas sob seus lábios.

Ela o amava e aquilo significava tudo. Nada mais precisava ser resolvido naquele momento.

Agora, eles tinham outras coisas para fazer.

31

Uns sobem pelos crimes; outros caem pela virtude.
— *Medida por medida*

— Bem, é isso. — Gloria Erkhart, a advogada de Juliet, entregou os papéis com um sorriso. — Eles concordaram com tudo. Tenho que admitir que estou desapontada. Gostaria de ir para cima deles em busca de mais.

Juliet olhou para os documentos em sua mão. Certidão de divórcio. Abaixo da confirmação de que ela e Thomas não estavam mais casados, estavam os termos ordenados pelo juiz.

— É tudo de que preciso — ela disse a Gloria, com um sorriso enorme. — Não consigo nem dizer o alívio que sinto. Obrigada por tudo.

— Poderíamos ter requerido a pensão alimentícia. O juiz teria concordado.

Ela balançou a cabeça.

— Não quero o dinheiro dele. Não preciso. Enquanto ele cuidar da Poppy, posso cuidar de mim mesma. — Ela sorriu. — Era com a guarda que eu estava preocupada, e isso nós acertamos. — Ela ficou com setenta por cento da guarda, do jeito que queria, e eles compartilhariam o Natal e outros feriados. Era justo, mas, mais importante que isso, foi estabelecido pensando no bem-estar de Poppy. A menina passaria um tempo com os dois. — E tenho o consentimento dele para levar a Poppy ao casamento da minha irmã. Isso me deixou muito feliz.

— Você devia dar uma olhada na segunda página também — Gloria apontou. — O juiz confirmou a sua troca de nome. Você não é mais a sra. Marshall.

Ela virou a página, lendo a declaração do outro lado.
Juliet Shakespeare.
Era como encontrar uma velha amiga com quem não falava havia anos. Ela expirou quando sentiu o peso sair dos ombros.

— Não é lindo? — falou para a advogada.

— Um nome lindo para uma mulher adorável.

Ela riu.

— Tenho que te pagar um extra por isso?

Elas chegaram aos degraus do tribunal. Um casal passou por elas, a mulher de vestido branco e véu. O começo de um casamento para combinar com o fim do de Juliet. Parecia apropriado.

De alguma forma, o mundo continuava girando.

— Então, o que mais eu preciso fazer? Tem mais alguma coisa para assinar? — ela perguntou à advogada. De repente, se sentiu ansiosa para terminar logo com aquilo. Foi uma grande batalha conseguir o divórcio, e não queria fazer nada para sabotá-lo.

— Não há mais nada que você precise fazer — Gloria respondeu. — Além de descer estes degraus e começar a viver a sua vida.

— Acho que posso fazer isso. — Ela abraçou os papéis contra o peito no momento em que uma brisa atingiu os degraus. Abriu a boca para falar algo mais quando sentiu uma sombra pairar sobre ela.

— Está satisfeita? — O rosto de Thomas não dava sinal de sorriso. Seu cabelo escuro estava bagunçado, como se tivesse passado as mãos por ele. — Conseguiu o que queria?

— Talvez você pudesse deixar minha cliente em paz — Gloria falou.

Juliet colocou a mão no braço da advogada, tranquilizando-a.

— Tudo bem, Gloria. Fico feliz em responder. — Então, se virando para Thomas, ela o olhou diretamente nos olhos. — Já que você perguntou, Thomas, sim, estou satisfeita com os nossos termos. Estou feliz que a nossa filha vá receber o apoio que ela merece. E fico radiante em não ganhar pensão, porque posso cuidar de mim mesma.

Sua risada foi curta.

— Eu sei que pode.

— E podemos não estar mais juntos, mas ainda temos uma filha. E, nos próximos doze anos, é nosso papel garantir que ela se desenvolva bem. — Ela o encarou. — E eu vou fazer o meu melhor para ter certeza que ela consiga. Nada mais importa. Nem você, nem eu.

— Isso aí — Gloria murmurou.

— Mas você também perguntou se eu tinha conseguido o que queria, e a resposta para isso é "não". Eu não queria ser traída e, com certeza, não queria ser tratada como lixo por você e a sua família. Não queria sentir saudade da minha filha todos os fins de semana, mas, já que você tomou todas essas decisões sem mim, então eu vou lidar com elas. E vou fazer isso da melhor forma, porque sou uma Shakespeare, e você não pode maltratar uma garota Shakespeare para sempre. Não importa quanto tente.

Thomas semicerrou os olhos enquanto olhava para ela, a brisa fresca levantando as pontas de seu cabelo.

— Tanto faz — ele bufou. — Vou buscar a Poppy no sábado de manhã. Certifique-se de que ela esteja pronta.

— Claro. — Juliet lhe deu um sorriso paciente. — Como quiser, Thomas.

Ela não ia deixá-lo atingi-la. Nem hoje, nem nunca mais. Claro, ela sabia que haveria tempos difíceis pela frente. Ele não desistiria de tentar atraí-la e, sem dúvida, faria o melhor para provocá-la sempre que pudesse. Mas ele não tinha mais controle sobre ela, jurídica ou emocionalmente.

Ela estava livre, e isso era maravilhoso.

Quando o ex-marido se apressou a descer a escada do tribunal, ela se virou para dar um último sorriso a Gloria.

— Acho melhor ir embora e compartilhar as boas notícias antes que meu telefone exploda.

— Não preciso perguntar para quem você vai contar primeiro — Gloria falou.

— Não precisa mesmo. — Elas trocaram um olhar significativo. Ryan queria ir ao tribunal com ela. Precisou de muita persuasão para que ele não fosse. Graças a Deus que Gloria a apoiou. No que dizia respeito a Juliet, quanto mais Ryan pudesse manter distância do tribunal, melhor. As acusações de agressão contra ele haviam sido retiradas, mas Thomas ainda era um risco. Ela não queria que Ryan cutucasse a fera.

O celular de Juliet vibrou no bolso novamente. Ela sabia exatamente quem era.

— É melhor eu ir — ela disse, sorrindo para a advogada. — Obrigada novamente por tudo.

— Disponha, *srta. Shakespeare*. — Gloria lhe deu um sorriso enorme.

Ela ia ter que se acostumar com isso.

🍁

Ryan ergueu o olhar da viga que estava serrando e viu o homem caminhar pela calçada. Reconheceu aquela caminhada — ele a via desde que era pouco mais que uma criança no berço. Colocou a serra circular de volta no suporte, tomando o cuidado de desligá-la da tomada. Levantou os óculos de segurança dos olhos e se endireitou, limpando a serragem do cabelo com um movimento da palma da mão.

— Pai.

O homem mais velho o encarou com os olhos apertados.

— Estou te ligando há dias.

Ryan tocou de forma automática o bolso da calça jeans.

— E eu estou te evitando há dias.

Seu pai piscou. A poeira no ar caía sobre ele, uma fina camada marrom no terno caro.

— Você precisa se explicar.

— Acho que não.

— Você vendeu a porcaria das ações para terceiros. — O rosto de seu pai ficou roxo. — Por que fez isso? Você entende o que fez?

— É óbvio, não é? — Foi preciso muita força de vontade para Ryan reprimir o sorriso. — Eu precisava do dinheiro para comprar o cais. Na verdade, foi você quem me deu a ideia, quando sugeriu que eu vendesse as ações para você.

Seu pai balançou a cabeça.

— Sabe há quanto tempo o negócio está na nossa família? E agora você convidou os tubarões para entrar. Já estão exigindo uma auditoria e conversando sobre a contratação de consultores. — Ele se remexia, os sapatos lustrosos de couro cobertos com a mesma poeira dos ombros. — Até me perguntaram se eu consideraria me aposentar.

Ryan gostaria de ter visto isso. A imagem do pai ouvindo alguém lhe dizer que ele não era necessário o fez querer rir alto.

— Você não está ficando mais jovem. Talvez devesse pensar sobre isso.

— Você não sabe o significado de família, não é? Nunca soube. Tentou me trair uma vez e agora fez isso de novo. Você é a escória, Ryan. Não merece ter meu nome.

Ryan balançou a cabeça. Era incrível a facilidade com que as coisas podiam ser mudadas para se adequar ao seu próprio ponto de vista.

— Eu era um garoto — falou, tentando manter a voz calma. — Você me deixou ir embora sem nada e não deu a mínima para onde eu fui. Esse não é o tipo de família da qual quero fazer parte.

E essa era a verdade, não era? Quando criança, ele queria se encaixar. Ansiava por fazer parte de uma família tradicional e feliz, com um pai que o amava e uma mãe que o protegia. Então, quando não deu certo, passou metade da vida fugindo. Tentando se convencer de que não precisava de mais ninguém. Que estava melhor sozinho.

Mas agora? Bem, as coisas tinham mudado. Ele tinha a própria família.

Talvez não fossem tradicionais. Mas ele, Juliet e os filhos, juntamente com Sheridan, Carl e o bebê que estava para chegar, de alguma forma funcionavam. E estava sendo ótimo.

Sobre o ombro do pai, ele a viu caminhando, o cabelo vermelho caindo nas costas, sem hesitar ao vê-los de pé no meio do caminho. Estava usando um daqueles vestidos sexy novamente, os que usava para reuniões no banco e audiências no tribunal. De lã cinza, feito sob medida e que se aderia a suas curvas de um jeito que fazia os pensamentos dele se tornarem pecaminosos.

— Acho que você devia ir agora — ele falou, incapaz de tirar os olhos de Juliet. — A minha namorada está aqui e nós temos coisas para conversar.

Seu pai se virou, seguindo o olhar de Ryan.

— Você quer dizer a mulher de Thomas Marshall.

Desta vez Ryan não conseguiu segurar o sorriso.

— Não. É a minha namorada. Então, por favor, saia do meu cais. Você não é bem-vindo aqui.

Seu pai o olhou com os olhos semicerrados.

— Você me traiu. Não vou me esquecer disso.

— Não me importo se vai esquecer ou não. O que você acha não tem a menor importância para mim. Tenho coisas melhores para ocupar minha mente.

Ela estava se aproximando. O suficiente para Ryan ver o sorriso no rosto dela quando encontrou seu olhar impaciente. O suficiente para as mãos começarem a se abrir e fechar com a necessidade de tocá-la.

Toda vez que a via, ela era como uma explosão de sol brilhante em um dia de outono. Bem-vinda, calorosa, consumindo tudo.

— Londres — ele gritou, ignorando o pai que ainda bufava a seu lado. — O que você está tentando fazer comigo nesse vestido?

Quando ela chegou a poucos metros, seu rosto demonstrou surpresa por um momento ao reconhecer o pai dele. Ryan a observou enquanto ela respirava fundo antes de ajeitar os ombros.

— Oi. — Ela sorriu para Ryan, mas o sorriso desapareceu quando se dirigiu ao seu pai. — Olá, sr. Sutherland.

— Ah, não precisa ser gentil — Ryan falou. — Ele está indo embora.

Ela levantou uma sobrancelha.

— Está? Espero que não tenha sido algo que eu falei.

Ryan riu.

— Você não disse nada, baby. — Ele estendeu a mão para ela, puxando-a para o seu lado. O contato fez seu corpo relaxar quase que instantaneamente. — Ele não tem mais nada a dizer.

— Você está certo. Não tenho nada para te dizer — o pai grunhiu. — Sinto vergonha de você, andando por aí com uma mulher casada. Não é de admirar que tenha partido o coração da sua mãe.

Ryan não pôde se segurar.

— Ei, Londres, você é uma mulher casada? — perguntou.

Ela balançou a cabeça, sorrindo.

— Não.

— Não achei que fosse. — Embora suas palavras fossem calmas, seu coração estava acelerado. Ele se virou para o pai. — Agora saia daqui. Quero conversar com esta linda mulher.

Recuando, o pai os olhou de cima a baixo com um sorriso de desprezo no canto da boca.

— Isso não acabou — ele avisou. — De maneira alguma.

— Acabou para mim — Ryan disse. Seu tom não deixava espaço para discussão. Por um momento seu pai permaneceu parado, a boca abrindo e fechando, como se tentasse encontrar algo para dizer. Mas então ele se virou e seguiu pelo calçadão, deixando um rastro de serragem atrás de si.

Ele ia ter um trabalhão para tirar aquilo da roupa.

Juliet estendeu a mão para acariciar sua bochecha, roçando na barba por fazer.

— O que foi isso?

— Ah, só o meu pai sendo ele mesmo.

— Parece tão encantador quanto Thomas sendo Thomas.

— Esses dois são iguaizinhos — Ryan concordou. — Então, me diga: é verdade? Acabou mesmo? — Ele se virou até estar de frente para ela.

Ela assentiu devagar.

— Não sou mais a sra. Juliet Marshall.

Ele suspirou, sentindo a tensão sair de seus músculos.

— Graças a Deus. Conseguiu o que pediu?

— Tudo. A Gloria estava como um tubarão faminto. — Ela sorriu. — Não que eu tenha saído com muita coisa. O que acha de ter uma mulher falida como namorada?

— O que é meu é seu. — Ele riu. — Não que eu tenha muito também.

Ela o cutucou.

— Mentiroso. Você tem um filho, uma casa, um cais. Uma ex-namorada morando na esquina e uma nova namorada na casa ao lado. Quer goste ou não, sua vida está cheia de coisas.

— Parece complicado — ele falou.

— Sim — ela concordou. — Como você se sente com isso?

Um sorriso curvou o canto de seus lábios.

— Eu me sinto muito bem. Ficar por aí sozinho é assustador quando se tem um outro lugar onde se prefere estar.

— E tem algum lugar onde você preferiria estar além de Shaw Haven? — ela questionou.

Ele se inclinou, pressionando os lábios contra a ponta de seu nariz bonito. Quase no mesmo instante, a poeira trabalhou sua magia, fazendo seu rosto enrugar antes que ela espirrasse alto.

— Não tem nenhum outro lugar no mundo onde eu prefira estar além de aqui com você — ele sussurrou, tentando reprimir a risada quando ela começou a espirrar de novo. — Você é minha família. Você, o Charlie e a Poppy. Meu lar é onde você está. Sou fotógrafo, tudo que preciso é de uma câmera e posso ganhar a vida. Acho que Shaw Haven é um lugar tão bom quanto qualquer outro para fazer isso.

O coração dela se aqueceu quando ele decidiu não se mudar para Nova York. Embora tivesse prometido a ele que fariam dar certo, mesmo que fosse um relacionamento a distância, ele não quis. Queria ficar com ela. E agora ele estava trabalhando no cais e atuando como freelancer quando aparecia alguma coisa. Entre as duas atribuições, ele estava muito ocupado.

Os dois estavam, mas era assim que gostavam.

— Eu gosto disso. — Ela colocou os braços ao redor dele, tentando puxá-lo para perto.

— Você vai deixar esse vestido sexy todo sujo — ele avisou. — Há poeira em todo lugar.

Ela moveu as mãos para cima, colocando-as ao redor do pescoço dele. Sem precisar pensar duas vezes, ele a agarrou pela cintura, inclinando-se para que seu rosto ficasse a poucos centímetros do dela.

— Não me importo com o vestido — ela sussurrou. — Se eu fizesse as coisas do meu jeito, ele ficaria amarrotado no chão da sua casa esta noite.

— Ah, é? — Ele roçou os lábios nos dela. O suspiro dela aqueceu sua pele. — Estou ansioso por isso.

— Eu também — ela sussurrou, as palavras vibrando contra sua boca. — Mas primeiro temos que pegar as crianças e explicar o que está acontecendo.

— Temos? Não podemos simplesmente ir para casa e pular um no outro? — O tom foi o suficiente para ela saber que ele estava brincando.

— Você é tão desenfreado quanto um adolescente.

— Me sinto como um — ele disse. — É como se tivéssemos que explicar aos nossos pais que nos apaixonamos. E se eles não gostarem da ideia? E se ficarem tristes?

— E nos proibirem de nos encontrarmos novamente? — Ela sorriu para ele. — Relaxe, eles vão ficar encantados. Não somos Romeu e Julieta. As estrelas não estão contra nós.

— Que bom, porque eu as desafiaria mesmo assim.

Ela o olhou, as sobrancelhas arqueadas.

— Você está citando Shakespeare para mim?

— Sabe que sim, baby.

Ela riu alto.

— Vamos, Romeu, vamos buscar as crianças. Temos algumas explicações a dar.

— Isso significa que vamos morar na casa do Ryan? — Poppy perguntou, as sobrancelhas arqueadas. — Vou ter que dividir o quarto com o Charlie? Ele vai ficar com raiva se eu colocar as minhas coisas lá? Lembra como ele ficou quando eu tentei colocar flores na casa da árvore?

— Você não vai fazer a Poppy dormir no meu quarto, vai, papai? — Charlie perguntou. — Ela pode ficar em um dos outros quartos, não pode?

— Posso pintar o quarto de rosa? — Poppy bateu palmas. — Quero rosa com nuvens brancas e uma cama de princesa. Por favor, posso?

Juliet olhou para Ryan. Uma mistura de diversão e surpresa fez seus olhos se arregalarem e sua boca se abrir. Nos últimos cinco minutos, desde que eles se sentaram com Poppy e Charlie na cozinha da casa de Ryan para explicar as coisas, as crianças estavam bombardeando os dois de perguntas.

— Calma — Juliet falou, rindo. — Não vamos nos mudar para cá. — Ryan inclinou a cabeça para o lado, olhando de forma interrogativa para ela. — Não por enquanto. Precisamos ir devagar.

— Mas eu gosto mais desta casa. Ryan, você quer que a gente se mude, não quer? — Poppy perguntou a ele.

Ele ergueu as mãos.

— A sua mãe está certa, podemos ir devagar. Mas o Charlie e eu adoramos ter vocês por perto, e você sabe que é sempre bem-vinda aqui.

— Devo te chamar de papai?

Juliet cobriu a boca para abafar o riso. Ryan mordiscou o lábio e olhou para ela em busca de ajuda.

— Você já tem um pai — Juliet lembrou a filha. — O Ryan é seu amigo, não seu pai.

— Ele é o meu pai — Charlie disse, com orgulho.

— Sim, sou. — Ryan franziu os lábios e soprou um pouco de ar. — E é um grande prazer ser seu amigo, Poppy. — Ele lhe ofereceu a mão, que ela a apertou com firmeza, o rosto iluminado.

— É um grande prazer para mim também, Ryan. — Sua voz tinha um tom sério. Juliet disfarçou outro sorriso.

— Espere, isso significa que a Poppy vai ser minha irmã? — Charlie perguntou, ainda parecendo confuso. — E o bebê na barriga da minha mãe, a Poppy também vai ser irmã dele?

— Ah, é, vou ser irmã deles? — Poppy repetiu.

Respirando fundo, Juliet segurou a mão das duas crianças.

— Tentem relaxar, pessoal. Eu sei que é muita coisa e que vocês têm muitas perguntas. E nós dois vamos tentar responder todas elas da maneira mais honesta possível. Mas também não temos todas as respostas. Isso é novidade para todos nós. Vamos descobrir tudo isso juntos.

Ela sentiu Ryan abraçá-la.

— Ela está certa — ele disse com a voz baixa. — Ainda não entendemos tudo, mas sabemos as coisas importantes. Amamos vocês dois e vocês nos amam.

— E vocês se amam, certo? — Poppy perguntou.

Ele riu.

— Claro. A gente se ama também. Somos uma família e queremos estar juntos. O resto, podemos descobrir com o tempo.

— Nós somos uma família — Charlie repetiu, com os olhos arregalados de espanto. — A Poppy, eu, você, a Juliet, a mamãe e o Carl...

— E o novo bebê — Poppy acrescentou.

— Sim, quando ele chegar — Charlie declarou. — Mas não vou limpar nenhuma fralda de cocô.

— Eu também não — Poppy concordou, franzindo o nariz. — Mamãe, como o bebê entrou na barriga da Sheridan?

Juliet abriu a boca, espantada. De onde veio isso? Ryan piscou para ela, disfarçando um sorriso enquanto esperava pela resposta dela.

— Hum, quem quer beber alguma coisa? — Juliet perguntou. — Preciso mesmo tomar um copo de água agora.

Um momento depois, ela estava indo para a cozinha, grata por um instante de descanso das constantes perguntas. Pegou quatro copos no armário, colocou-os cuidadosamente na superfície da bancada de granito enquanto sentia dois braços envolverem sua cintura por trás.

— Você está bem, Londres? — Ryan perguntou, esfregando o rosto contra o dela. — Achei que você fosse ter um ataque cardíaco lá dentro.

Ela virou para olhar para ele.

— Desculpe por todas as perguntas.

— Acho que eles pegaram leve. Espere só até amanhã. Eles vão ter ainda mais perguntas para fazer.

Ela riu.

— Você está certo. E os conhece muito bem.

— Eles estão discutindo sobre qual casa é a melhor, a sua ou a minha. Se não tivermos cuidado, os dois vão morar na casa da árvore.

Os olhos dela se arregalaram.

— Nem sugira isso. Eles vão se mudar para lá e em seguida vão começar a discutir de quem é a casa.

Ele a abraçou pela cintura de novo, puxando-a contra si. Seus olhos se suavizaram quando sorriu para ela.

— Você tem a impressão de que são eles que realmente mandam? — ele perguntou. — Imagine como vai ser quando forem adolescentes.

Ela estremeceu.

— Não quero nem pensar. — Inclinando a cabeça para cima, ela sorriu para ele. — Pelo menos vamos ter um ao outro. Talvez possamos nos esconder na casa da árvore.

Ele pressionou a testa contra a dela.

— Eu gostaria disso.

— É mesmo?

— Sim. Você não?

Ela abriu a boca para dizer que ficaria feliz onde quer que estivessem, contanto que estivessem juntos. Mas a fechou novamente, silenciada pela intensidade de seu olhar. Não havia necessidade de palavras quando as ações diziam tudo.

Ryan estava muito ocupado beijando-a para isso.

Epílogo

> Duvida da luz dos astros,
> De que o sol tenha calor,
> Duvida até da verdade,
> Mas confia em meu amor.
> —*Hamlet*

Cesca entrou no quarto onde as irmãs esperavam, erguendo o vestido na altura dos quadris para que a bainha não ficasse presa na porta. Juliet ofegou, cobrindo a boca com as mãos e sentindo as lágrimas arderem em seus olhos.

A irmã estava linda. Como toda noiva deveria estar no dia do casamento.

As lágrimas quentes e salgadas escorreram, borrando a maquiagem de Juliet — aplicada com habilidade naquela manhã pela maquiadora que Cesca havia contratado. Em silêncio, Lucy entregou um lencinho branco a Juliet, que o levou até as bochechas e as enxugou.

— Você está incrível — Kitty falou, com um grande sorriso. — O Sam vai surtar quando te vir.

— Você está maravilhosa — Lucy concordou, sorrindo para a irmã mais nova. — E esse vestido é tão lindo quanto eu me lembro.

Ela estava usando o vestido branco que havia experimentado diante delas meses antes, quando as irmãs acompanharam por vídeo sua busca por um vestido de noiva em uma butique de Beverly Hills. As flores de tecido branco aplicadas ao material do corpete combinavam com as flores que o cabeleireiro de Cesca havia colocado em seu cabelo. Cesca queria manter as coisas simples — vestido, flores e gravatas usadas pelos padrinhos, tudo branco. A única cor estava no vestido das irmãs e da sobrinha. Lucy, Juliet e Kitty estavam usando um tom bem claro de rosa, enquanto o vestido de Poppy era um pouco mais escuro, e, ao contrário dos vestidos justos que modelavam o corpo das três, o dela era volumoso, as anáguas o preenchendo de forma que ela parecia pertencer ao set de filmagens de *E o vento levou*.

Claro, ela estava no céu.

— Onde a Poppy está? — Cesca perguntou, olhando em volta, como se pudesse ler a mente de Juliet.

— Foi ao banheiro. — Juliet franziu o nariz. — Tive que ajudá-la, é claro, mas em seguida ela me enxotou e disse que queria se enfeitar e se admirar, palavras dela, na frente do espelho por um tempo.

Cesca disfarçou um sorriso.

— Bem, ela ficou linda. É a daminha perfeita.

Juliet arqueou as sobrancelhas.

— Espero que sim. — Olhou para a mesa cheia de flores, os buquês que havia feito na manhã anterior, antes mesmo que as irmãs saíssem da cama.

— Está pronta para as suas flores? — perguntou a Cesca.

A irmã assentiu.

Com cuidado, Juliet levantou o buquê, sentindo a garganta apertar. Certamente não iria explodir em lágrimas de novo, ia? Desde que chegaram ao Reino Unido, dois dias antes, já devia ter chorado um rio. Primeiro ao reencontrar o pai — apesar de sua fragilidade — e depois ao mostrar a Poppy a cidade em que nascera. E agora estavam todos nas Terras Altas da Escócia, passando um tempo no lugar que Lucy chamava de lar, e estava emocionada demais.

Chorando um lago.

— Ficou incrível — Cesca falou baixinho quando Juliet colocou as flores em suas mãos. Rosas brancas foram misturadas com papoulas da mesma cor, os centros negros adicionando profundidade ao arranjo. No meio, Juliet os atou com mosquitinho branco, que simbolizava o amor eterno e imortal.

— Não consigo acreditar como você é talentosa.

Juliet sorriu sem jeito para a irmã, determinada a não roubar os holofotes com suas emoções. De qualquer jeito, precisava se manter sob controle, caso contrário acabaria chorando durante a cerimônia e isso seria péssimo.

Uma batida soou na porta, depois o vigário a abriu e enfiou a cabeça na fresta, o sol cintilando na janela atrás delas. Ele estava vestido com uma túnica preta, uma sobrepeliz branca por cima e um cachecol comprido. Havia um grande sorriso em seu rosto — desde o começo, ele estava entusiasmado com o casamento, prometendo que faria o melhor para mantê-lo o mais discreto possível. Estendeu a mão para Cesca, dizendo que ela estava adorável.

— Você está bem? — Lucy sussurrou enquanto Juliet mordia o lábio inferior, sentindo as emoções se agitarem novamente. — Não vejo você assim há anos. Desde que fomos ver *Mary Poppins* no teatro e você chorou como louca. — Lucy sorriu. — Claro que naquela vez você estava grávida, então tinha uma desculpa... — A voz dela falhou.

Seus olhares se encontraram, ambos arregalados e chocados. Juliet tocou o ventre com a palma da mão. Estava tão reto como sempre — ou tão reto quanto poderia estar depois de ter um filho. Não, ela não poderia estar grávida, poderia?

Eles estavam sendo cuidadosos. Estavam mesmo.

A porta atrás delas se abriu — a que levava aos banheiros —, e Poppy entrou correndo, parecendo sem fôlego.

— Você não vai embora sem mim, não é? — ela perguntou, tendo que forçar a passagem por uma cadeira e uma mesa, o vestido rosa derrubando tudo no caminho.

Ela era uma força da natureza. Uma garotinha única. Com certeza não poderia haver mais uma dela, não é?

E Juliet quis dizer isso da maneira mais gentil.

O vigário pareceu imperturbável com a entrada de Poppy, o sorriso ainda grudado no rosto.

— Então vamos fazer como ensaiamos. Vou entrar primeiro, depois a Poppy vai entrar e jogar as pétalas enquanto caminha. Em seguida entra a Cesca, com as madrinhas logo atrás. — Ele olhou para elas, assentindo. — Por ordem de idade.

Bem, elas discutiram um pouco sobre quem entraria na frente. Velhos hábitos não morrem fácil.

— Está pronta? — ele perguntou a Cesca novamente.

Ela assentiu com a cabeça, resoluta.

— Estou.

Lucy deu uma última olhada em Juliet, a preocupação estampada no rosto.

— Vamos conversar mais tarde — ela murmurou. Juliet não tinha certeza se isso era uma ameaça ou não. Sabia que não estava pronta para falar, mesmo se houvesse algo para dizer.

O que não havia. Porque não poderia haver.

Elas seguiram o vigário para fora do quarto e entraram no saguão principal da capela. Embora tivessem tentado manter o casamento em segredo, ainda havia uma multidão considerável do lado de fora, principalmente fãs de Sam, desesperados por um vislumbre do ator famoso e futuro marido de Cesca. O murmúrio baixo de conversa do lado de fora da capela se combinava aos ruídos vindos de dentro das portas duplas. O local só tinha oitenta lugares, e os convidados foram escolhidos a dedo pelos noivos. Juliet sentiu como se estivesse em um casamento real. E então o vigário abriu as portas e o grande órgão da igreja explodiu em vida, tocando a marcha nupcial conforme seguiam pelo corredor, Poppy totalmente à vontade enquanto jogava pétalas de rosa à frente de Cesca e das irmãs.

Assim como Juliet imaginara, os bancos estavam lotados. Atores e diretores famosos estavam sentados entre a família e os amigos de Cesca e Sam, todos se virando para a noiva radiante. Na frente, em dois assentos reservados, estavam o pai e o padrinho de Cesca, os rostos envelhecidos sorrindo para elas. Não ter o pai levando-a até o altar fora uma fonte de desapontamento para Cesca, mas pelo menos ele estava ali e bem o suficiente para vê-la se casar.

Na fila atrás deles havia rostos mais familiares: Lachlan, o namorado de Lucy, se sentou ao lado de Adam, o noivo de Kitty. E em seguida estava o homem que incendiara o mundo de Juliet. O homem que roubara seu fôlego e lhe dera vida ao mesmo tempo.

Ryan olhava diretamente para ela, a mão apoiada levemente no ombro de Charlie enquanto a observava se aproximar. Seus olhos eram suaves, avaliadores, e havia um sorriso em sua face. Juliet umedeceu os lábios secos, tentando manter o rosto firme e não se deixar levar pela emoção que sentira o dia todo.

Ela poderia realmente estar grávida? Pensou nos últimos meses. Sim, estavam transando de forma insana, mas tomavam precauções. Eram cuidadosos.

Da mesma forma que ela tinha sido cuidadosa antes de ter Poppy.

Assim como Ryan tinha sido cuidadoso antes de Charlie.

Ah, Deus, era óbvio que eles eram loucamente férteis. Juntos, eram como uma bomba-relógio prestes a explodir.

Ela precisava fazer um teste de gravidez.

Seguiram para a frente da igreja, e Sam se adiantou para segurar as mãos de Cesca, sorrindo de orelha a orelha. Ele parecia alguém que havia acabado de ganhar na loteria e queria que todos soubessem disso. Quando estendeu a mão para segurar o rosto de Cesca, o amor brilhou no próprio rosto ao sussurrar algo no ouvido de sua irmã. Juliet não pôde deixar de sentir as emoções dentro de si novamente.

E, sim, claro que começou a chorar.

❦

Havia algo de errado com Juliet. Ryan sentiu isso assim que as portas se abriram e o vigário entrou na capela, seguido por Poppy, suas tias e, claro, ela. Não achava que tivesse algo a ver com Poppy — a menina estava tão animada como de costume, girando e se exibindo para Charlie antes de arrastá-lo para a pista de dança, ele querendo ou não.

Juliet, no entanto, estava quieta. Silêncio mortal. Ela mal havia dito uma palavra durante a refeição no salão principal de Glencarraig Lodge, e, depois que os discursos acabaram, praticamente correu para o banheiro. A irmã, Lucy, foi logo atrás, deixando Lachlan e Ryan conversando no bar.

— Gostei da sua casa — Ryan falou, levando a caneca de cerveja aos lábios. Ergueu as sobrancelhas enquanto olhava ao redor. Aquele lugar mais parecia um castelo que uma casa, o amplo salão decorado com enormes tapeçarias representando cenas da história escocesa, o espaço acomodando facilmente as centenas de convidados que Cesca e Sam haviam chamado para a recepção.

— Obrigado. — Lachlan levantou o copo para Ryan. — Mas não é realmente meu. Possuo menos de metade da propriedade. — Tomou um gole da cerveja quente. — Jesus, ainda não consigo me acostumar com o gosto dessa coisa.

Desde o momento em que foram apresentados, Ryan gostou de Lachlan. Eles tinham idades próximas, ambos americanos e bem-sucedidos. E, claro, tinham as irmãs Shakespeare em comum.

E isso os tornava os homens mais sortudos que ele conhecia.

— Eu estava meio que esperando que tivesse *haggis* para o jantar — Ryan falou, tomando sua cerveja, apesar do sabor. — Não que eu tenha ficado desapontado. O filé estava incrível.

— Eles sabem como receber convidados aqui — Lachlan concordou. — Fazem isso há cerca de quinhentos anos.

Ryan riu.

— A prática leva à perfeição.

— Papai, por favor, pode dizer para a Poppy que eu não quero mais dançar? — Charlie se jogou em Ryan com os olhos arregalados. — Ela não para de me derrubar com aquele vestido. É muito chato.

— Não é muito chato — Poppy retrucou, correndo até eles. A saia prendeu na borda de um banquinho do bar, batendo contra ele e fazendo-o balançar. — É lindo. Não é, Ryan?

Ele ainda não tinha conseguido interferir nas brigas dos dois.

— É, sim — concordou, acenando para ela. — Mas talvez o Charlie precise de uma pausa. O que acham de beber alguma coisa?

Onde estava Juliet afinal? Ele olhou na direção para onde ela havia ido. A porta se abriu, e ela apareceu com o rosto mais pálido do que antes. Lucy andava a seu lado, deu um tapinha no braço da irmã e sussurrou algo em seu ouvido.

Então as alcançou, sorriu para Lachlan e segurou a mão dele.

— Por que não vamos ver o buffet? — ela sugeriu. — Poppy e Charlie, venham com a gente. Podemos precisar da ajuda de vocês.

Juliet chegou até eles, e, sim, ela definitivamente parecia pálida. Ryan olhou para ela, desejando que o olhasse também. E, quando ela o fez, ele sentiu o coração se apertar. Jesus, ela era linda. Mas a beleza não era apenas exterior. Ela era engraçada e gentil, ótima mãe e empresária. E, mais do que qualquer outra coisa, era dele.

E ele pretendia continuar assim.

— Você está bem? — ele murmurou, estendendo-lhe a mão. Estava fria até os ossos. Ele a segurou, tentando aquecê-la.

— Podemos conversar? — ela pediu, com a voz baixa. — Em algum lugar discreto?

Ele assentiu, perplexo.

— Certo.

Os dois encontraram uma salinha na frente do castelo. Estava cheia de caixas, o papelão coberto por uma camada de poeira espessa. Assim que Juliet entrou, espirrou. Então torceu o nariz daquele jeito adorável, e Ryan estendeu a mão para ela. A necessidade de tocá-la e senti-la contra ele era muito forte.

— Você está bem? — ele perguntou em um murmúrio, puxando-a para perto, sentindo seu corpo derreter contra o dele. — Está agindo de um jeito estranho o dia todo.

— Eu sei. — Ela balançou a cabeça contra o ombro dele. — Estou péssima.

— É o casamento? — perguntou. — Deve ser difícil ver sua irmãzinha se casar.

— Não é isso, não. Estou muito feliz pela Cesca. — O rosto dela se contorceu de novo. — De verdade. — Soluçou. — Eu estraguei tudo — sussurrou, encostada no ombro dele. Ele podia sentir o tecido da camisa umedecido com suas lágrimas. — Por favor, não fique bravo comigo.

— Por que eu ficaria? Eu te amo, lembra? — Ele pôs o dedo sob seu queixo, levantando sua cabeça até que ela estivesse olhando diretamente nos olhos dele. E Ryan viu amor, paixão e, escondido por trás disso, medo. Roçou seus lábios nos dela, sentindo-a expirar contra sua boca. Caramba, isso o fazia querê-la de novo. — Pode me falar qualquer coisa, você sabe disso.

Ela fechou os olhos por um momento, e ele imediatamente sentiu falta de seu olhar.

— É uma coisa tão louca — ela sussurrou. — Não estou tentando te amarrar nem nada.

— Baby, o que aconteceu? — Ele enxugou as lágrimas com a ponta do polegar. — Sou eu? Você está chateada porque ainda não nos casamos? Porque nós podemos e vamos, você sabe. Quando for o momento certo.

Isso só a fez chorar mais. Merda, ele era péssimo em lidar com suas emoções, assim como com as brigas de Charlie e Poppy. Ryan umedeceu os lábios, puxando-a em sua direção com força. Ela se sentiu amolecer em seus braços.

— Você não me amarrou. Você me libertou. — Ele a beijou novamente, desta vez emoldurando seu rosto com a palma da mão. — Nós nos encaixamos perfeitamente.

— Um pouco perfeitamente demais.

Ela abriu os olhos.

— Eu... — Suspirou. — Quer dizer, nós... vamos ter um bebê.

— O quê? — Aquilo saiu um pouco alto demais, mas era a última coisa que ele esperava ouvir. — Como isso aconteceu?

— Quer que eu desenhe?

Ele não pôde deixar de rir. Juliet estava com tanto medo, os olhos arregalados, a expressão tensa.

— Uau — ele disse baixinho. — Outro bebê.

— Você está chateado?

— Por que eu ficaria chateado? — Ele não pôde evitar estender a mão e acariciar de leve a barriga dela. — É preciso dois para dançar, afinal de contas. Vamos ter um bebê. Isso é motivo de comemoração.

Ela relaxou de encontro a ele, a rigidez de seu corpo se dissipando.

— É? — Sua voz estava cheia de esperança.

— Claro que sim. É incrível. — Ele estava se acostumando com o pensamento. Amando. Havia uma nova vida crescendo dentro dela, algo que eles fizeram juntos. Ele podia imaginá-la com a barriga arredondada e o rosto iluminado. Mal podia esperar para ver. — Acho que isso explica as emoções.

Ela assentiu.

— Acho que sim. Você ainda vai me amar mesmo que eu esteja uma bagunça hormonal?

— Londres, eu vou te amar ainda mais. — Ele estava sorrindo agora. Não conseguiria tirar o sorriso do rosto nem se tentasse. — Você está carregando o nosso bebê. O que há para não amar?

Pela primeira vez, seus lábios se curvaram.

— Estou, não é?

Ele estendeu a mão, passando os dedos pela barriga dela novamente.

— É a melhor surpresa que eu já tive.

— Eu estava com muito medo que você ficasse chateado — ela confessou. — Que achasse que eu estava tentando te prender.

Ele olhou para ela, confuso.

— Bebês não prendem ninguém. Não se você não permitir. Olhe para você. Você se mudou de continente quando estava grávida. E o Charlie nasceu no meio do nada em uma tenda de hospital. Os bebês são os humanos mais portáteis que existem. — Ele segurou sua mão e beijou a palma. — Estou feliz por ser pai novamente. E, quando for a hora certa, a Poppy e o Charlie também vão ficar encantados.

Ela gemeu.

— Vai ser um pesadelo. Imagine com que frequência eles vão brigar por causa do bebê.

— Ah, eles vão se entender. A gente pode até tirar vantagem disso. Quem sabe talvez nunca tenhamos que trocar uma fralda suja.

Seu sorriso se alargou.

— Esse bebê vai ser amado, Juliet. E já é muito desejado. — Beijando a palma de sua mão uma última vez, entrelaçou os dedos nos dela. — Agora vamos dançar e celebrar o casamento da sua irmã.

— Sim, vamos lá. — Seus olhos brilharam, e dessa vez não tinha nada a ver com lágrimas. — Só lembre o que você faz comigo enquanto me segura na pista de dança.

— Ah, eu lembro. — Eles entraram no corredor, e ele a abraçou pela cintura, puxando-a para o seu lado. Era muito bom abraçá-la, tê-la por perto. Tudo o que ele queria estava ali naquele castelo. Juliet, Charlie, Poppy e agora o bebê crescendo dentro de Juliet.

Lar não era um prédio. Não era um país. Lar era onde a sua família estava, e era exatamente onde Ryan queria estar também.

Agradecimentos

A Eleanor Russell, Anna Boatman e todos na Piatkus, obrigada pelo trabalho árduo, entusiasmo e orientação para tornar este livro o melhor possível.

Agradeço, como sempre, a minha agente, Meire Dias, e a todos da Bookcase Agency pela gentileza e apoio contínuos.

Ash, Ella e Oliver — amo muito vocês e sou grata por tudo o que fazem quando estou escrevendo. Vocês ficarão felizes em saber que não estou mais perdida em pensamentos e posso até mesmo responder a suas perguntas assim que vocês as fizerem.

Muitas pessoas me apoiam em minha jornada de escrita, e quero que saibam quanto aprecio esse apoio. Se você é autor, blogueiro, leitor ou amigo, significa muito para mim. Agradecimentos especiais a Claire Robinson e Melanie Moreland por lerem e serem fãs tão fervorosas da série As Irmãs Shakespeare. Obrigada também a todos que acompanham minha página no Facebook — nos divertimos muito por lá, e vocês sempre me inspiram a escrever mais. É realmente um lugar feliz.

Finalmente, obrigada a *você* por ler este livro. Agradeço de coração. Espero que tenha gostado de passar um tempo com as irmãs Shakespeare tanto quanto eu gostei de escrever sobre elas.

Impresso no Brasil pelo Sistema Cameron da Divisão Gráfica da
DISTRIBUIDORA RECORD DE SERVIÇOS DE IMPRENSA S.A.